suncolor

suncolor

空島

Kurt 盧建彰——著

suncolor
三采文化

各界推薦——

對我而言，「推理小說」是一種裝納的「容器」。

多數人的印象是，推理故事裡需要一具以上的屍體、驚悚緊湊的情節、聰明且容許傲嬌的神探、狡詐但終得伏法的罪犯云云，帶來娛樂性的閱聽滿足而不要說教式的沉重控訴。這樣的看法不能算錯，也是這個類型之所以大眾化的重要組成元素，只不過創作者還可以有更大的企圖與想像，利用這個容器來說一個好故事。

盧導的《空烏》一書，就是最好的體現。

打從去年（二〇一九）十一月，與盧導在何嘉仁書店「喀書塾」讀書會活動一起聊過美國作家勞倫斯・卜洛克的作品後，就深深期待他能在三年前出版的《藥命》之後再寫一本具推理味的故事。請注意，我說的是「具推理味」的故事，因為從盧導過去的影像作品以及論及創作（包括文案力、創意力、故事力等）的文章中，我認為推理二字是個侷限的標籤，不能代表他書寫的核心。不過，當我收到《空烏》的推薦邀約、閱讀完書稿當下，便決定要以「推理評論人」的身分來定義（位）盧導的推理書寫位置。

在推理小說這個容器裡，作者於《空烏》填入了兩個老元素：綁架與復仇。綁架是一種手段，綁匪與肉票的關係、罪犯與偵探或警方的鬥智具備前述大眾期待的要素；復仇則是一連串的籌畫及行動，在明瞭法律刑責的狀況下罪犯依然執意施行的強烈動機，最終必須引發讀者的滿腔共鳴。

有趣的是，盧導賦予這兩個老元素新的活力——綁架不僅是書中角色的遭遇，亦是閱讀這個故事的你我正默默承受的現實；讀者並非這齣復仇劇的旁觀者，作者正用力搖撼你我的雙肩大聲詢問：為什麼不反抗？為什麼不發聲？為什麼縱容這一切？

作者透過擅長展現人際互動的筆法來構築這個故事，期間穿插謎團線索的鋪排及事實真相的揭示，夾雜獨有的幽默與倏地降臨的傷悲，引領讀者走進他虛構卻又再真實不過的世界裡感受思索。故事的結尾並沒有標準答案，也沒有指引接下來該怎麼做的學習單，或許只要問自己一個問題就好：在這個容器裡，你看見了什麼？

冬陽／推理評論人

K導演除了剝開迷霧精彩破案，更用心良苦鋪陳產業轉型之道，誠摯推薦給石化產業的眾集團深思，讀者也可與《煙囪之島》共讀。

何榮幸／《報導者》創辦人、執行長

我們好像在一座諾亞方舟上，乘載著人類與地球的希望與未來，但船該駛往那個方向去，大家都各自有不同想法。我跟盧導的思路大概算是相近的類型，每天關注世界、每天焦慮，長長的頭髮便隨著自己的意志恣意飛舞。是要上街抗議呢？還是要投身政治直搗權力中心？想了很多，可惜目前這些選項，對無論如何心裡都有巨大的浪漫的我們來說，似乎就被排序到後面了。盧導希望透過寫書、拍作品的方式讓世界變得更善良，一如我希望用演戲與攝影讓世人做出更多美好的選擇，也許迂迴，但非常由衷。

林予晞／演員

最會說故事的鬼才導演帶來最有溫度的推理小說，從一件懸案帶出對階級的批判、環境的關懷。而我做為應該要對許多現狀負疚謝罪的「上一代」，讀著此書也不禁產生了無以名狀的、對年輕一代的虧欠感。

無論你是關心這塊土地的台灣人，或是企業大老闆，都應該讀一讀這本書，在Kurt的文字中找到自己的社會使命，推理小說原來也可以很「勸世」。

林錦昌／文化總會祕書長

深刻的文字，刻劃出真摯動人的情感與暴露出台灣社會的真實問題，振聾發聵，一本建立於真實世界與有血有肉之人的社會寫實推理小說——《空烏》。

周慕姿／心理師、《情緒勒索》作者

（以上依姓氏筆畫排列）

作者序——

我們都被綁架了

這本推理小說是關於一起綁架案。

在講綁架案前，我先講我朋友的事。

有事先走

我的朋友不多，近幾年，還有許多有事先走。

有一位，走之前跟我通電話，他說，「Kurt 導，我跟你說，這個環境狀況越來越嚴重了，不知道怎麼辦才好，我看要靠你們年輕人了，交給你了。」

我心想：「什麼啦，什麼交給我啦，而且，拜託，我也只小你十歲，什麼年輕人啦！」

兩天後，他有事先走，他叫齊柏林。

有一位，我很佩服，又高又帥，風趣幽默，只要有他的場子，大家無不笑開懷，白手起家，公司要上櫃了，美麗的老婆跟他說，「你多年來打拼事業，你今年去做個健康檢查，當作我的生日禮物。」結果，報告出來，肺部有腫瘤，腦部也有。他的願望是看到孩子國小畢業，結果沒有。是肺腺癌。

我寫好這本小說的那天，中午和朋友兩家人在鳳城燒臘吃飯，整間店裡滿是開懷大笑的家庭和學生，大家摩肩擦踵地比鄰而坐，好不熱鬧，我正開心地在吵雜的人群間問願要不要吃叉燒，電話響，是攝影師打來。我因為聽不清楚，啊什麼了老半天，只好走到外面去。結果，他說的是，「我姪子今天過世，肺腺癌，十五歲。」

我們連兩任副總統肺腺癌。

台灣是個美好的地方，是個自由平等的國家。

空氣也是。

空氣不會去區分你爸爸是誰，你的家世背景如何，你的專業能力，更不在意你的銀行存款，他不會去關心你做過多少好事。

我也不知道怎麼辦好。我也只能試著用我奇怪的方式做些奇怪的事。比方說，寫一本推理小說。如果可以的話，再把它拍出來。讓人們意識到這個問題，然後也許可以一起想辦法，因為我一個人無法解決。

我跑步

我運動，而且，我每天都得運動。否則會覺得渾身不對勁。

我每天都要跑五公里。

我每天至少會打開手機裡的空氣品質ＡＰＰ三次以上，而且我手機裡裝了三個不同的空氣品質ＡＰＰ，我會三個都打開來確認數字，因為國家組織不同，數字還真的會有點不一樣。

我最常做的一件事，還是點開其中的地球模式，你會清楚看到差異，那是巨觀，那是總體，你會看到很明確的趨勢。

東亞的顏色很驚人。

上次願願看到跟我說，把拔，這好漂亮喔，好橘，好紅喔。

我說，應該要說是好恐怖，因為這些都是空氣污染，冬天時，還會變成全黑的，那一整片大陸。

空氣不好時，我只好到社區的健身房跑。裡面通常沒人，跟我一個人在外面跑步一樣。

但，其實，很不一樣。

跑步已經夠無聊了，跑跑步機更無聊。然後跑一跑都沒有移動，更無聊，週邊沒有風景，沒有陽光，沒有鳥飛過去，沒有狗走過望著你，沒有人緩步經過你，無聊極了。

最糟的是，我跑一跑，一如往常想事情時，還會跌倒，差點噴飛出去。這導致我跑跑步機時，都得格外小心，那種心情，稱不上放鬆。

跑步機上，還有里程數，原本設計的目的，應該是讓人有成就感，也好讓人可以在每一步都有機會觀看，稍稍排解寂寞。可是，像我一樣，喜新厭舊、個性毛躁、沒有耐性的人，就會覺得好慢，跑半天，才跑幾十公尺，數字的變換也太慢了，我喘得要死，怎麼毫無進展。好啦，有進展，但怎麼慢得跟鬼一樣，我會覺得每一百公尺，都是煎熬。

而這幾年，台灣北部冬天的狀況，天氣好，空氣就不好；天氣不好，空氣就好。天氣不好時，其實空汙仍然在，只是因為下雨，把空氣中的懸浮粒子帶下來了。但天氣不好，下著雨，我也不能跑。身上濕答答的，跑的時候不舒服，跑完還會感冒，超不舒服。所以，空氣不好，我的心情也會不好。

這還只是心理，還有機會改善。許多人的生理，卻直接被影響且不可逆，無法改善了。

有選擇

我無意開脫，身為在廣告業的一員，我也時時感到自卑。因為我們也是屬於高耗能產業，每次拍片也會花到許多電，耗用掉許多地球資源，我難辭其咎。

更別提，要是作品沒有傳播效果，那是更加可怕的浪費，而浪費資源，就是不環保。我只能盡量要求自己，盡量做出好作品，盡量不要辜負了別人的託付，盡量讓作品可以有影響力，盡量讓作品在幾年後來看還是有意義，不會過時。

你知道，浪費金錢，都還可能只是最小的浪費，浪費了環境資源，卻沒有任何功效，並且，還無法逆轉環境的破壞，那才可怕。

你說，有什麼可怕的啊？

讓人家破人亡，不可怕嗎？

最近，因為武漢新冠肺炎病毒危機，所以許多產業都停擺，減緩了活動，結果，NASA從太空中觀察，發現地球大氣層竟然呈現出前所未有的狀況，色彩清澈湛藍，少了許多空氣污染，地球變得更加純淨。這當然是這場病毒災難中，小小的，幸福吧。

但也容我，在這危機裡，小小的提問，會不會，我們其實有選擇？人類是有選擇的？經濟活動是可以有所節制，而不是無限貪婪？

要錢還是要命？

小時候，玩遊戲，總是會喊「要錢要命要老婆？」我以前跟著大家追來追去，喊來喊去，也不知道這句話是什麼意思。現在回頭想，其實，非常粗暴。

怎麼可以問人家要不要老婆，老婆又不是誰的東西，而且這問句背後的意思，其實非常噁心，是有侵犯的意味的，是屬於人類卑劣的一面，是我最討厭的一種罪行。

不過，若是，要錢還是要命呢？這問題一樣殘酷，但也許意義不同。是屬於個人的選擇。

當然，我也不會輕易地使用二分法，選了A就不能選B，那就不是選擇題，而是是非題了，隨便地把生命的題目做成是非題，可能是種危險的思考方式。

我的意思是，如果只有想到要錢，可能會有輕易地把環境拿來兌換成現金的風險呀，當過去台灣經濟還需要起飛，人們還無法溫飽時，有這種傾向，有時無可厚非。

更別提，過去的環境教育本來就缺乏，人們集體地沒有意識到環境的重要，不清楚可能的後果，上至政府單位，中至企業老闆，下至個人小民，都是一起往那方向前行，那不必怪某個人物的決策。

畢竟，那個時代，每個人都在，你沒有出言抗議，當然也是一起走在那條路上。

但現在是不是應該不太一樣了呢？

跟那沒有機會接觸到資訊的某些世代的人，我們應該有點不同了吧？

如果你曾經怪罪過某個人，那，可不可以用跟怪罪相同的力氣想想，已經不同的你，可以做些什麼呢？

如果你覺得都是政府的事，你不能做什麼，那就錯了，你可以討論，你也在企業裡，你也可以影響企業決策，你可以在每次想工作時把這想進去，你也可以遇到老闆時就跟他提一次，你也可以分享你身邊朋友遇到的病例。

畢竟，這個時代，每個人都在，你沒有出言建議，當然也是一起走在這條路上。

也不是說，我們一定只是為了要命就要放棄經濟，而是可以有比例的，尋求更好的 IDEA。現今所有的企業品牌，都在追求 SDGs（Sustainable Development Goals），都在試著要達到聯合國所建議的永續發展目標，都意識到，這才是商機所在，這就是良證。

聯合利華為了解決人類永續問題，把淨水器引進印度時，發現當地沒有足夠的電力設備，所以他們回頭找工程師設計出不必插電的淨水器，結果，在印度大受感謝，連鄰近的巴基斯坦都主動引進，他們創造了全新的市場，因此他們的商品網頁明示他們試著要達到哪些 SDGs，而那讓他們取得極佳的商業利潤。

聽說，台積電正在試著做綠電，因為 GOOGLE 和 APPLE 都要求供應鏈要使用綠電。

任何嘗試，無法一蹴而就，也可能有好處壞處得評估，但不試，就是顢頇。

而沒有環境意識，抱歉，我不知道你在工作上埋頭苦幹，是很認真努力地想殺害誰。

如果你或你的公司並沒有在思考 SDGs，那你們落後時代了。你們賺不了錢。

你可以賺錢，並且顧別人性命。

最重要的是，還有你自己的命。

我們都被綁架了

在惡劣的空氣品質下，你不可能做好你的人生規劃。

嚴格說來，你的人生規劃隨時會被打斷，隨時會被終止，一如被綁架。

而且被綁架的對象，不會只有富商大賈，是只要有在行使呼吸作用的每個人。

你無法自由地去決定你要穿什麼衣服參加孩子的畢業典禮，你無法自由地思考你要在孩子幾歲時帶他去哪裡玩，你更無法自由地規劃你的退休計畫將和誰共度，因為你或他，都有可能不在場。

誤解經濟活動非得犧牲環境，因此生病苦痛再把賺的錢吐出的惡性循環，就是被綁架。

這本書沒有指涉任何真實人物機關團體，純屬想像虛構。

但眼前真實環境問題如此危險巨大迫切，絕非想像虛構。

我們都被綁架了。

我們也都有機會自己鬆綁。只是要快。

00

他開著車，一切都照計畫走，只是有點突然，過度緊張的他握住方向盤的手感到有點疼痛，一股血腥的味道傳了出來，應該是來自身旁的人身上，不過，他可以忍耐，這都是原先就準備好的了。

時間才是現在的難題。

最好不要碰到警察。

在他去找他們之前。

01

原本寬敞的客廳，被突來的訪客占滿。

「所以，他們是透過手機跟你們聯繫？」領頭的一位西裝男子問著。

女子眼神渙散，睜著紅腫的雙眼，點了兩下頭。

其他人在看向女子的同時，不免難受地轉頭，不約而同地看向桌上。茶几上的電話，是所有人目光的焦點。

「他電話打到我們家裡。」女子聲音微弱地回答。

「妳怎麼確定是妳先生，不是詐騙？」

「我認得我先生的聲音，我們之前有約定遇到狀況的暗號。而且他說得出家裡保險箱的密碼。」

「對方有要求什麼？」

「我先生講沒兩句，電話就被拿走，我問他們要幹嘛，對方只說人在他們手上，叫我們準備好。」

「準備好什麼？錢嗎？」

「我有問多少錢。他說，你們有錢人只想得到錢，就掛我電話了。」女子強忍眼淚，哽咽中仍試著把話說清楚。「妳之前說妳先生早上有慢跑的習慣，路線是哪裡？」

「應該是沿著河濱公園跑十公里。」

一位女刑警把手機遞過來，Google Map 上是附近的河濱公園。「這裡嗎？路線呢？」

女子低頭看向手機螢幕。「對，應該是，我沒去跑過，但應該是這一段。」

「好，劉太太，我想多請教一下，如果有冒犯，再請原諒，你們家有仇人嗎？」

「我先生生意上往來的都是大公司，大家在商言商，只是數字高低，應該沒什麼私人恩怨。」劉太太盡量收拾情緒，溫婉地說。

桌上電話突然響起，是最普通的來電鈴聲。

所有人看向那電話，警方的螢幕顯示一串數字「＋886923569710」，不知名的來電。

西裝男子整個身子繃起，馬上趨前，眼神快速和其他人交會，手勢快速指示，一名著套裝女子，對著耳機的麥克風吩咐。

接著，男子確認就緒後，手勢請劉太太接電話。

「喂？」

「喂？呃……不好意思，那個，請問，請找劉明勳？」一個男人聲，聲音中透露著不確定的遲疑。

「是，你哪位？」

「啊！我喔，妳不認識啦！」

劉太太似乎對這聲音感到困惑，看向一旁各個表情緊繃的刑警。

「請問你找他有什麼事？」劉太太追問。

「嗯，請問妳是劉明勳的誰？」男子以問題回應問題。

所有現場警察聽到這句話，眼神頓時變得尖銳，這男子勢必跟案子有點關係。

「我是他老婆。」

「哦，夫人妳好，可是我不知道這件事要不要跟妳說。」

「什麼事？」

「我……嗯，沒關係，劉先生不在的話，我再找時間打好了。」

「等一下！你有什麼事跟我說也一樣。」劉太太怕對方掛斷電話急著說。一旁的探員連連點頭認同。

「沒有啦，我跟他買了一支鋼筆，但好像還沒收到。」

「啊？」

「然後我怕他沒有想讓妳知道這件事，因為有些鋼筆不便宜。好啦，其實是很貴，但如果妳仔細研究它的歷史，妳就會理解它一點也不貴，鋼筆就是人類歷史的一部分，它見證了許多重大事件的變化，真的說起來，它就像是歷史的證人一樣，最有趣的是，手機會壞，但鋼筆不太會，所以又叫做萬年筆，比起來，真的一點也不貴……」

「不好意思，你只是要問鋼筆這件事嗎？那不好意思，我先掛了，因為我在等電話。」劉太太發現對方似乎沒有要停的意思，急著想掛電話。

「欸！妳在等電話？哦，那劉先生什麼時候回來？」

「嗯……」劉太太一下子被問倒。

「還有，妳為什麼要開擴音？要給旁邊的人聽嗎？」

「啊？」劉太太看向兩旁的探員，表情困惑。

「喂，劉先生去哪裡了？那支海明威鋼筆是經典呀，真希望早點拿到，拿來寫，一定很有意思……」

幾個員警面面相覷，不知道如何是好，這時後方沙發上一位身材魁梧的西裝男子突然起身，靠近桌上的電話。

西裝男子身子一彎，突然大聲咆哮：「先生，我是刑事局長，你正在妨礙我們辦案！請你掛掉電話，我們馬上會有人回電跟你記錄姓名地址。」

「啊，刑事局長，你好啊！」電話裡的男子聲音轉為開朗帶著笑，客廳裡所有的人都感到疑惑。

「好久不見，我是k呀！」透過擴音器，那個爽朗聲音傳來。

只是，聽在刑事局長耳裡似乎有點不悅耳，他臉上原本就不甚平順的皮膚更皺了。

02

幾個月前，在洛杉磯聖伯納提諾國家公園，參天大樹的森林裡，滿地松果，k拿著紙袋，彎腰一個一個撿起來，松果充滿油脂，等等可以拿來燒營火。

腳踩在落葉上，發出很大的聲響。森林是嘈雜的，有鳥叫聲，有風聲，有許多細瑣的聲音，有樹葉破碎的聲音。

他往前走了兩步，回頭看向小屋，突然四周一片寧靜，好像空氣被抽掉一樣。很多時候，我們會害怕沒有人的地方，可是，真該害怕的，其實是人，只有人會害你。這是上次司徒雅說的。

k會來這裡，是因為司徒雅辭去司法官的職位，到美國讀法學博士，一年過去，k來看她，卻發現彼此感覺都不太一樣了。

「請問足球比賽開始不到五分鐘進球會怎樣？」k的聲音跟小男孩一樣興奮。

「我不知道，很高興吧。」司徒雅沒有情緒的聲音回應。

「除了很棒呢？再想看看。」k興高采烈地說。

「這是什麼腦筋急轉彎嗎？」司徒雅終於把頭轉過來，但一臉冰冷。

「不是啦！這是一種表演訓練。」

「訓練什麼？」

「訓練思考事件的可能。」

「所以呢？」

「會下啤酒雨。」

「為什麼？」

「因為看足球比賽，大家都會帶啤酒，但比賽才開始，所以啤酒還沒喝完，可是進球了，大家要歡呼慶祝，這時候，手裡頭的啤酒杯還是滿的哦，心裡頭會猶豫一下，這時只要有一個人把啤酒杯往上甩，其他人就會把手裡的啤酒往上噴，然後跟旁邊的人相互擁抱，因為反正都濕了。」

司徒雅低頭，繼續看手上的論文。k很興奮地說著：「當每個都人往上洒啤酒時，天空會降下金黃色的啤酒雨。」

記得司徒雅那時有笑，在k去的這趟裡，最後笑的一次。

很多話不必說太清楚。

時間和距離，除了是物理學的重要尺度外，當然，也是心理學的。

k一邊回想，一邊蹲下來，不想再理會腦子裡的聲音。

回到台灣，一下飛機，k馬上換上運動短褲，衝出去跑步，因為跑步是最好可以把東西拋在後面的方法。

他綁緊鞋帶，把身子放低，雙手合併往前，用力讓身體的重量下壓，舒展開大腿筋。

人在大城市裡，好容易變成螞蟻，但又沒有螞蟻驚人的力氣，只有在狹小的空間裡，鑽來鑽去，暗無天日，但其實，藍天還是在，只是自己沒有仰頭看的力氣了，只想低頭鑽營自己的營生。

還好，跑出水門就是河濱公園，就可以奔跑。

It never entered my mind，是他最喜歡的爵士歌曲之一，Miles Davis 在一九五六年的現場版本，不知道為什麼就能安慰他。

按下去，開始跑，開始遺忘。

也許，應該找一個年長的作者來安慰自己。

也許，應該找一個年長的鋼筆來安慰自己。

03

工廠裡生產線快速地運作著，機器的聲量彷彿是種比喻，暗示著未來的趨勢，機器聲壓倒性地大過人聲，人們臉上愁苦，面無表情，也跟機器一樣，或者說試著想模仿機器，沒有人笑，一個也沒有，這空間裡什麼都有，就是沒有笑。

這裡是專門生產跑步機的工廠，不過，就跟資本世界裡的其他地區一樣，生產跑鞋的工人不跑步，製造跑步機的工人大概也沒有人跑步。

被生活追著連睡覺都不夠了，還跑呢，哪有這個時間？

跑步是有錢人在做的事。

矮胖的男子，開著小貨車經過時，透過擋風玻璃遠遠地跟工廠行了個注目禮。

他家裡有臺跑步機，就是從這工廠搬回家的。當時廠長說原來的型號升級了要淘汰掉，舊型號的多生產了十臺，就便宜賣。

記得那時他還多問，那新的和舊的差在哪裡？

廠長回答：「啊，就型號不一樣！有啦，顏色塗裝的有點不太一樣，還有名字，加了『智能』兩個字，售價多三千元，還是你要買新的？」

他當然立刻搖搖頭，家裡的經濟狀況從來就不是那種可以追求最新、最流行的，用具都是盡量買二手的，是為了給兒子，才狠下心買臺舊型號的。

扛回家，叫兒子出來幫忙搬。沉默寡言的兒子，還轉頭說了句：「爸爸，謝謝。」那個身影他還記得，瘦瘦的。兒子長得蠻帥的，像媽媽，不像他。

想到要回家搬那臺跑步機，他就有點累，一種疲倦感爬了上來，眼睛酸酸的，不是身體累，是心累。

兒子還蠻喜歡那臺跑步機的，幾乎每天回到家都會跑，一次跑個快一小時。兒子說，都跑十公里了，一萬公尺，一天賺一萬，很多吧，月入三十萬，算是高收入戶，以高中生而言。這小孩真的很乖，從小到大也不會吵著要玩具，就算生病了，也沒有埋怨什麼。倒是他自己，一直想怎麼給孩子這麼糟的基因。

癌症當然跟基因有關啊，要怪，當然要先怪自己。

他這樣跟主治醫生說，醫生苦笑了一下。

醫生說：「你要那樣想我也沒辦法，可是，這裡罹癌率是北部的三十倍哦！今年台大公共衛生學院做的調查，基因當然有關係，不過我想主要還是環境啦！」

他聽完點點頭，醫生也點點頭，彷彿，點點頭就是唯一可以做的，那天帶兒子回家的路上，他都沒有哭。

晚上，一個人，洗澡時，他才對著蓮蓬頭哭，這樣，兒子才不會聽到。

下了車，他看了看周圍，鄰居都不在了。台語的不在有兩種：一種是不在家、一種是不在人間。

翻出鑰匙，打開家門，門有點卡住，他用力拉了一下，心裡一邊想著：到底為什麼要鎖門，又沒人會來。

家裡很久沒有客人來了，來的都不是客人。穿過客廳，他不想多看，直接往兒子房間走。拉開房門，一股味道傳出來，是那種教科書放久以後的紙味，早知道，應該買手機給兒子的，讀什麼書。

打開燈，還好，有買跑步機。

那臺跑步機，實在很漂亮，就跟台灣人一樣，耐操、好用，還不抱怨，放在兒子房間，看起來就整個很高級，連房間都高級了起來。

他走進房間，經過床緣，想到兒子睡覺腳都快超過床尾了，那時還擔心兒子睡不下這張小學時候買的單人床了。還好，現在不用再換床了。真的是很替爸媽省錢的孩子啊！

他費力地半拉半扛，跑步機上套的塑膠袋揚起的灰塵掉到身上，他拍了兩下，怕灰塵掉到兒子床上，於是趕緊走到房間外繼續拍。

這時，突然想到兒子不會再睡這張床了，一下子便哭了出來。很久沒哭了啊，他一邊哭一邊想，怎麼今天這麼沒用，是太累嗎？還是空氣有灰塵的關係？還好，鄰居都不在，不然被聽到，好丟臉。

外面陽光很亮，家裡面顯得格外暗，自己的哭聲，好大、好響。

好想兒子。

走回房間，這時才注意到跑步機上螢幕下的直柱兩側，上頭飛濺的痕跡噴洒的樣子，應該是兒子跑步時的汗水，之前沒留意，現在才看到。

上面都是兒子的基因吧，也是自己的基因，那個會得癌症的基因。

說空氣不好，不要在室外運動，才買了跑步機。可是，兒子，還不是走了。

為什麼不能一直跑下去？像其他年輕人一樣交女朋友、惹事生非、搞些有的沒的，就算飆車、打架也好，都比死掉好。

現在想起來，應該買給他最新的手機，買什麼跑步機？給他新的 iPhone，讓他在朋友面前帥一點，不是更好，反正都要死去。

這臺跑步機要給別人用了，給有錢人用了。給害死人的有錢人用。

04

中年男子快步走進急診室，電動門毫不遲疑地在他身後關上。他走過候診的人群，一個戴眼鏡的年輕女生穿著綠色的飛行夾克，抬頭瞧了他一眼，又低頭，繼續看著自己的手機。帶點一臉疲憊的中年男子左轉走下樓梯，來到地下一樓的長廊，經過乳房超音波室、心臟超音波室，來到超音波檢查報到處。

他手臂放上櫃臺，從皮夾裡拿出檢查單，再抽出健保卡。

櫃臺後，沒有人。

他有點擔心地低頭看了看手錶，是預定的八點五十分，跟單子上一樣。

一位女護理人員從後面走出，臉上沒有表情，朝他伸手，接過檢查單。「健保卡不用。」她說著頭也沒抬，看著檢查單上的時間。

「你去旁邊坐。」她頭往右邊一點，就轉身離開了。

中年男子朝那方向看，一旁塑料的淺藍色椅靠著牆，對面已經有一個老婦人，旁邊可能是家屬，一位五十來歲的先生穿著淺色夾克，低頭看著自己的手機，再過去一個座位是五十歲左右的女子，一身素樸，有點憂慮地望著半空中，目光放空。

他很熟悉這種表情，這幾年常出現在妻子的臉上。那通常不是在擔心自己，而是家人。

他從袋子裡拿出報紙來看，仔細地從頭版開始讀，一個字一個字讀，深怕有遺漏，讀過之後，再回頭看一遍，怕自己有所誤解，沒讀懂。

這是從自己的多桑留下來的習慣，每天都得看報，每天都得好好地讀上一遍，好像不讀就無法開始一天。今天為了來醫院，沒空在家裡讀完就出門，心裡一直惦著。

正在想著總統要怎麼處理眼前的政治大局時，突然聽到自己的名字，「黃明文！」他急著站起，迎面是剛剛那位護理師正對著自己，「這邊請。」護理師講完話立刻轉身，往裡面房間走去。

他急忙把手上報紙折起，來不及照著報紙原來的位置，只能隨手放入，可是，這其實違反他平常的習慣，他喜歡把東西整理好，一如原來的樣子。

心裡感到彆扭，他一邊走著，一邊又把報紙抽出，照著頭版、影劇版、體育版，一個個收好，這樣他心裡才感到舒服。

為了把報紙整理好，他在走道上停下來，「黃明文！」護理師又大喊了：「好了嗎？」

「好了好了，不好意思。」他趕快把報紙塞入隨身的小包包，快步跟上。

經過兩三個房間，跟著護理師左轉進一個小房間，有兩張床在面前。

「東西放旁邊椅子，躺上來，把褲子脫到膀胱位置，上衣脫到胸部。」護理師快速地下指令，並從旁邊拉出一長條的紙鋪在床上，講完又立刻轉身。

他心想，醫院一定很忙吧，實在沒有空給太多時間，一邊照做，躺上，望著天花板。

唰地一聲，布幕被拉開。「黃先生你好，啊，這樣會不會冷，她怎麼沒叫你先蓋被子，這樣著涼了怎麼辦，我等等跟她說。」醫生一邊說著，一邊塗上冰涼的液體。

「醫生好，沒關係啦，我這麼胖，不怕冷。」不知道為什麼每次跟醫生說話，自己語調就會變得特別客氣。

「好，麻煩你手往上擺，我們要檢查了喔！」

「好。」

「黃先生，你知道你有肝硬化喔！」

「嗯。」

「然後，嗯，這裡有一顆腫瘤，你看一下螢幕，看得到嗎？」

「有。」

「你之前說不想積極治療，只要追蹤就好，但我還是建議要盡快處理，因為很有可能是惡性的，它有可能會長很快！」

「嗯。」

「好，你先起來，我們到前面再繼續討論。」

他拿起醫師遞過來的紙，坐起身，慢慢地擦著，肚皮上的黏液濕濕的，讓人感覺很不舒服，有種不潔感。

「來，衣服穿好後，麻煩拿著東西到前面。」透過布簾，護理師的聲音明顯地多了溫暖，可能是聽到醫生說的話。原來自己是被可憐的。

他下了床，穿上鞋，拿起東西，往醫生所在的位置走去，正看到醫生皺著眉盯著螢幕看。

「來，黃先生，你看一下，三個月前的電腦斷層才快三公分，算是小型腫瘤，現在已將近五公分了，我們要趕快來處理，你家人有沒有一起過來，兒子女兒呢？」

「我兒子肺腺癌，走了。」

本來緊盯著螢幕滔滔不絕的醫師，突然停住，轉頭看向他，接著說：「不好意思，我不曉得。欸！等一下，你才五十歲，你兒子幾歲？」

「十八歲。」

「這麼早？他有抽菸、喝酒嗎？」

「沒有啦！」

「嗯，我記得你也沒有？」

「我們都沒有。」

「啊，怎麼會這樣？你們是住哪邊？」

「台西。」

05

「我跟你們說，這個案子，如果不搞定，大家都難看。」身形巨大的刑事局長擠在椅子上，怒目看向現場所有人，一邊嚼著口香糖，一邊說。

k之前協助檢察官司徒雅解決了一起跨國殺人案件。原來是國際大藥廠的總裁為了研發新藥帶來的巨大利潤，聘請職業殺手解決了其他競爭藥廠的重要負責人，殺手因為自身的動機，還用了各藥廠研發出的藥物，注射到各個被害人身上，創造藥物使用過量致死的案件，頗有以其人之道還治其人之身的意味。在協助調查的過程裡，k跟這位粗獷的刑事局長打過交道，被他的巨大吼聲也嚇過。

k望向刑事局長，刑事局長只是嚼呀嚼的，一臉狠勁，怎麼看都像是在嚼檳榔。

k再看向幾個刑警，組長、科長們都少了平常的凶悍，低頭看著手上的資料，可能也是疲憊壓得他們抬不起頭來。

「我是在說你啦，導演，還看別人。」

「我？我只是平常百姓，不關我的事呀！」k說完拿起手上的咖啡喝了一口，「嗯，味道不錯耶，耶加雪菲嗎？水洗的喔？」

「對，還不錯吧？」一位看起來幹練的刑警從眼前的筆電抬頭，眼睛迸發出光亮，隨即又趕緊低頭，因為他看到刑事局長的目光。

「誰問你咖啡啦，我是問你怎麼會打電話過來？」刑事局長大吼。

「你可以小聲一點嗎？我剛才不是說，就我跟他買鋼筆嗎？海明威呀，一九九二年的，文學家之王。」

「然後呢？」

「然後你就接過來聽，我就說，刑事局長你好呀！」

「我一點也不好，你怎麼知道是我？」

「拜託，你的聲音那麼大那麼好認，還有，你電話裡自己說是刑事局長呀。」k自顧自地喝咖啡，旁邊一位女性警務人員聽了掩嘴笑。

「那海明威是什麼東西？」

「海明威是偉大的諾貝爾文學獎得主，主要的作品有《戰地鐘聲》、《老人與海》、《明天太陽依舊升起》，不過我也喜歡他的短篇小說，都很有趣。」k自己講得很開心，可是刑事局長明顯不耐煩了。

「誰問你文學的事，我是要知道你和被害人是什麼關係？」

「我不認識被害人呀，我只是跟他買鋼筆。」

「那你電話裡怎麼知道他還沒回來？」

「他老婆不是說他不在嗎？我都說要找他了，幹嘛不叫他，還繼續問我，除非有特殊狀況。」

「現在的特殊狀況，就是你是那個打電話進來的。」

「好啦，不要再講我了啦，你們知道什麼？」

「偵查不公開，就我們刑事局的立場必須保護被害人和被害人家屬，你只是案件調查的關係人，沒有權利知道進一步的案情。」

感覺刑事局長很會打官腔，應該是三十年的職場修練而來的。

「好，好。那我要回家了，可以嗎？我想要去跑步了。」

「不行，我說你能離開才可以走。」

「那可以再給我一杯咖啡嗎？我昨天拍片，今天比較累。」

刑事局長用下巴點了一下，一位年輕的刑警起身往會議室外走。

「等一下，」局長一喊，年輕刑警馬上轉身看向局長，「我也要一杯，他剛說的那種。」局長輕描淡寫地吩咐。

「是，沒問題，馬上來。」年輕刑警立刻回應，轉身走出，迎面和k眼神交會，k對他笑了笑，他也跟著笑出來，又馬上把笑容收起來。

刑事局長雙手握拳放在下巴，思考了一會兒，舉手示意一名警官過來，在他耳邊交代了幾句，警官快步地往會議室外走去。

「那個誰……呃，鄭警官，你跟他說一下案情。」刑事局長朝著一位資深警官說。

「欸！我沒有要聽啊，而且你不是說我是什麼關係人而已。」k抗議著。

「我已經叫人去準備保密切結書給你簽，而且上次檢察總長不是有請你當我們那個專案小組的顧問，我也叫人聯絡檢座，看是不是比照上次辦理。」

「不是啦，我剛剛比較有興趣，現在沒有了。」

「什麼東西，請你幫忙還要你有興趣？」

「你又沒有說『請你幫忙』這幾個字。」

「好，請你幫忙。」局長立刻回應。他也是見過官場浮沉的人，能爬到這個位置，別看他是大老粗，身段也十分柔軟。

「嗯，希望我能幫得上忙。」k低頭看著自己的指甲，覺得應該要剪了。

鄭警官微微一笑後，開始報告：「昨天上午劉先生出門跑步，始終沒有返家，晚上十一點半左右，妻子李恭慈接到電話，說她先生在對方手上，要他們準備好。李女於今天早上七點偕同律師來報案，我方團隊於九點奉局長命令進駐劉家。」

「綁匪要求多少錢？」k問。

「目前沒有進一步消息。」

「那你們怎麼確定不是詐騙集團？不是都會打電話進來，然後哭著說救我……」

「劉妻認出丈夫聲音，並確認雙方約定的暗號，且能說出家中保險箱密碼。」

「他們有約定暗號？」

「是。」

「那暗號是什麼？」

「大兒子的出生日期。」

「這個別人不會知道嗎？」

「大兒子是隻狗，而且是母狗。」

「哇，這麼刁鑽啊，那真的會說不出來，那你們接著的做法呢？」k對劉家夫妻有了點深刻印象。

「目前除了監控來電外，並開始清查交友狀況以及被害人生意上的關係。」

「不好意思，我剛沒請教你，請問你是？」

「我是督察鄭警官。」

「那鄭督察，我可以做什麼？」

鄭警官看向刑事局長，應該是不知道局長為何要k參與。

「你可以給我們具創意方向的觀點，而且之前的案子你提供的情資對我們有極大幫助，同仁都很期待……」刑事局長講得頭頭是道，應該是平常就很習慣激勵下屬，眼看著他會繼續說下去，k趕緊打斷。

「我有一個疑問。」

「什麼疑問？」

「也不是很重要啦！」

「是什麼疑問？」

「號碼呢？你們一定有查吧？」

「沒有顯示號碼，不過我們已經請電信公司幫忙查了。」

「嗯，沒關係啦，我也只是隨便說說，一點也不重要，我只是想要打斷局長的話而已。啊，我怎麼說出來了！」k有個壞習慣，常常在覺得狀況很煩人時，一不小心就會把心裡的牢騷給說出來，從國小時就這樣，也常釀成大禍。

現場一陣小騷動。「報告局長，有消息了，那個電話被設定為不顯示號碼，但從電信公司那邊看，是預付卡門號。」一個年輕的男刑警報告。

「好啦，我現在是真的要去跑步，明天空氣又會不好，我就不能在外面跑了，可不可以電話裡跟我講就好，我邊跑，你們邊說。」k順勢起身，拿起包包往門外走去。

「對不起，導演，我怕電話裡說不清楚。」鄭警官急著攔住要走的k。

「不會啦，如果電話裡講不清楚，現在也一樣講不清楚啦。」已經快到門口的k反駁。

「好，沒關係，可是，從現在開始你的手機要二十四小時保持通訊，我們隨時會找你討論，以釐清案情。」刑事局長習慣性地用命令語氣

「切！什麼案情，我根本不知道。好啦！好啦！我要走了，那杯咖啡先寄著哦，難得你們

這裡有人懂咖啡耶，味道真的很不錯，我現在嘴裡還會回甘。」k的喉嚨又嚥了下，感覺回味無窮。

「你要是幫我們搞定這案子，你以後咖啡都我們處理。」刑事局長霸氣地說。

k邊往外走，嘴裡邊小聲叨念：「你處理？我還蠻處理咧！還不是叫別人煮……」

「等一下，確實保密，要是傳出去，我就唯你是問。」刑事局長又大聲補了一句。

「我又不知道他是誰，劉明勳，等一下，是億載集團的那個劉明勳喔？」k停下腳步睜大眼睛，看向刑事局長。

會議室裡所有警察回望著他，彷彿時間暫停了。

（不，正確地說，應該是，他們多少覺得，剛跟k的討論，簡直是浪費時間。）

06

過了這個長長的黑色隧道，就會到另一個地方。

也許是你無法想像的地方。

那，你還會跑進這個隧道嗎？

k一邊想著，一邊沿著河岸跑進隧道。隧道裡黑黑的，雖然有燈，但終究沒有遠處洞口的光明，於是，每次跑這一段，突然從明亮的地方進到黑暗處，人心底的恐懼就會像蟲一樣緩緩地爬出，渾身感到不舒服，隧道裡因為沒有光照，溫度也較低，總讓身上起那麼點疙瘩，但那疙瘩是溫度，還是恐懼，還是兩者的綜合體，或是那裡有奇怪的、人眼看不到的東西呢？

你總不會覺得人的眼睛可以看到所有東西吧，那也太自大了。

每次跑到這裡，k就會想著：要是出來以後到了另一個地方呢？

那該怎麼辦？

不過，說實在的，確實會到另一個地方呀，任何隧道的設計不就是要到另一個地方嗎？

那，要是到另一個時空呢？

像進入蟲洞經歷一個時空旅行，出來後到達另一個時間點，那自己可以適應嗎？

k腦子想著，雙腳規律地前後移動，繼續往前方光亮處跑著，越靠越近，答案就要揭曉。跑出隧道時，迎面的光亮讓人一下子睜不開眼睛。

其實自己當然到了下一個時空，到了一分鐘後的世界。「只要給我一分鐘，我就給你新世界，一分鐘後的世界。」為什麼腦子裡會想到這麼無聊的話呢？

如果是時間差呢？在同一個地方，但時間不一樣時，就有不同的意義。

以王位來說，現在坐在王位上，跟一千年前坐在王位上，應該就有很大的差別吧。

現在的王位，應該是大家可以輪流拍照留念的地方。「先生，你拍好了嗎？換我了……」大概只是這樣的意思吧。

跑步前要先看空氣品質，現在台灣的冬天，天氣好，可能空氣就不好；天氣不好下雨的話，空氣反而會好。

可是下雨跑步有點討厭，衣服黏在身上，冰冰涼涼的，怎麼跑都不痛快。

今天的 PM2.5 是十五，AQI 是四十二，算是可以接受，圖示是一個笑臉，隨著品質的劣化，破五十對敏感族群就不適合做戶外運動，而破百就所有人都不適合在外面活動了。

k不太喜歡跑跑步機，每次跑一跑就會跌倒，有時還會摔出去，應該是一種出神狀態的結果，或者是地心引力在跑步機上會產生奇特的重力場，把人拋出去；當然，也可能是k自己的體質問題。

總之，如果可以，k盡量往外跑，跟小時候一樣，跟以前的人一樣。

人本來不就是在外面運動的嗎？小時候在草地，再大一點在操場。無論如何，這應該比較自然吧。

讓一條帶子滾動著，然後人在上面原地跑，怎麼想都跟籠子裡的老鼠一樣，跑半天，到底是跑去哪裡？

跑步應該是人類的本能，不管是要逃避猛獸或是逃避現實，人遇到危險會想拔腿就跑，那是一種健康的求生存方式。要是在過去，不能跑的容易死掉，就會被環境給淘汰，也就是以前教科書上說的「物競天擇」。

到底什麼時候開始，我們不能隨意地奔跑，要被壞空氣品質給關在家裡呢？

一邊跑，一邊高興今天可以跑，但也一邊生氣，為什麼其他日子不能像個人，享有該享有的權利，自在地在戶外奔跑？

那不是跟被綁架了一樣嗎？被限制住行動，無法自由地做自己想做的事。

台灣所有人都被空汙給綁架了，不，整個東亞都被空汙給綁架了。

之前韓國職棒曾因為冬季的空汙問題而停賽，有的人因此覺得職棒選手也太養尊處優了。拜託，這種說法簡直是忽略運動員的身體等於他們唯一的資產，相當於你們整家公司所有的員工加上機器設備，還有所有的專利權。

當運動員身體受害，就等於公司被砸壞無法恢復生產，甚至可能導致直接破產，這樣你還會覺得他們的自我保護算是過分要求嗎？

更別提買票去看球的觀眾也得暴露在空氣汙染中，其中有很多是孩子，再怎麼愛一個球隊卻為一個興趣嗜好賠上健康，那怎麼想都不太自然。

據說，日本東京都知事曾經寫信給北京市市長，要求參與改善中國空氣汙染問題，因為它已經影響到日本了。當然，這事後來不了了之。

首爾市長也曾經大聲抗議，但一樣遭到否認，甚至引發一場外交口水戰，中國認為汙染是韓國本地造成，而韓國的科學機構提出他們的研究報告，具體地以數據反駁並強烈譴責中國的空汙已經嚴重危害到韓國。

這都很有趣，最有趣的是，如果有一戶人家說他很強大，但對鄰居而言卻很困擾，是個公害，那真的是還不夠偉大。

前面是一座橋，沿著橋下，這步道順著河水繼續前伸。多年前在書上讀到一句話：「每個偉大的城市都有一條偉大的河。」是不是真的偉大不知道，但多數城市真的都有條河穿過，這多半跟人類的生活需要用水有關，還有，交通上若有個水路，確實挺能創造聚落的。

可是，那河自己知道嗎？眼前的河自顧自地流著，白色的水鳥站在河中央，盯著水中出神，綠色的兩岸草皮，陽光用它的溫度安慰每一個人，就算是最傷心的那個人。

k努力擺動雙臂，好帶動雙腿，畢竟已經四公里了，身體多少還是有點感覺，可是還要繼續。再一公里，就完成今天的日課了。

風，拍了拍他的肩膀，叫他往前去，前面有別的風景。

每次跑步，他總覺得是為了跑最後那一公里，前面跑的那些路，你也可以說一點意義也沒有，只是為了讓身體疲累，只是為了讓自己想放棄，只是為了那最後一公里，讓身體和心理對抗著，讓很想停下來的心被壓抑，讓很想跑下去的心伸展身體，因為繼續跑的理由很少，而不要跑的理由大概有一卡車那麼多。

k喜歡站在弱的那一邊。這就是跑最後一公里的理由。

而每次跑步都是為了讓那最後一公里被完成，讓自己相信自己可以完成，讓自己面對那個掙扎，然後通過那掙扎，就算不會成為更好的人，但至少會成為一個可以相信自己的人。

在該放棄的時候沒有放棄。那通常就決定了一個人的樣子。

好想好想放棄，好想好想不要放棄。人大概就是這樣掙扎，而也大概就是這樣的掙扎，決定人不一樣的樣子。

這當然是個自找的問題，可是問題不一定只有一種解決的方法，也可以逃避問題呀。眼前就有一種逃避問題的方式，就是去思考別人的問題。

到底為什麼劉明勳會被綁架呢？

是為了錢嗎？還是生意上的敵人？

07

結束跑步，走回家的路上，警方傳來劉明勳的背景資料，k坐在河堤旁的石椅上，一邊拉筋伸展緊繃的腿肌，一邊讀著手機裡的訊息。

簡單說，劉明勳就是富二代，但是，是另一種富二代。

就是那種深怕別人覺得他是靠爸族，拚命工作一天十六小時以上。

劉家原本是做塑膠石化，是傳統的製造業龍頭，十多年來也在科技產業裡有一席之地。

劉家近期在海外的投資都有些爭議，除了工資過低被詬病外，主要還是在環境問題的影響上，被當地環保團體抵制抗議外，也曾經因為排放的廢氣汙染值過高被當地政府巨額罰款。

可以說是禍不單行，雖然最後都以賠錢了事，但也可以說是傳統產業在新時代裡遇到人們對環境議題抬頭，進而產生了阻力的典型案例。

不過，最近鬧得比較大的新聞，除了爆炸案外，就是勞資問題。

因為工會和企業談判瀕臨破裂，之前就已引發許多反彈，主要是劉明勳的叔叔劉典瑞曾公開在媒體面前說現代年輕人只會爭取權利，不會爭取能力；只會出國玩，不會出國學。

劉典瑞的態度強硬，並曾說出「爛草莓就是爛」的話，雖然後來企業公關出面緩頰，說明純屬誤解，指劉典瑞說的是近期台灣農業受天候多雨影響，造成草莓歉收，那天劉典瑞在午餐時吃到幾顆爛草莓，而記者在採訪時將前後文省略，斷章取義造成。

這件事在全國越演越烈，臉書社團上甚至出現「爛草莓比你對環境友善」的連署活動，按讚人數在兩週內破兩百萬。

劉典瑞在三週後由公關公司陪同召開記者會，他坐在原地，看著公關公司人員念新聞稿道歉，之後不接受提問，轉身離開。

據說，目前在國外度假。

企業在最近這四個月都是由劉明勳主導經營方向，並開始一連串公關修補動作。今年的勞資談判在不愉快的氣氛中展開，原本已經有罷工日期的提出，但在政府介入後，逐漸有緩和跡象。沒想到，就在有些許曙光的關鍵讀秒階段，主要決策者劉明勳失蹤了。

k看到這，突然嚇一跳，怎麼會說是失蹤呢？之前不就已經講說是被綁架嗎？

目前，警方仍暫時以「失蹤協尋」的字眼在內部溝通，可能還是綁匪未提出確切的贖金數字，暫時定調為失蹤協尋，並且在考慮家屬感受下，不對外公開，並禁止任何媒體披露。

k心想，這應該也是警方的公關考慮，因為要是在這個經濟狀態未明朗的時機，突然傳出台灣大企業家被綁架，光是人們對社會治安的不安全感，再加上產業前景的大幅受挫，一定是政府想避免的。

不說別的，光是對股市的影響一定很大，怕幾個相關的產業概念股股價都會一洩千里吧。可是，就這麼些報紙媒體上就能找到的資料，怎麼釐清案情，更別提找人。以廣告的術語來說，就是一個不清楚的 brief，無法觸動人發想，無法啟發人創造。

看來警方現在是束手無策，沒有太多新的情報。

也好，k根本不想淌這個渾水，對方也只是位企業家，說不定還是一位相對較無良黑心的傢伙，也不知道到底有沒有做什麼虧心事，至少他叔叔劉典瑞就不是個多好的人，對年輕人很刻薄。

只是那支海明威鋼筆不就拿不到了？虧k那天還滿心期待它的到來，要是來了就可以好好拿來寫腳本，本來還想依賴它度過沒有司徒雅的日子。

k一邊起身，一邊走，想著要是有它，也一定很快就可以想出好的 idea，那現在沒有了怎麼辦，下週二還是要提案呀，本來打算今天跑步時可以想腳本的，沒想到多了劉明動這個案子，害他都沒想，這下糟糕了。

還是趕快回家洗澡，乖乖想一下腳本好了，做點有生產力的事。免得被嫌對社會沒貢獻。

畢竟自己就是劉典瑞說的爛草莓，整天只想出國旅行，也沒有打算存錢在台北市買房子，典型的年輕人，雖然也不是那麼年輕了，可是就只有年紀漸長口袋沒有跟著長，沒有努力要成為有錢人，因為覺得有錢人離自己有夠遙遠，大概差五百個光年。

k越想越氣，為什麼不是劉典瑞被綁架？這個爛人，賺了大錢，樂得在國外逍遙，卻是姪子被綁架。

k返家後，突然接到局長祕書來電，要求立刻前往偵查會議，說警方目前的偵查方向有巨大改變，電話裡也沒有說明到底是什麼改變，只要k盡快趕到，因為法務部長會參與會議。

k其實很不想去，但又很好奇，到底有什麼新方向。

應該說局長祕書很懂人性，刻意不說出會議內容，知道像k這樣不太願意主動參與案件的外部顧問，最好的誘因就是好奇心。

k急忙洗好澡，邊吹頭髮邊想，雖然劉明勳只是一個人的失蹤，卻可以牽動這麼多高層人力，表示這個企業的市值真的很高，影響國家經濟層面極廣。

k蹲下看一下飼料定時器，狗馬上從籠子裡走出來。「沒有啦，果果，還沒要吃飯啦，我只是先看一下有沒有壞。」k邊說邊摸摸狗的頭，「我又要出去了，你在家好好睡覺，回來我們再看電影。」

k穿好鞋，走出門，要關上時，還用腳擋著果果想趁機溜出的頭。「晚點見，掰掰啦。」，隔著門跟狗道別。

這個家已經快變成狗的家了，k總是戲稱狗是主人，他只是寵物。因為狗在家的時間比他還長，租這房子根本是租給狗住的。

這是一間近三十年的國宅，位在民生社區靠近延壽街，k喜歡四周都有行道樹，跟他南部的家鄉較像，不單單只是水泥叢林，而且生活機能良好，附近就有很多吃的，方便他這種單身漢覓食，只是房子本身舊，房租也不便宜，要三萬元。

房東太太說這是行情，這附近房子要租都是三萬元以上，而且要租還得用搶的，因為環境不錯，早上一貼上網路，可能下午就已經被租走了。

那時，房東太太充滿熱情地說著自己的房子有多好，可是k跟小製片琪琪聊起時，對方可不這麼認為，k上了車，邊開往在城市西邊的刑事警察局，邊回想琪琪說的話。

「拜託，民生社區環境雖然不錯，但那是跟台北市比，出了台北市，其實很多地方，都不需要這麼貴，我們嘉義一樣綠意盎然，而且東西又好吃啊。更別提，會租房子的還不是年輕人，因為買不起台北市的房子，卻又只能在台北市工作，根本是一種失衡現象，才不是那房子好到什麼程度。導演，你說對不對？」

琪琪是嘉義人，大學讀的是政大，也算是高材生，除了勤快會拍片外，也寫得一手好毛筆字，k有時候會拜託她幫忙寫片子裡需要的文字，因為k喜歡片子裡有一些人味。

像琪琪這樣的年輕人很多，來台北讀大學之後就留下來，因為許多產業只有台北市有較多工作機會，比方說傳播、廣告業，但對台北市的高消費物價都苦不堪言。

「我只是因為那時來台北習慣這一區，去廣告公司上班方便，久而久之，就懶得離開。」

k想起自己十多年前來台北工作，一邊回琪琪。

「對啊，你們來得早，現在收入都還可以，拜託，她租那麼貴，我要是租她的，就不用吃飯了！」琪琪講得義憤填膺，她一直是個對社會公義很投入的年輕人，光電腦上就貼滿了各種社會議題的貼紙。

「我以前來台北在吳興街也是租雅房，跟學生住，一個月三千。」k回想。

「拜託，現在哪裡找得到三千的？」

「那你們現在租多少錢？」

「套房一萬一，我跟同學他們三個一起合租，三房兩衛的一個月兩萬七，雅房的一個月八千。」

「哦，所以另外兩個共用衛浴喔？」

「對呀！」

「我那時要跟另外兩個人用，結果，有一點髒。」k想起往事，有點抱怨。

「導演，那也沒辦法呀，年輕人就是窮。」

「我知道，我只是覺得自己那時有點辛苦，但你們現在好像是痛苦。」

「對呀，現代的年輕人就是衰，衰到爆炸，沒錢還要被嫌。」

「我可沒嫌你們喔！」k趕緊撇清。

「對啦，可是那些大人們都嫌我們是什麼……爛草莓？他們才爛咧，做假油的是誰？做黑心食品的是誰？我看沒有一個老闆是年輕人呀，黑心鬼，大人都是黑心鬼，毒死別人，自己住豪宅，賄賂政府官員炒地皮，又只會給年輕人二十二K，還敢說什麼競爭力，自己最沒競爭力啦死財團，還不是只會剝削我們。」琪琪罵起來完全是停不下來，幾乎是順口溜了。

琪琪那時激動的樣子，真的很令人難受。以前k自己菜的時候，想像以後總有一天可以當上創意總監，那時再累好像都還有希望。

到底為什麼自己這輩的大人只會給別人壓力卻給不了別人希望，現在的年輕人真的是不夠好嗎？

那天看資料，劉明勳的年紀跟自己相仿，應該也正在準備完全接班，不知道他對勞資問題的態度是怎樣。

還在想的時候，車子已經開到刑事警察局停車場入口了。

08

「你好，我是k，局長找我來開會。」

「你這車號沒有登記呀。」駐衛警看了看車號後，對著手上的本子說。

「不好意思，你可以幫我聯絡局長祕書嗎？是她找我的。」

「你等一下。」他拿話筒聯繫，隔著車窗，k望著他，大概五十歲左右年紀，不知道孩子是不是也大學畢業了，若是，不知道找到理想的工作沒。

「好，你停B2的貴賓車位八號，可是你要注意一下，維安在那邊，可能會問一下。」

「啊，維安，什麼維安？會問什麼？」k嚇了一跳。

「總統的隨扈啦，問你是誰啊，沒關係，你就說是來開會的，他們是先遣部隊，在等總統車隊進來。」

「嗯，好，謝謝喔。」k一邊把車打入D檔，一邊想連總統都來了，到底是怎樣。

走進會議室，裡面忙成一團，刑事局長好像正在發飆：「他媽的，名牌放好沒，把茶給我準備好。」

「報告局長，都弄好了。」之前遇到的那位資深警官回答，他看起來倒是很冷靜。

「總統第一次來局裡，你們給我皮繃緊一點，報告呢？印好沒！」

k走進門，局長一看到他，瞬間堆著笑，立刻走向他。「我跟你說，導演，你來了就好。」

「什麼啦，我根本不知道狀況。」

「不是，他們說上次那個藥的案子後來總統有在關心，說你協助解決得很好，我想說，今天有你來，高層會比較放心。」

「可是我不放心呀，我什麼都還不知道。」

「很簡單，我等一下叫他們給你報告，你看一下。」

「我又不是你們刑事局的，總統來應該是要視察刑事局吧？」

「你是刑事局特聘外部顧問啊，我大略跟你說明一下，你很快就懂了，好啦！」局長一轉身又是凶神惡煞地吼著：「報告印好沒？趕快拿過來給導演。」

「還是你報告，我再補充？」k仍舊不放棄地說。

「我報告也可以呀，不過你千萬要好好幫忙，現在是國安層級了。」

「國安層級？到底是怎樣？」

「旺工的爆炸，可能跟劉明動失蹤有關。」

「啊？爆炸。」k驚訝地問，一旁的警官開始說明。

旺工是旺億工業區的縮寫，有一種說法是，這個國家最需要留意的戰略目標，不是水庫，也不是核電廠，而是煉油廠。因為許多水庫都嚴重泥沙淤積了，因此蓄水量有限，最主要的是過去對於水庫的設計已經思考過恐怖攻擊時，若水壩被炸壞對下游造成的損害，因此在設計上便已納入抗炸彈攻擊的思考，基本上，除非是以核子彈攻擊，否則應該不會造成太大損害，核電廠也是有相類似的建造概念。

而中部的旺億工業區，由於是民營的，當初建造過程政府無法過度干預，而且據說在前期評估時，並未預期到後續會變成如此巨大規模，原本設定為本國專用，但後來竟不斷擴充到提供亞洲區域的石油化學上下游供應鏈，這涵蓋一整個中部平原的範圍，光是面積便相當於一個小型城市，煙囪數目也高達五百多支，更別提其中盤根錯節的管路，裡面全是高燃燒可能性的油氣。

若爆炸是恐怖分子攻擊所致，對於國家而言，不只是亞洲最安全國家的名聲受損、投資環境的風險升高，對吸引外資會有影響，更直接地會讓人們對未來有極高的不安全感。

有一說是為了減少成本，在各個管線的用材上，未完全符合國際標準，經過一段時間後品質更加不穩定安全，但這也不得證實，因為從以前到現在就是個禁區。

過往這神祕的所在，由於當地政府以創造就業率做為訴求，且在政府與財團的緊密結合下，刻意披上一層神祕面紗，只知道創造了巨大的產值，但沒有公機關可以進行控管，對於內部的細節大多是資訊不全。直到政黨輪替後，去年才有政府研究單位意識到該區的危險性，在某次會議中提出，但自那時到現在並沒有進一步的控管方式，更沒有完整的緊急危難計畫。

當初這廠區的設立已經是近二十年前，是劉明勳的父親劉青山所創。據說，在當時就已經有極大的爭議，擔心對環境有不小衝擊，但因為國家經濟發展所需，勉強設立，後來成為大到國家管不住的怪獸。

k之前偶然讀到這篇報導，但也是只點出問題，還沒有解決方案。

「那現在的因應方式呢？」

「我們已經派人下去了，也要到了廠區的工程配線圖，但占地實在開闊，層面也很多樣，還不知道從何查起。」

「那這跟劉明動的失蹤案有關嗎？」

「雖然不確定，」局長到這種時候還是很堅持政治語言，「但當然有關吧，總不會那麼巧，有兩組人找他家麻煩呀！」

「重點是你們現在要怎麼辦？」k擔心地問。

「不，現在的重點是跟總統報告。」局長果然是塊做官的料。

結果，總統只有在全部報告完後，點頭對所有人說：「再麻煩各位了。」說完便起身離開。

總統起身時，整個房間的人都跟著起立，慢一拍的k慢慢站起時，發現總統早已走出去了，他心裡實在不懂，總統為什麼還特地跑來，看看書面報告不就好了！

k實在忍不住問了局長旁邊的資深警官：「總統就來聽這些喔？」

「光總統出現，就會讓所有資源集中了。」資深警官轉頭看向k，小聲地回答。

「什麼意思？」

「就是說，總統已經知道這件事，並且把這當作優先事項，所以接著國安系統應該就會立刻動起來，所有的國家資源都會集中到這件事上面，我們就不會被綁手綁腳了。對了，上次忘記自我介紹，敝姓鄭，鄭萬年。」資深警官一邊把名片遞出。

k接過來繼續問：「誰綁你們？」

「綁？哦，你說我講的綁手綁腳啊，官僚體系，你以為經濟部是吃素的啊？據說之前有一個假想，就是判斷旺工會造成國安問題，要求進去研究調查，結果被經濟部以危害國家機密擋了下來。」

「那現在呢？」

「現在就可以進去調查了。」

「不是啦，我是說，我們現在要怎麼辦？」k問。

「我們現在要開會。」送完總統的局長從門外走進來，聽到k的問題，大聲回答。「k，謝謝你剛才的補充，總統很滿意。」

「我什麼都沒說呀？」

「部長剛剛跟我說，你在場，就是最好的報告了。」

「好啦，我們現在要怎麼辦？」

「我們要去旺工。」

「可是你們對內部不是都還不熟悉？之前要研究都還沒辦法進去。」

「誰說的，我們才不鳥經濟部，他們說不行，我們就不做的話，早就被國安會釘在牆壁上了。」刑事局長粗聲粗氣地回答，邊大口地把咖啡一飲而盡，看來總統的離開似乎讓他如釋重負，但也表示刑事局長和國安會早就視旺工為目標很久，對於爆炸案的細節，應該會有具體的因應方式。

「局長，剛才劉太太來電。」一位女警官進來報告。

「她說什麼？」

「她問說有沒有她先生進一步的消息。」

「妳跟她說，現在已經不是他們劉家一家的事了，現在是國家的事了。」

看著局長說話風風火火的樣子，k覺得有點難受。

對於劉家來說，劉明勳是丈夫、是父親，但在這時候不再重要了，就是個案子。不過，k也想起檢察官司徒雅說過的：「你就是鏡像神經元太發達，太多同理心，案件就只是案件，我們要是像你這樣，早就發瘋了。」

走出會議室的同時，k想著，這案子司徒雅要是在應該也沒有機會參與吧，現在比較像是國安單位的事了，恐怕北檢也只會在日後案件落幕後，才會進來偵訊犯人。

感覺離司徒雅好遠好遠了，不知道她好不好？

09

他坐在那，仔細聽著外面的聲音，什麼都沒有，只有風聲。

想著來的路上，發生的細節，嘴巴有點乾，但還在可以忍受的範圍。

「你不要太擔心，需要什麼再跟我說。」說話的聲音很客氣，帶點台灣國語的中年男聲，從車前座傳過來。

他一邊聽，一邊想著到時要怎麼描述，以前看那些被綁架的電影，好像都這樣演，記下經過的路途。只是眼睛被蒙著，他覺得坐車坐了很久，應該有上高速公路，下了高速公路後，走走停停，然後上了山路，因為他覺得來回來回的，身體重心一直被晃動。路況很好，沒有上下顛簸，可是光這樣，又能讓誰知道這是哪裡呢？台灣山區那麼大，路不都這樣。

「可是也拜託你不要想逃跑，那樣會很麻煩。」那男聲繼續說。

「嗯。」嘴巴被塞住，只能發出一點聲音，他頭也點了點。沒有辦法看手錶，透過黑布只覺得外面應該還是白天，不知道家人知道了沒。

「有要上廁所再跟我說，不然就休息一下，快到了。」

可以利用上廁所來逃走，可是現在並沒有尿意，要是對方真的跟進廁所裡，自己卻尿不出來，會不會反而不好，讓對方更提高警覺？也許再觀察一下，這招待會兒再用。而且車子應該已經到了山區，對方說的上廁所，可能只是帶到山裡僻靜的地方，根本不會是廁所，在對方視線下，就更沒有逃走的機會了。

好不容易被帶下車，感覺已經是好幾個小時了。

下車後，被扶坐在輪椅上推著走，這應該是他這輩子第一次坐輪椅，想不到是在四十三歲的時候，眼睛看不到，感覺有點怪。

地上不是很平，不過應該是被推到一個房間裡，是山裡頭的工寮嗎？出了車子就感覺一股涼意從身邊而來。房間裡有股淡淡的濕氣味道。

「你先休息一下，山頂卡冷，你忍耐一點，床上的衣服你可以穿，拍寫喔，可能不是太高級，請體諒。」

「啊，你手可以活動了，我去弄吃的。」對方說完就離開，聽到關上門的聲音。這時他才發現手上的壓力變輕，他立刻用力拉開手上的繩子，拉掉眼罩，扯掉嘴裡的布，同時看到眼前是個破舊的小房間，木頭上面滿是斑駁痕跡，沒有燈，暗暗的。

下週公司要開董事會了，不知道來不來得及？

10

k拿起日本帶回的銅壺，裝入清水，放上爐子，打開從墨爾本帶回來的 Seven Seeds 的巴西咖啡豆，舀了一匙，深吸一口氣，好香，放入 TIAMO 的白色磨豆機裡，按下開關，低頻的噪音響起，但很快就停住，同時室內充滿咖啡豆的香氣。

拿出 HARIO 的黑色小磅秤，HARIO 的 V60 白色手沖濾杯，用手打開濾紙，鋪上，先用水澆濕濾紙，這動作可以同時預熱濾杯，接著再把濾杯和量杯一起放上磅秤。

水滾後，確認溫度，按下小磅秤上的計時，開始注水，從圓心往外緩緩繞圈注水，第一階段讓咖啡甦醒，讓二氧化碳的氣泡逸出，大約三十秒，注水量大約五十ＣＣ。

第二階段，繼續畫圓注水，注意注水時水量不能忽大忽小，盡量保持在相同的出水量，手勢維持穩定，繞圈時保持一種韻律，這個時間大概在兩分半內完成，咖啡粉和水的比例則是一比十六。

雖然中間變數很多，可是盡量找出每一支咖啡適合的時間和溫度，讓這個過程充滿了樂趣。k就曾經在墨爾本一位咖啡師的家裡體驗到，自己沖的和對方沖的竟截然不同，證明了手沖咖啡確實是種藝術，會因成就的人而有不一樣的風味。

k喜歡整個過程裡專注的心情，那是很難得的，現代生活被3C給牽著走，什麼時候都得要一心二用，甚至到三用四用，能夠專心的做一件事，變成一種安靜下來的療癒課，他非常珍惜。

而且這也好像是生活裡少數你可以自己掌握的幸福。那帶給人一種安全感。

k喜歡自己一個人在工作室裡沖咖啡，只開靠窗的那一盞黃色檯燈，暗暗的室內，有溫暖的咖啡香流動，很像回到媽媽的肚子裡，非常平和。

叩叩叩，門上突然響起敲門聲，這工作室遠離市區，平常不太會有人來的。k心裡納悶，嘴裡還是禮貌的本能反應：「請進。」k喊著。

進門的是一位三十多歲的美麗女子，長相清秀大方，褲裝裝扮簡潔，質料極佳，看得出來都是名牌，但看不到任何LOGO，像是一位低調的上流名媛。

「你好，我找k導演。」

「呃……，我是。」k從沒想過會在自己的工作室裡遇見美女，一時之間有點不知所措。

「我們通過電話，我是劉明勳的老婆，我叫李恭慈。」女子表明自己的身分。

「妳好。呃，我正在沖咖啡，要不要來一杯。啊，妳請坐，很亂，請不要介意。」k連忙把放在椅子上的運動服拿起，工作室裡也就三張寫字桌，搭五張椅子，沒有待客用的沙發，因為從來沒想過要待客，也沒有任何會讓這空間舒服的東西，因為太舒服k就會想睡覺，總不好到工作室睡覺吧。

k心裡來回想著這些亂七八糟的念頭，手邊倒著咖啡，倒是這劉明勳的妻子來幹嘛，還有，自己這地方雖然不是很隱密，但也沒幾個人知道，連警方都不太清楚，難道她找徵信社調查我？

劉太太坐下後，端詳著工作室，對空間裡沒任何擺設並不感到納悶，倒是看著k桌上平擺的鋼筆和墨水。

「我先生也玩鋼筆。」她緩緩開口，語氣堅定，卻又好像強忍著情緒。

「喔，我知道，我想要跟他交流海明威。」k遞上咖啡後，在大桌子後坐下。

「我猜，應該是這個吧。」劉太太自手上那個看來要價不菲的名牌包中拿出一個包裹，遞向k。

k看向這被擺到桌上的包裹，有點驚訝，原本以為隨著劉明勳的失蹤，這支筆大概也就拿不到了，看到包裹上漂亮的字跡寫著自己的名字和地址，他知道為什麼這位劉太太找得到這裡來了。

「我先生把這放在他的書房，應該是打算當天上班時寄給你。」

「喔，應該是。」

「我想說自己送過來給你，順便拜託你一件事。」

「啊！什麼事？」

「請你幫幫我們。」

「我？我又不能做什麼！」k心想自己應該已經從這案子脫身了，那天刑事局長志得意滿地帶著部屬就要南下去旺工調查，似乎完全把k給忘記了，大概是覺得k派不上用場了，也沒叫哪個警官要k繼續參與。

「我有問過其他警察，他們說你之前幫忙解決一個藥廠的大案子。」

「沒有啦，那是湊巧。」

「警方現在只在意要抓住那群犯人解決爆炸案，根本已經不管我先生在哪裡！」劉太太激憤地說。

k心裡想，這也合理，之前怕影響股市，現在狀況是更高層級的國安問題，旺工的爆炸，不只是股市崩盤，恐怕整個政府都要被高度質疑，在這個比較的天秤底下，劉明勳的個人安全已經不是第一優先，更別提旺工過去就是個不受政府管轄的未爆彈，劉家在這件事上也有可議之處。

總之，從社會觀感來看，就是財團把持地方勢力，現在釀成了社會公安事件，當然頗不利，警方大概也不會再把資源只集中在處理這個綁架案。

或者說，要是能解決綁架案很好，但優先順序是爆炸案，若兩者衝突，那當然很容易取捨。一邊是影響社會觀感，牽連數十萬居民的安危，一邊是作風爭議的家族企業呀。

但k心裡覺得納悶：「妳怎麼知道是那群人，而不是一個人？」k遞出剛煮好的咖啡。每次都覺得這動作很美好，把一股香氣傳給另一人。

「一個人應該無法弄爆炸吧？那是一個園區，而且平常本來就戒備森嚴。」劉太太說完時，喝了一口咖啡。

「喔。」好像有道理，但k並沒有被說服，那天在專案會議裡，並沒有人對歹徒人數提出討論，為什麼劉太太那麼確定是一群人，還是她有什麼沒跟警方說的。

「不好意思，這裡有點暗喔，我平常一個人都不太開大燈，妳等我一下。」k起身開燈，畢竟還是亮一點好，窗外暮色已盡，夜晚開始接班了。

「可是我可以做什麼？」k坐回原位問。

「幫我找我先生，我可以給你比特幣，你不必繳稅，還有整套文學家鋼筆。」

「整套文學家？」文學家系列從一九九二年開始，針對不同文學家一年發行一支限量筆，第一支就是k要買的海明威，目前總共有二十八支，因為是限量的關係，之前很多都已經消失了，所以增值了許多，市價不菲，k聽說過價錢是要新臺幣一百多萬元。

「我先生今年生日我要送他的，我跟德國原廠拿的。」

「妳先生的生日禮物，我不好意思拿啦！」

「我先生習慣特別的東西有兩套，避免壞掉後就沒有了，所以我買了三套。」

k聽到這裡，真的覺得有錢人想的跟自己不一樣，自己以前做廣告賣東西給有錢人，搞不好全都想錯了。

「那比特幣是怎樣？」k問。

「我可以給你一百。」

「一百比特幣？」k只聽過比特幣，但從來搞不清楚那究竟是要幹嘛的，是拿來玩遊戲的點數嗎？

「你現在可以查一下比特幣的價值。」

k拿出手機，上網查詢，比特幣價值，馬上出現5066.64。欸！可是這數字又繼續跳動，5068.62。哦，所以這跟貨幣一樣，是會不斷隨著匯率變動的。

「一百比特幣，就是五百多萬，哇喔！」k驚訝地看向眼前的女子。

劉太太臉上表情沒變，冷靜地說：「你剛說5068？」

「對，5068啊！」k還在震驚裡，也太多錢了吧。

「那應該是比特幣對美金匯率。」太太緩緩地說。

好像在說一個關於小學生都知道的常識。

k，不是小學生。

11

「導演，後來呢？」

「什麼後來？」

「後來你有答應嗎？」

「我當然沒有，誰會對一個要崩潰的太太下手……那是一億五千多萬元耶！」k說完，看看螢幕裡的場景，有趣的是周圍忙碌的年輕人都停下動作，原來大家都在偷聽。

片場裡，k習慣邊工作邊聊天，尤其拍片時，常常需要微調燈光，調整場景，在這空檔時，就能聊天。當然，業界也有完全不聊天的導演，只是那樣工作人員多少會覺得拍片的時間很冗長，工作很辛苦。

「趕快動作，導演在等你們，我們是來工作的。」燈光師光哥催促著大家，所有人才又開始動作。

「一億五，我們就可以拿來拍電影了呀。啊，對了，你現在講這，是可以講的喔？」攝影師問。

「今天早上報紙不都登了嗎？我猜是那個劉太太要把事情搞大。」k邊看著螢幕說著，「欸！攝影師呀，我希望主角臉清楚，但不要太亮，勾出線條就好了，讓他表情看得到。」

「沒問題導演，我再修一下。光哥，你叫他們左邊那顆減暗，右邊打到最亮我看一下。」攝影師阿力一邊吃著粽子，一邊說：「導演，我看這個劉明動凶多吉少……」

這位攝影師雖然是業界排名第一名，可是對於工作沒有在放鬆的意思，總是要求做到最好，不會因為已經有名氣就隨便。不過，對於聊天也很投入，只差k一點點。

不過，k倒是略過了爆炸案的事，畢竟這目前還在調查階段，不知道是不是恐怖攻擊，還是不要擾亂民心得好。

「阿松，你那邊好了，跟我說喔。」光哥用耳機聯絡遠方的燈光助理，口氣客氣但透著種威嚴，因為他現在是業界最資深的燈光師。

拍片現場裡，大家動作都得很快速，因為所有的東西都是算時間計費的。

可是最重要的還是方向，如果方向不確定，就算忙也是瞎忙；若是方向確定，一場戲，其實不必太多不同尺寸、鏡位的鏡頭，只要能夠有效傳達意念，讓戲推展下去就好了。

多數時候會拍到拖班，也就是超過預定時間，都是因為不確定方向，因此每種鏡頭都拍，好避免之後剪接缺乏選擇，可是這對現場人員來說是種煎熬，因為只要換個鏡位，常常所有燈都得重打，不只耗時間，也耗心力，對k來說，還浪費一樣東西，那就是，電力。

拍片用的燈都需要極高的電力，雖然也會在拍外戲時用發電機，可是一樣是使用能源，若從完成一個作品的角度來看，要是可以把八小時的片在六小時內完成，那所有人都會快樂，所有資源都不會過度浪費，這應該是件好事，前提是完成一樣好的作品。

k認為專業人士除了要完成好的藝術作品外，也要讓創作的過程藝術化，不讓環境和成員在創作過程裡變成一個不好的人，讓每個人都能安心且快樂的工作，而不是一個壓榨一個，讓這整個產業鏈是個痛苦的鎖鏈，鎖在每個人的脖子上。

這很難完全做到，k很清楚，就算自己那樣想，可是在現在的商業環境裡，生態系較下層的夥伴仍難免被要求削價的壓力，但不能因為這樣就什麼都不做，就什麼都放棄，如果自己能夠多做一點什麼，減少沒必要的開支，創造出一些利潤給製作公司，他們就有機會分配多一點利潤給底層的夥伴，這是食物鏈上端的應該做的。

專業人士應該要比別人更專業的，除了對得起高報酬外，若能創造高效率，也是另一種高水準的展現，至少那是對資源的尊重，對過度尖銳的現實是一種相對和緩的報復。

今天的拍攝因為有專業人士的幫助，進度又超前了，k心裡很感激，不過也知道大家都很開心，因為收工後可以各自和家人團聚吃飯，不會回到家，全家都睡到不知道何處去了，片場裡有股勤奮但開心的氣氛。

「劉家的事業那麼大，難怪別人目眶紅。」攝影師阿力看著螢幕上的構圖，得空說。「他們有錢人，應該多做些公益啦，不然，人家都會討厭。」光哥也跟著提：「主要是他們賺的錢，很多是跟破壞環境有關。」

阿力是一個很重視孩子生長環境的好爸爸，幾次環保遊行都全家參與，冬天裡淋著雨也願意走完全程。

「台灣的經濟很多都嘛是犧牲環境來的，可是錢被有錢人拿走，我們一般人得到的只有生病，只有環境壞掉。你看我們蘭嶼，那個核廢料，那時候來還說是要設罐頭工廠，真的，我那時候是小孩子，真的聽到他們這樣說。」光哥平常笑口常開，只有談到核廢才難得義憤填膺，顯露生氣的樣子。

「啊，真的給你們罐頭啊，核廢料罐頭。」阿力笑著說，手還拍了拍光哥，安撫他激動的心情。

「說什麼會給我們工作機會，結果是拿來放核廢料的，都騙人，到現在還不遷走……」

「好啦，光哥，不要生氣，我代表我們漢人跟你道歉。」k也出聲安慰。

「導演，謝謝啦，可是只有你們幾個關心，我們每年上凱道，好像大家都當成是慶典，我們是去抗議的耶！」光哥雖然生氣，講話還是很溫和。

「導演，光哥都穿著丁字褲上凱道耶！」阿力笑著說，也只有阿力敢開這種玩笑。攝影師和燈光師是最密切的夥伴，除了工作密切外，交情更是深厚到彼此理解對方的苦。

「那是戰袍，我們要把惡靈趕出去啦，我爸九十幾歲了還上來。」光哥是個孝順的兒子，雖然已經五十幾歲了。

k望著他，想到業界許多委屈，光哥都看過也都吞過，但就是對族人被欺騙且影響到後代子孫感到憤怒，光哥這幾年都會回去幫忙建設鄉里，還說要蓋一間蘭嶼教育大學，簡稱「蘭教大」。k想著，如果連一個如此溫和、愛開玩笑的人都會氣成這樣，那我們是不是太不生氣了？

k看了一眼身後十公尺的客戶區，也是充滿了電器，一臺臺筆記電腦架著，還有一臺臺的螢幕，每個人都很辛勤地看著眼前的螢幕，每個人都很努力地奉獻自己的青春歲月在工作上，只是這些最後不只化為甜美的經濟果實，有時也伴隨著環境惡果。

對於環境惡化，自己可能也是幫凶之一而沒有意識到，就算不是罪，可能也是一種天真，一種對自身命運的過分天真。

「其實，我們大家在用電的時候，本來就該想到蘭嶼人的犧牲，更不要便宜就亂用，那些環境的後果、那些核廢料都是我們的子孫要面對的。好了，我們來拍片，要有效率地拍，不要浪費電，請演員就位……」k吆喝著大家，朝著最後幾顆鏡頭繼續前進，「stand by rolling, and~action」

12

狀況變化很快，k突然又被找去開會。

不過，似乎刑事局被從「旺工」的主導角色換下來，現在是國安會在主導，刑事局被要求以劉明動案為主要突破缺口，積極解決。

k被找來若只是為了開會的話，他就沒興趣了。可是昨天收到了一瓶墨水，而且是個小朋友送來的，一切就不一樣了。

k昨天收工後到家，剛接近五點半，正換好跑鞋準備出門，想抓住夕陽餘暉跑步。

k上次聽到一位台灣的超跑選手聊到一個關於夕陽的故事，對，比起汽車的超跑，k對於參與超級馬拉松的跑步選手，可能比較有興趣一些。

那位國際知名的超跑選手聊到，有一次在一場沙漠的超跑比賽，幾位選手完賽後坐在地上，又疲憊又滿足地聊天，巨大的夕陽，正逐漸降下沙漠的邊緣，「你知道那夕陽有多大嗎？這麼大。」超跑選手誇張地揮動著雙臂形容，「幾乎占滿你整個視野，沙漠的夕陽就是那麼大。」

他繼續說著：「這時候，看到那個橘紅色巨大無比的夕陽裡，遠遠地出現兩個小小身影，所有人停下聊天，因為都想看清楚是誰，後來，人越來越近，是一對七十幾歲的老夫妻，而且他們是牽著手跑。」

這超跑選手講到後來都哽咽了，「我轉頭看，所有的選手都流下淚來，因為太美了。」

k永遠記得這段話，所以他喜歡夕陽，只是不知道誰會跟他牽手跑到最後。

昨天就在他要和夕陽一起跑時，一部車來到工作室門外，是部高級的房車。

車窗搖下來，是劉明動的老婆，一臉抱歉地說：「導演，不好意思，我們家妹妹想找你一下。」

劉明動的老婆下車，打開汽車後座車門，一個小女孩被她抱下車，是個好可愛、雙眼皮深邃的小女孩，她跑向k，拿了一個小紙盒遞給k。

「這給你，媽媽說你喜歡鋼筆，我猜，你跟爸爸一樣，也會喜歡墨水。」小女孩的眼睛很大很漂亮，說話的聲音極可愛、有教養。

小女孩看來大約三、四歲，一轉身，又跑回媽媽站立的車邊。

k還有點反應不過來，站在原地，看著她們。

小女孩舉起左手，五指併攏，在眉尾，敬了個禮。k感到驚訝。

「不好意思，她有點害羞，所以用敬禮代替說再見。」身旁瘦高的媽媽解釋著。

「我也很愛畫畫喔。」小女孩突然冒出這句話。

「是喔，下次畫給我看。」k微笑，看著小女孩被抱上車。

媽媽向k點了個頭說：「再拜託你了。」隨後上車，車就開走了，在美麗的夕陽裡，轉個彎，一下子就不見了。

k望著她們遠去的方向，低頭，打開紙盒，是小小的墨水瓶。

跟眼前夕陽相像的橘紅色墨水，搭配著黑色的瓶蓋、厚實的玻璃瓶，安靜地躺在盒裡。

你怎麼拒絕夕陽和墨水呢？

還有眼睛大得跟夕陽一樣的小女孩？

想著昨天的情景，回到眼前的會議。看會議桌大小，這應該是個小型的偵查會議，可能是刻意要減少參與人員的編制，或許是怕情報外洩，現在的媒體太厲害了。

一會兒，聲量跟身量一樣粗壯的刑事局長走進，幾個警官都立刻起立，喊：「局長好。」

k因為正在玩手上的海明威鋼筆，有點來不及起身，就也隨口喊了句：「局長好。」

局長移動他略顯分量的身軀來到會議桌的最前頭，經過k時，還拍了拍他肩膀說：「導演，這次要再麻煩你了！」

過度的客氣，讓k有點警覺，等等又會有什麼事。

「我們現在掌握一位工會重要成員姚和亮，懷疑他涉嫌綁架，不，和失蹤案有關，現在以關係人的方式請他來說明。」之前見過的資深警官鄭先生，一等局長坐定，就開始說明。

「今天咖啡好嗎？」局長開口，跟案情彷彿毫不相關。

「嗯，不錯呀。」鄭警官果然是官場老將，臉不紅氣不喘地回答上司。

「那有沒有請人家喝看看啊？」局長目光一閃，突然看向k。

「有，我有喝，很不錯，是巴拿馬的吧，哈特曼莊園的長尾鵑嗎？」k端起手上的咖啡杯，趕緊回答。

「對，是日晒的，我用陶鍋烘炒的。」鄭警官緩緩回答，好像這也是案情的一部分。k對這人因此印象深刻，可以快速轉換議題，毫不驚慌，更特別的是，竟然會手烘咖啡豆，一定要結交為朋友，太有趣的人了。

「那要不要請k和那個姚關係人一起喝個咖啡、聊聊天？反正，你們現在也問不出什麼東西來，放鬆一點會不會好一些？免得人家都說我們警察不知變通，又不通人情。」

「可是，我，我要跟他聊什麼？」k抗議。

「你們年輕人好聊啦，聊網路、聊電玩啊。」

「我又不打電玩。」k回答的同時，就知道自己掉入言語的陷阱了，因為局長勢必會說那你就聊點別的。

「不是啦，重點是我為什麼要跟他聊啦！」k弱弱地回。

「為了國家社會，為了劉明勳，還有他女兒。」局長端起了咖啡，閉著眼睛，聞著咖啡香，「你見過她嗎？非常可愛，你應該也會想幫她的。」

「不是，我的角色很尷尬吧，他又不認識我，我是說那個誰，工會的那位。」

「那你就錯了，他認識你，你之前不是有拍一支二十二K的片，講大學生畢業也剩不到二十二K的日子，年輕人不是都有看？」

「我那個不是給年輕人看的啦，是給大人們，如果大學畢業生都剩不到二十二K，那大人們不是更少嗎？那還那麼執著於金錢幹嘛，應該把資源開放給年輕人，自己好好把握時間去做真正想做的事，而不是只想要賺錢。」

「看，是這個意思喔？我還以為是要鼓勵年輕人不要怕起薪少。」局長放下杯子，一副不以為然的樣子，隨手翻著手邊資料。

「以我為例，我如果活到我父親的年紀，我剩八K，局長你也可以算一下你的。」k難得對局長講話大聲。

局長拿出手機，點了幾下，表情似乎有點凝重。

「我今天來也是用我剩下的八千分之一，所以我當然想幫那個小妹妹呀，可是這樣，合法嗎？」

鄭警官看局長盯著手機不答話，便接著說：「關於法律的部分，我來說明一下。基本上，如果照局長建議的，我們只是邀請導演和姚先生喝咖啡，沒有什麼具體的要求，您也不是執法人員，所以也只是單純的社交，沒有什麼需要擔心的。」

「那他說的話，會對他有不利的影響嗎？」

「因為你不是執法人員，所以除非他講出具體的犯罪事實，而您成為我們警方的證人，否則這並不是偵訊，他也不是自白。」

「那你們會有人進來嗎？」

「不會。」

「那你們會錄音嗎？」

「會。」

這時，局長的椅子發出巨響往後退，他一個起身，「那接著交給你們。」話一說完，就走出去了。

「是，謝謝局長。」鄭警官抬頭看向局長背影，臉上帶著驚訝，可是那表情瞬間就收掉了，他轉頭對k微笑著說：「導演，那我現在帶你過去，跟姚先生聊聊，我手上正好有本你的書，不如你簽個名送他。」

「啊？喔，好。」k回答的同時，心想這鄭警官原來都準備好了，看來是個深謀的人。

k起身拿起自己的包包，同時聽到旁邊有其他警官在討論：「局長不知道怎麼了。」「對呀，突然就走了。」大家議論紛紛。

「每次我分享講到這段，都會有人離開，我也都會替他們高興。」k回頭看向那幾位警官，他們望向k，安靜了下來。

「因為表示他想到有更重要的事要去做。」k說完對他們微笑，離開。

13

「姚先生，謝謝你，今天辛苦了，來，喝點咖啡，這我手烘現沖的，巴拿馬的咖啡豆。」鄭警官一手拿著咖啡壺，一手拿著書，帶著笑，走進房間，k跟在他後頭進門。

「這位是導演k，他剛好來跟我們聊天，想說，介紹你們認識。」

「哈囉，你好，我是k。」

「我是姚和亮。」

「導演你們聊，我有點事去忙一下，這壺咖啡我放這邊，啊，對了，還有這本書，導演的大作。」鄭警官把書遞給k，點個頭，就出去了。

房間裡，只有一張桌，兩張椅，k在對面坐下。姚和亮看起來比想像的年輕，大約三十歲。剛走過來的路上，鄭警官大概介紹，說姚今年三十三歲，擔任工會領導角色大約兩年的時間，最近很積極地在主導勞資談判。

他長相清秀，戴了一支膠框眼鏡，穿件白色T恤、牛仔褲，文青感蠻重的。

「他們叫你來問我嗎？」姚有點防備地問。

「算是吧，不過，我也不知道問什麼。」

「我們主要的抗爭對象不是劉明動，我剛跟他們說過了，是公司本身。」

「是喔。」k摸索著，從筆袋裡拿出海明威鋼筆，翻到書的內頁簽名。「來，給你。」姚接過去後，看了看封面，說：「好，這本我沒有，你之前的我有買。」

「哦，謝謝啊。」k幫姚倒了咖啡，「這支豆子不錯。」

「你對這案子了解多少？」姚和亮邊喝咖啡，邊看著k問，眼鏡後的眼神蠻銳利的。

「劉明動失蹤了，接到電話，說叫家屬準備好，家屬問說準備錢嗎？對方回你們只想到錢，就掛掉了。現在又說跟爆炸案有關。」k心想，大概這些都可以說吧，反正這些新聞都已經露出了。

「我知道的也是這樣，並沒有比你多。」

「那他們找你來幹嘛！」

「可能想說我們之前跟公司談的時候，不是很順利，覺得我們會對他不利。」

「你們會嗎？」

「我們又不是瘋了，只是勞資談判，誰會想要擄人勒索啊，那樣又不會解決問題，還會造成問題，模糊焦點，你看，現在談判都先暫停了。」姚說得真心，k邊聽他說邊想著，這到底怎麼回事。

「你看你之前不是在談青年低薪嗎？你不是說老闆若只付得起二十二K，是老闆沒有競爭力。」姚繼續說著。

「對啦，現在勞基法也調整了，應該沒有二十二K了吧？」

「但是慣老闆還很多，覺得有付錢，員工就要付出任何代價，而且其實很多是管理階層的問題。」姚和亮手摸著咖啡杯的邊緣，眼睛發著亮，激動地說。他應該很習慣跟人討論勞權，隨時都準備好要說服對方。

「欸，我以為你們只是勞資雙方在薪資上的協調而已。」

「沒有啦，我們也在討論工時的計算方式，還有工作環境的安全性。」

「所以你們覺得公司接受嗎？」

「原本不太順利，可是我們還是很堅持，據說，本來有個轉機，公司的高層願意出面來協調了，沒想到現在變這樣……」

k很納悶，所以勞資問題已經要解決了，那怎麼還需要來找這位姚先生？

「你覺得本來有轉機？」

「對呀，你也知道時代在改變，那種過度壓榨的方式已經不是我們這一代年輕人能夠接受的，所以我們要求溝通的主管在態度和語氣上也該有些改變，雖然這和薪資本身無關，但我覺得很重要，因為是尊重。」

「你講得沒錯，人才是因為被當作是人才，才會有人才的作為。」k非常認同，當代的傑出人士要的從來就不只是薪資，反過來說，只要薪資的，也不太會是人才。

「所以我們也提出，要能反過來評估主管的績效，其中包含領導力和管理風格。」

「有，以前我們在廣告公司說這叫三百六十度評估，就是不只上司評估下屬，合作的部門、被帶領的下屬也都可以評估上司，這樣最後的報告呈現會比較完整，也比較能夠讓每個人進步。」k想到那時候，自己還會評估到總經理，就覺得很有趣。

k以前在外商廣告公司工作，這是行之有年的評估方式，不只是為了照顧基層員工，而是實際地提高公司的效率，否則要是都只照年資安排，那只會讓公司死氣沉沉，毫無進步動力，更會讓人一升上主管就作威作福，甚至完全不工作只做官，那才是公司經營最大的絆腳石。

「是吧，我覺得我們公司以前就是把人當機器管理，也許是那時候覺得會比較有效率，可是新一代的管理學不是這樣的……」

「哦，你有學管理學？研究所？」

「我現在讀在職班，你知道公司也是很在意員工的學歷，有點知識才能對抗。」

原來姚和亮是個有在思考的員工，也願意拓展自己的視野和語彙，好跟制度制定者溝通。

「那你覺得劉明勳那是怎麼回事？」

「別人我不敢講，我們工會應該沒有人會這樣做。」

「為什麼你那麼確定？」k有點好奇姚怎麼這麼斬釘截鐵，畢竟工會裡的成員總有不同想法，怎麼確定不會有人想走極端？

「當初會進這個企業的，都相對保守啦，我們工會就我最激進，不會有人做比發聲明稿還激烈的動作，連要去開會，我都得拜託大家，更別提我私下的理解，劉明勳或許還是較好溝通的。」

「哦，是這樣子呀。」k發現警方目前的方向好像跟姚的說法不太一致，如果說，姚不是為了轉移警方注意力，而丟出這些，那會不會事情並不如表面那樣？

「這咖啡你還要不要喝，不然我就都……」拿起咖啡壺的姚表情好像很放鬆，看不出有太多情緒波動。

「可以呀，你喝，這支豆子不錯。」一邊回話的k心想，從沒見過姚，但可以感覺到這個人似乎蠻好相處，具有一種魅力，難怪會當工會的領導人，說話的樣子也蠻有條理的，在談判時應該有他一定的影響力。

如果今天是在別的場合遇到，說不定他們還可以成為朋友。

警方的懷疑一定有他們的依據，只是可能因為現在才只是初期，許多情報都還沒獲得，因此選擇第一直接的關係人來調查也無可厚非，只是現在這樣聽起來，k不太有把握真的跟工會有關。

到底為什麼劉明勳會失蹤，真的跟工會有關嗎？另外，跟爆炸案到底有沒有關係？難道是被恐怖分子綁架了，那要求的又會是什麼恐怖的事呢？

望著手上的海明威，k突然想到，要是筆會說話，曾在劉明勳桌上的它，說不定知道發生了什麼，可以說明這團迷霧到底怎麼回事。

14

k買了瓶新的小墨水，是 J.Herbin 的 VERT DE GRIS，這法文翻譯過來應該是銅鏽色、灰綠色，而墨水瓶上印了個小巧可愛的澆花器，多半是設計者的巧思，覺得這顏色和那氧化後的澆花器顏色相近。

把鋼筆放入清水中，轉動筆身後面的活塞，吸入清水後，再反向把它擠出，來回幾次後，把筆管裡殘餘的墨水洗乾淨，這就是洗筆。

k總覺得這個過程中，心會慢慢平靜下來，有點像是在洗滌自己的心一般，把那些屬於過去的回憶洗掉，把那些塵世裡的喧囂吵鬧洗掉，讓自己回到空淡，放空，好再納入新的想法。

轉開小墨水瓶，將筆尖緩緩插入，旋轉筆尾的活塞，把新的墨水吸入，轉到底後，抽出筆尖，再用衛生紙把筆尖上殘留的墨水擦乾淨，這時入了新的墨，感覺就是一段新的開始，新的想法就可以開始萌發。

k常在工作上用這種方式暗示自己，讓自己擁有新的觀點，雖然筆還是原來的筆，自己還是原來的自己，但奇妙的，就好像真的可以有不同角度的發現，不一樣的 idea。

今天的工作剛好是他最喜歡的廣告，應該說做起來最多樂趣的，因為跟咖啡有關，也跟他喜歡的城市有關，關於巴黎。

他曾經在巴黎遇上喜歡的日本小說家，走在尋常的街上，手一邊甩著雨傘，來回晃動著，嘴上還吹著口哨，一副吊兒郎當的樣子，或者說，極度的放鬆。

幾年後，那作家和演員老婆分手了，依舊住在巴黎。k從新聞上讀到時，想著他會不會還是晃著手上的傘，繼續在巴黎的歌劇院區街上晃著？一副蠻不在乎的樣子，彷彿世界就只是一場愉快的遊戲。

k自己的心好像也跟著那把傘晃呀晃的，不過，就算旁人看起來有點好笑，自己至少面對這醜怪的人生還笑得出來，就好了，不是嗎？

要怎麼呈現心的安適呢？要怎麼呈現這個品牌喜愛藝術，並且因此理解這杯咖啡如同藝術般的自在感呢？

當你喝這杯咖啡，有許多種情緒，其中有一種是「自在」。

k想到一個三種角度的拍攝方式，好讓三種情緒被感受到，攝影機來自於三個不同角色的觀點，可能看到同一個事件，卻有三種情緒抒發。

k想到巴黎塞納河畔常有的舊書報攤，假如一陣風起，把攤上的報紙給吹飛，而顧攤的老店長起身追著飛散的報紙呢？

而這一幕，被咖啡館裡一位踩著高跟鞋、戴著墨鏡、衣著時尚的妙齡女子看見，端坐在桌旁的她，望著老人踩踏的步伐，在風中，抓住被吹飛在半空中的報紙，兩臂前伸，因為風向改變而跟著轉動身軀，彷彿和報紙跳起了一段雙人舞，有感而發的說「愛情就是一場不由自主的迴旋舞」。

另一個身著白衣、思索著人生意義的年輕女孩，抱著書從咖啡館走出，也同樣望見了這一幕，總是憂慮困惑的她，觀看的重點卻是那飛揚的報紙，想到的是「不跟我一樣，世上總是充滿不知去向」。

而另一個正坐在咖啡館外露天咖啡座的三十多歲男子，正手持著咖啡杯享受著屬於自己的閒適時光，同樣望見這一幕，他微笑著，看著翻飛的報紙「原來，巴黎的風，也懂文字」。自在的他，想像著風正在翻頁，讀著報紙。

這樣一個事件，三個人，三種觀點，就可以分別呈現角色當下的三種不同情緒，同樣是喝咖啡，被放大的情緒，讓人對這世界因此有三種觀看方式。

k整理完腳本後，覺得還可以，想像這支片拍起來應該蠻有樂趣的，攝影機各自放在三個不同的位置，然後捕捉的重點不一樣，創造出不同的鏡頭感，甚至在影片的節奏上也可以有所不同。

對了，影片的色調也可以不一樣，分別是一開始的妙齡女子可以用紅色調象徵對愛情的渴望、敢愛敢恨；然後中間那多愁善感的年輕女孩可以用白色，象徵她的純潔、涉世未深，還有點困惑。而最後自在豁達的男子，當然影片就可以多一些藍色調，好呈現自在如巴黎的藍色開闊天空。

而紅藍白三色又正好是法國國旗的顏色，k想到這，自己覺得這個 idea 在執行上蠻有可看性，且系列感很容易被帶出，剛好也是這次想主打的三種咖啡口味。

想完，自己覺得有點滿意，便開心地起身，準備煮杯咖啡來慶祝。

這種用符號來呈現概念的方式，是廣告常有的手法，雖然也許有些人會覺得過度膚淺，但因為人們的時間有限，對於商業廣告的注意力更是越加減少，有時候非得用這種顯而易見卻又帶一點點意思的東西。

k突然想到，一直以來，警方都說是失蹤案，而家屬卻說是綁架案，雖然警方多少有點小題大做，可是會不會其實家屬有什麼沒有說出來的？恐怖分子在這個案件裡的角色又是如何？

同一個事件，因為情緒不同，有不同的解讀。

15

k打電話給劉明勳的老婆李恭慈，她說正要帶女兒去故事屋，問k可不可以約在那裡談。

k自己也算是做跟說故事有關的工作，卻沒去過專門讓小朋友聽故事而營業的地方。以前自己小時候，說故事可是爸媽的工作呢，要是爸媽不說，那就是自己看書，自己說給自己聽，哪還有去聽故事這麼好的事。

不過，想想也很合理，當代的台灣幾乎每一件父母親原本要做的事，慢慢地都有人代勞，因為父母們光工作就太忙太累了，實在沒空再做父母。

結果，故事屋位在台北市的超級蛋黃區，周邊幾乎都是豪宅，就區位而言十分合理，對面還有個沒有森林的森林公園，幾乎所有台北市的父母都會在假日把小孩帶到這地方玩，只是k沒想到，大企業家的孩子也會來這地方。

k準備在公園的地下室停車卻忘記今天是假日，光是要排隊等著要進去停車的就有十臺，在周圍繞了兩圈，還是乖乖地回來排隊。k心想會在這排隊的也不是真正的富豪，因為表示不住在附近，還得開車來，這樣想，好像就跟前後的車主有種同甘共苦的感覺了。自己想想，有點可笑。

不過這也不重要，好歹自己還有選擇，可以來這裡的不管是要在公園玩，還是要聽故事，至少都還是有機會且願意陪伴孩子，也許有更多人假日仍得上班，或者根本沒有餘裕時間可以帶孩子來玩。說起來，能來這的，多少都還算是有選擇的人。

抬頭看看公園附近，高聳入天的豪宅，真的有種高高在上感，不知道從上面看下來是什麼感覺，是不是會有種優越感呢？

還是其實也無感，因為也沒空看窗外風景，看了也沒什麼特別感覺，大家不都應該住在這一區嗎？這算什麼肉麋思考？

有機會應該來問問劉明勳的老婆，不過，k猜，每個人都有自己的煩惱，也許金錢不是他們要煩惱的，但或許因此有比金錢更巨大，比起一般人更辛苦的煩惱呢。

比方說，不是每個孩子都需要叫人幫忙找自己爸爸的吧？

終於輪到了。前面的車進去後，自己成為等待的第一臺。

柵門就在自己面前，一旁的廣播，不斷唸著：「本停車場已客滿，請在附近尋找其他停車位。」k忍不住回答：「附近都沒有車位了，除非你家在這附近。」雖然回答了，廣播還是繼續不斷重複著，簡直就像種比喻，無視你回答什麼，這就是現實，你喊再大聲也沒用，因為它們可以一直重複到你投降為止。

你還是跟現在一樣，在場外。

壓倒性的差異。

他們上流在玩的遊戲，你不但拿不到門票，說不定，你就是他們的遊戲工具。也就是說，人家在玩大富翁蓋房子，而你呢，連拿到一個屬於你的棋子都不行，因為人家沒邀你玩。若真的很想參與，那大概就是人家要蓋房子時，你負責蓋，不過遊戲裡是沒有你的角色的。

想到這比喻，k很高興，然後馬上又很失望，自己到底為什麼會為這種事高興，一個沒角色的人，為什麼要幫遊戲裡的主角找人啦？難道不應該先去把自己的角色找回來嗎？難道不應該玩自己的遊戲就好，幹嘛管別人的遊戲？

想到這，就想把車調頭，開出這等了快半小時的停車場。

但沒有辦法，後面的車靠太近，這車道又是半圓形的，寬度不夠迴轉。對，沒錯，就算你不想玩都沒辦法，你就是被卡在這遊戲裡，你就是這遊戲裡的無名英雄。

他們要是讓你當英雄，純粹也是因為你無名，而且不會妨礙到他們。

無名英雄，基本上就是個帶點諷刺的說法呀。

算了，不要再想下去了，這樣越想越酸，不只嘴巴酸，更心酸。

警方願意讓k參與，一定也是考慮到k不會出風頭上媒體，最後的功勞還是刑事局長或者高層，就算這樣，似乎有很多情報仍舊沒有透明，比方說，他們鎖定工會的姚和亮，感覺就是一個不太會有結果的方向，可是卻又不肯明說，到底葫蘆裡在賣什麼藥。

k突然想到，廣告公司去比稿，有時候會在策略上切兩個方向，一個是主力，另一個可能是硬湊出來的，只是為了呈現這家公司有能力提供不同的角度而已，只是多一路，讓人看起來不會太少。

k常覺得這有點蠢，甚至是種缺乏自信的做法，只是多做一些，但並沒有什麼創意的含量。除非是刻意而為，有策略上的大戰略，否則根本只是在浪費資源，因為誰有空聽你講另一個還好的想法，只是為了感覺很認真，有在做功課。

那真的只是還好，甚至有時感覺很不好。

人有想法，是因為想出了做法，而不只是看起來很認真而已，那跟你假裝在辦公室裡加班一樣，很笨，而且浪費資源。

不過，還有一種可能，就是為了提案，就是讓提案的現場效果不一樣。

記得有一次，k參與一個比稿，在講了一整套完整的想法和展開的媒體工具呈現後，問客戶說：「各位，是不是覺得很滿意？」

現場的每位客戶都紛紛點頭，因為不但可行，而且面面俱到，可行性極高。

這時，k走回提案的會議桌，把剛剛拿在手上的提案表板再度拿起，然後突然間，整個使勁從中間撕掉，剛剛提案的方案，就在客戶面前撕成了兩半，接著用力地丟在地上。

客戶們個個兩眼瞪大，露出不可置信的表情時，這時k再緩緩地用平靜的語氣說：「但是我們覺得這太普通了，我們有另一個 outstanding 的想法。」

這個接下來講的才是王牌，才是別家想不到的、精采的 idea。

那撕掉的那個呢？那個是k猜測其他家廣告公司會提出的想法，用這種方式來防堵，也呈現那種程度的想法我們也想得到，只是太平凡了，配不上我們。

這當然要多花費些力氣完成，可是創造的效果會非常強大，會帶給對方極大的信心。你不但證明了自己可以想出很棒的想法，而且也反映了你其實有能力預測到競爭品牌的做法，因為既然其他廣告公司想得到，表示這想法其他品牌也可能會做，最重要的是，你會創造出一種印象，你選擇了一個較好的選擇。

假如這成立，那警方要表演的對象是誰呢？

16

第一次到這個企業總部，實在也太大了。

那天李恭慈突然一通電話來，說女兒發燒，她們趕著去醫院掛急診，下次再約。

k只好在等了近半小時後，把車開進停車場繞一圈就離開，但也沒辦法，你總不能叫一個媽媽先放下小孩好討論先生的事，先生都不在家了，得自己搞定孩子突然的病痛。

後來改成約今天，到企業總部來。

不過這企業總部造型有點醜，全都只是一種方便或者說好聽一點是實用的美學主義下的產物，可能真的很好用吧，工廠思維的結果，就是每一種建築物都像工廠，就算不是工廠的用途，雖然很大，但不太會讓人感到偉大，就只是覺得很大，可以裝很多東西，欸！那不是在說倉庫嗎？

不知道為什麼，走進門就想要打卡，然後很想下班回家，明明自己就不是這裡的員工，到底在想什麼，k腦子裡轉來轉去的，都是這些接近無用的東西。

櫃臺小姐連笑都不笑，看起來也不忙，不像是因為忙碌而擠不出笑容，倒比較像是參加先笑的輸的比賽，沒有表情的臉，竟有種塑膠感，而且坐在那裡三位都是這樣，越看越想過去敲看看質感，應該會發出叩叩的聲音吧。

一位高瘦長髮美女，從遠處的電梯一路走來，高跟鞋在地板上敲出一段打擊樂，幾個在會客區抱著電腦等候的工程師全都不客氣地把眼光放在她身上，她似乎也很習慣這樣的被行注目禮，毫不在意，立體的五官輪廓，臉上帶著自信的微笑，一副外國作風的樣子。

「不好意思，k導演嗎？我是基金會的執行長，叫我 Sharon 就可以了，董事長已經在辦公室等您，這邊請。」話一說完，隨著手勢，俐落轉身，邁開步伐，往前走，秀髮在後面甩出一道弧線。

比較像運動員，不像執行長。k心裡想著，急著要跟上，很少遇到步伐又大又快的女生，而且身上還是剪裁合身的套裝，如果環境不是這麼工業生硬，k都有種上節目實境秀的感覺，而且是戀愛交友之類的節目。

她是執行長的話，為什麼不叫祕書來帶k就好了呢？

這是一種禮遇，還是親力親為的習慣？

奇妙的是，走在她身旁竟然有一種虛榮感，可能是那群工程師羨慕的表情太直接毫不保留，k聯想到，以前大學舞會上邀到系花的情境，一旁嫉妒的死光線全聚在他背上，射穿一個洞一個洞，外套冒著煙，煙往上飄，隨著k和 Sharon 走進電梯，觸動了電梯裡的警鈴，電梯因此緊急停住，兩人只能待在狹小的空間，只有彼此，當兩人的目光靠在一起時……

「到了，請。」突然女聲傳來，原來k又陷在自己的幻想裡了。

k趕緊走出，怕心裡的想法被發現，沒想到，眼前和一樓大廳截然不同，不只是空間充滿人味，還包含光線柔軟，溫暖祥和，讓人急躁的心突然間緩和下來，比較像是個美術館。一座一座的雕塑，在精心安排的光照下，寧靜地矗立著，幾面牆上巨幅的畫，十分搶眼，尺寸開數驚人就算了，怎麼覺得那好像在美術史的課本上看過，如果沒看錯，較遠處還有一幅莫內的荷花，若是真跡，不就價值連城？台灣真的有印象派的畫被收藏嗎？

走過四、五個作品後，k開始懷疑自己是不是走錯地方，這裡是羅浮宮嗎？還是義大利的烏菲茲美術館？應該比較像是後者，因為這可是私人的地方呀。算了，自古以來，那些知名美術館不也都是富人權貴的私人收藏嗎？

辦公室裡，劉明勳的夫人李恭慈獨自坐在一張大木桌後，一旁是幅林布蘭的肖像畫，暗黑的背景中，人物表情鮮明，就像前面的李恭慈一樣，秀麗白淨的臉龐，對k微微一笑。

「不好意思，麻煩你來一趟。」

「根本是兩個世界耶，我是說樓下跟這裡。」k走近，對李恭慈說。

「你也這樣覺得？我一直希望改變那邊的世界。」

「成功了嗎？」k半開玩笑地說。

「你看到了，WIP。」李恭慈自信地微微一笑。

WIP應該是work in progress的縮寫吧，「正在處理中」，k想著，還好自己以前待過外商廣告公司，聽過這字眼。

以前在公司常要開這種叫WIP的會，用來確認各部門正在進行與需要互相協調的事務，雖然有些時候，在廣告公司裡也算是內部鬥爭大會，部門互相攻擊進度遲緩，推卸責任諉過的戰場，每次開完，都會覺得人真的有人性嗎？哈哈哈。

Sharon招呼k在李恭慈的大桌對面坐下後，也到李恭慈左後方的辦公皮椅上坐下，她拿出一支鋼筆，似乎準備紀錄，k瞄了一眼，是摩洛哥葛麗絲王妃的紀念筆，筆身曲線優雅，頂上的寶石透出光亮，彷彿跟主人相映襯。

今天是因為k說想多了解一點劉明動的狀況，李恭慈主動說到企業總部來，很多東西比較容易理解，但李恭慈一身名牌套裝，坐在大辦公室裡，也確實和那天見到的樣子很不一樣。

「不好意思，那天孩子突然發燒。」

「沒關係，後來還好嗎？」

「醫生說是病毒感染，燒個一兩天就好。」

「是喔。」

「嗯，多數病毒沒有藥，只能靠人體的機制對抗，這也是成長的一部分。」

「不好意思，知道妳忙還約妳，先說好，比特幣我不需要，感覺會給我帶來大麻煩，筆呢，我有海明威也夠滿足了。」

「沒關係，這之後再討論。你那天說你還想多知道些細節，請問你想知道什麼？」

「我不太了解劉明勳，需要更多線索。」

李恭慈點點頭，手在光滑巨大的黑色木桌上輕輕撫過，k留意到手上沒有特別的飾物，不像個有錢的貴婦。

李恭慈轉頭向 Sharon 示意，沒有出聲，從k的角度，只看到她嘴脣動了兩下。嗯！咖啡？太好了，正是需要咖啡的時候。k很開心，但不想表現出來。

「劉明勳現在是億載集團的接班人，企業主要的業務範圍很廣，包含石化、科技產業都有，我負責億載文化教育基金會，偏重在文化教育慈善事業。」

「那劉明勳在工作上有什麼仇人嗎？」

「沒有，但有利益競爭。」

「像是誰？」

「簡單說，這是一個巨大的事業體，總是有人在處心積慮，想要謀取自己的利益，當然，那也無可厚非。」

「妳沒有回答我的問題。」k不客氣地直說。

「我是還沒有回答你的問題。」李恭慈微微一笑。

「那妳有接到警方通知，他們在調查工會嗎？有一位叫做姚……」

「姚和亮。」

「妳對這個人熟悉嗎？」

「不熟，但是聽我先生提過。」

「劉明勳怎麼說姚先生？」

「他說工會代表有一位年輕人，思路清晰，邏輯也很好，他覺得是能夠溝通的一個人。」

「還有嗎？」

「我記不清楚了，應該提到的不多。」

「那妳知道警方懷疑是他涉入妳先生的失蹤案？」

「有，警方說他們在調查，但我有點不確定這方向是否正確。」

「那妳有沒有什麼其他線索？比方說，恐怖分子。」

「恐怖分子？這部分我完全沒有頭緒，台灣過去沒有被攻擊的紀錄，我也沒聽劉明勳提過，有被設定為目標。」

李恭慈停下，轉頭，看了下窗外，似乎在考慮些什麼，天空是藍的，雲是白的。

彷彿有了些什麼決定，李恭慈轉頭回來時，眼神亮亮的。「比起你剛提到的工會，我比較在意旺工。」

「為什麼？」

「旺工從當初要設廠就引發很多爭議，那已經是二十多年前了，我先生也還不是決策者，算是我公公當時的想法，可是到今天，對環境造成的危害，反而讓我們常上媒體。」

沒想到，企業內部的高層，好吧，至少是高層的另一半，也會在意環境問題。k有點驚訝，看來這位在藝術品環繞中的女子和這棟像工廠的企業有一些差異。

「旺工對你們集團很重要吧？」

「重要也要看時代，沒錯，在二十年前可能真的很重要，可以帶來巨大的收益，並且可以維持原物料從頭到尾都能讓我們自己掌握，可是時代變了，人們對於環境破壞的反感，比以前激烈很多，新的醫療檢查，也讓許多過去不知道的疾病與環境的關聯性被揭露出來。你知道，過去我們集團的公關部門每年花在媒體上的費用是多少嗎？要對方把報導撤下，要對方減少報導的版面。可是現在媒體也很聰明，他們知道流量很重要，知道觀眾的力量，不，應該說，鄉民的力量。我們也不可能一直跟他們買廣告，我們的產品又不需要那麼多廣告。媒體的報導是一個，許多公民團體的操作又是一個，每次有新的抗議活動發生，公關部門就得想辦法處理，但根本無法處理，人家又不要你的錢，你的錢能買的都已經買完了，剩下的，就是不想被買的。」

「那你們打算怎麼辦？」

「我剛剛說的，是因為委託你幫忙才說出來，所以請你不要對外發表。我認為我們應該要轉型。」

Sharon 突然起身，按著耳際，走向李恭慈。k現在才發現 Sharon 長髮底下戴了個無線耳機，她在李恭慈耳邊小聲說了幾句，李恭慈臉色突然一變。

「不好意思，有個不速之客。」李恭慈突然起身。

「那我要……嗯，迴避嗎？」k也跟著從椅子上起來。

「沒關係，不用。」李恭慈語氣裡有種堅持。

17

在這個如同美術館的空間，突然自遠處響起奇特的笑聲，聲音極大，而且老實說，有點虛假，以k的說法，就是那種爛演技，假裝笑的笑，讓人聽了很不舒服。

這帶著點詭異的笑聲，不是只有在鄉土劇裡才聽得到，怎麼會在現實世界裡遇上？而且是在這樣應該寧靜且充滿質感的環境中，實在太強的反差了。

k回頭看，一位應該是七十多歲的老先生，身材微胖，方頭大耳，頭髮花白，梳著油頭，邁步走來，步伐倒是比他的年齡來得有力，一臉笑容，只是虛偽。

他迎面朝k過來，k只好趕快起身。

「你好，你好，我是劉典瑞，怎麼稱呼你呢？」他手伸出來，一把接過k的手，兩手輕拍著k的手，好老派的握手方式，k只覺得自己像小嬰兒一樣被安撫著，或許對方也想創造這種效果。

「這位是導演k。」李恭慈的聲音不帶感情。

劉典瑞不知從哪裡拿出一張名片，流暢自然地像在變魔術，遞向k，一點也不想收的k只能唯諾地接過，同時回了句：「不好意思，我沒有名片。」

「哦，妳先生不在家，妳還來上班呀？」劉典瑞轉頭就問，語氣聽似親切，其實透著種怪罪，聽了很讓人不舒服。

「工作還是該做。」李恭慈冷冷地回。

「哦？妳和導演有什麼工作？」

「我們有個推廣閱讀的片子要拍。」李恭慈這樣回，但k倒是第一次聽到有片子要做。

「閱讀很好，我都說，年輕人要多讀書。」劉典瑞講得酸。

「長輩也應該要讀書，才不會擋到年輕人進步的路。」李恭慈回得更酸，而且反應極快，感覺平常都有在練習。

「哈哈哈，沒錯，妳說得對。導演，你看我這姪媳婦，很不錯吧，很有想法，你多幫她，她很需要。」劉典瑞繼續皮笑肉不笑。

「喔。」k自己回答完都覺得怪，這樣不是讓李恭慈示弱了嗎？心裡突然急著想補個幾句，總不好讓人家孤兒寡母被叔叔欺負，不對，劉明勳又還沒死，只是失蹤，心裡一下轉了幾個念頭，亂七八糟的，眼看著回話的好時機就過去了，氣自己。

「副董上來有什麼事嗎？」李恭慈突然換了個話題。k心想，自己果然很慢，補不上刀。

雖然只是一閃而過，k看到劉典瑞的眼睛有道凶光，這個老人恐怕在商場上呼風喚雨慣了，大概無法忍受後輩直問。

「沒有啊，看看公司好不好，看妳需不需要幫忙。」

「不需要啊，還有這裡不是公司，是文教基金會，運作的部分，您比較不熟悉，也不擅長。」李恭慈回得更加強硬。

「好好，家裡有事的話回去處理也沒關係，我那邊也有人可以幫忙。」

「我們要繼續討論，就不招呼副董了。」

看來李恭慈下了逐客令，k鬆了口氣，畢竟因為鏡像神經元發達的關係，衝突場面他一直處理不來，連在場都痛苦。

「導演，有機會我們喝個兩杯，你都喝什麼？」劉典瑞還不放過k。

「呃，我喝耶加雪菲、肯亞AA。」

「不是啦，我是說，威士忌、高粱，你喝哪種？」

「這兩種我都不太喝，不好意思。」

「不喝酒怎麼談事情，你要學啦，喝了就會了。」

「喔，好。」面對長輩，k只能唯諾。

「我想導演的專業，不需要靠喝酒。Sharon，麻煩妳送副董搭電梯。」李恭慈自顧自地轉身走回自己的辦公桌後。

「其實，我也喝葡萄酒啦。」k不喜歡場面太僵，還是勉強回了句。

「好，下次一起，我要去忙了。」劉典瑞總算轉身離開，Sharon 照樣邁著大步，跟在一旁，從旁邊看，比較像是護衛他離開。

這時，k才發現劉典瑞身後有個戴著黑色膠框眼鏡、著西裝的年輕人跟著，可能剛才都躲在角落暗處，但也太無聲息了吧，人可以這麼沒有存在感嗎？還是劉典瑞太搶戲？k望著年輕人的背影想著。

年輕人走到電梯處，轉身時，迎面對上k的目光，向k點了個頭，嘴角微微一動，電梯門就關上了。

k想到底在哪見過這人，但實在太難了，一片模糊，他記臉的能力實在很差。

「我們繼續談，所以你喝果酸強烈的咖啡？」李恭慈問。

「對呀。」k坐下，從小袋中拿出鋼筆和小本子。

李恭慈透過電話交代了幾句，k猜應該是跟Sharon說吧。

她指了指k手上的橘色筆身鋼筆，「這就是那支海明威嗎？」

「喔，對，妳先生賣我的。」

「好寫嗎？」

「很好寫，不過，我覺得每次回答人家這問題時都有點心虛，因為我還沒遇過不太好寫的老鋼筆。」

「你有很多嗎？我先生一堆，我看有上百支。」

「沒有啦，我還好啦，我都跟人家說，我手上只有一支。」

「手上只有一支？」

「對啊，我的手上永遠只有一支鋼筆。」

李恭慈笑了出來，k發現這應該是第一次看到她笑，有點像一位明星。

「不好意思，我們只能再聊半小時，我要去接我女兒。」

「她幼稚園放學？」

「嗯，這時候她更需要我，我也想過說，讓她在家不要去上學，不過，後來想想，這時候還是盡量保持平常，不要讓她作息改變太大。」

「嗯，這樣可能比較好。」

「你還有什麼問題嗎？」

「你和叔叔好像有點想法不同喔？」k試探著問。

「是價值觀很不一樣，我剛有說，這家公司需要轉型，不過最需要改變的，可能是高層的腦袋。」

「怎麼說呢？」

「當我們已經過度的把環境當作經濟的提款機提領後，環境遲早會反撲，而那力道絕對會比人們的抱怨來得凶狠且難以忍受。當時代已經改變時，你還想要用過去的舊思維來壓榨員工、壓榨環境，就會有衝突產生，叔叔的思考很多都是為了企業好，可是不一定真的就會對企業有幫助，你想像，一個被所有人厭惡的企業，會賺到錢嗎？就算短期內可以，那能夠永續經營嗎？」

「我多問一句，妳先生也是這樣想嗎？」

「他？他比我還激烈。」

李恭慈的桌上有一張白紙，她拿著一支黑色極粗的工程筆，鉛筆在紙上緩緩地畫過，流動出線條。

「他雖然專長是研發，但之前在美國是念環境工程的，因為他爸爸知道，二十一世紀的產業必須建立在友善環境上，他爸爸清楚這不是為了自己好，而是因為商機所在，沒有任何企業可以再隨便的拒絕汙染防治，那不是製造成本的差異而已。我先生常說，你現在少了這塊，你就是黑心企業，你再會賺，也無法躲過一次社會整體的譴責，更別提我們的上游廠商，現在都要求供應鏈必須使用綠電，我們如果自己不是用綠電，沒有綠電標章，未來很多訂單都拿不到。」

「妳是說哪些單？」

「GOOGLE, APPLE，都早就要求所有供應鏈的廠商以綠電為唯一供電來源。」

「你們有做晶片設計嗎？」

「有，而且量會越來越大，應該說，利潤比石化好許多。」

「那妳剛說綠電是什麼意思？」

「就是我們現在還做汽電共生，那基本上也是火力發電的一種，我們再把電賣給電力公司，可是這也會造成空汙。我先生想改變這一塊，改做綠電。」

「為什麼?利潤不好嗎?」

「應該說利潤還好,但只要電力公司調整收購的電價,就不值得了,現在狀況是他們收購的價格比他們自己發的電還高。另外,新的電業法也會改變這個市場,新的競爭者必然要加入,競爭的利益不再是那樣高報酬。最主要是因為我女兒出生了,我們對世界的看法有點改變,我們不想給孩子一個糟糕的世界,還有我先生的同學過世。」

「先生的同學?那不就沒幾歲?」

「他前年走的,三十九歲,肺腺癌。他的夢想是看到小孩國小畢業,可是……你知道他老婆有多難為嗎?」李恭慈突然哽咽,說了聲:「抱歉,我離開一下。」突兀地就起身,走出,離開了。

k一時不知道怎麼辦好,獨自坐在寬大的辦公室裡。第一次遇到有人話講一半就走開,感覺那件事的衝擊很大。

一會兒,背後遠遠傳來走廊上的高跟鞋聲,Sharon端著兩杯咖啡走進,一杯放在k面前,對他微笑。

k用嘴型向她說了聲謝謝,她微微一笑回應,奇怪的是,她沒將另一杯給李恭慈,k正納悶時,Sharon端著那杯咖啡,在原來的位子坐下。

原來是Sharon自己要喝的。

大概已經在走廊上遇到了情緒低落的李恭慈，改由她接待k吧。

「不好意思，董事長先離開，導演，喝咖啡吧，這不錯。」

Sharon 說完，把咖啡杯靠近自己的鼻尖，嗅聞著，仔細看，那鼻梁不像東方人，倒較像希臘雕像般立體，會不會有外國血統呢？

接著，她嘗了一口，閉上眼睛，似乎十分享受滿意，背後的陽光，從大面玻璃劃進來，打在她身旁，形成一個美麗的光影，從k的角度看，這根本是完美的 food enjoyment，帶著點激動地望著，好希望別人也看到，這個鏡頭，太好了，一次就OK，而且客戶一定會買單，觀眾更是會喜歡，絕對是有影響力的一次飲用鏡頭，或者說，那沉浸的愉悅，接近美的一個時刻。

望著她，k覺得很好奇，是怎樣的文化養成可以讓人那麼自信放鬆？

有一種面對世界就要好好享受的姿態，不管局勢多麼緊張，生命就是要好好在每一刻仔細咀嚼，而不是囫圇吞棗，再來抱怨自己多可憐，望著 Sharon 的樣子，k覺得都可以馬上幫她寫好影片旁白，眼前就是一支片，一支應該會安慰許多忙碌心靈的片。

這應該算是做廣告的職業傷害吧，隨時在注意生活裡的細節，觀察別人的生活姿態，輕易地為一點小事感動，而且那感動有時候還來得不合時宜，徒增困擾。

有位腦神經醫生說，k可以吃這行飯，和鏡像神經元發達有關，容易設身處地，同理心比較強，可是也會因此有些小困擾，就是看電影容易哭，連動作片主角一個失落的表情，都可能落淚。

「咖啡可以嗎？這支是衣索比亞的西達摩桃可可。」

「可以。喔，不，我還沒喝。」有種突然被抓包的感覺，k一下子反應不過來。喝了一口，發現有桃子、莓果，還有點橘子香。

「是日晒的。」Sharon又補充了一句。

「我喜歡日晒的感覺。」

k回完後，覺得自己好像花痴。

18

那天李恭慈就沒再回來，聽 Sharon 說，她去接小孩放學了，跟 k 說抱歉。

也才知道之前在故事屋因為進門時規定要量體溫，才發現孩子發燒，李恭慈趕緊送去看醫生，心裡很內疚，覺得因為丈夫不在，自己更要把孩子照顧好，Sharon 還一直勸她不要太緊繃了。

李恭慈是基金會的董事長，Sharon 則是執行長，主要在做公益文化教育事務，而藝術則是她們認為可以轉化人心的重要資產，那支推廣閱讀教育的片子也是真的要做，不是為了搪塞那個突然出現的劉典瑞。

k 強烈感受到劉典瑞和李恭慈的衝突，或者也可以說是劉典瑞和劉明勳的路線之爭，一個想要用舊方法謀取經濟利益，一個想改變企業方向以較友善環境的方式做事業，當然沒有對錯，但確實做法上會有很大的差異。

劉明勳的消失，會不會跟這有關呢？

連境外的恐怖分子到底是不是真的，都讓人費疑猜。

還有，之前一直覺得警方的偵辦方向有種奇怪的氣氛，專注在工會成員姚和亮身上，k卻明顯嗅聞不到他涉案的動機，會不會根本是劉典瑞想要趁這機會藉警方的手教訓姚和亮，感覺這種耍小手段的方式，是劉典瑞那類型的老輩企業家會做的。

自己雖然不懂企業人事鬥爭，不過戲劇裡倒是有許多這樣的角色對抗，問題是，那自己接著到底要扮演什麼角色，這場戲要參與演出嗎？

正在讀報紙的k一時興起，想說來看一下股價，翻了一下，在密密麻麻的數字裡找到億載實業的股價183.5元，這樣是好還是不好？之前沒關心也沒概念，還是查看看網路上的分析。

點開APP看，儘管之前有爆炸案，但似乎一直在這區間上下徘徊，沒有太大變化，至少在這案子發生的一週內都還好，大概消息還沒走漏吧。企業的負責人行蹤不明，應該是件大事，說不定都要算是重大資訊得公開說明，看來億載集團的公關控管處理很嚴密，只是這可以撐多久呢？

中午的電話會議很順利，因為有位作曲老師正在紐約旅行，可是k又希望能夠先跟他溝通，好讓他在旅行中間也能構思廣告配樂，約了個中午時間，因為剛好差十二小時，那位老師可以回到住宿的地方好好討論。

溝通很順利，k很感激對方願意接這案子，因為情緒性的廣告，音樂的力量會十分大，它可以幫助人快速地進入到那心境。雖然只有花半小時討論說明，可是兩個人已經很有共識，對於方向上有一定的理解，雖然音樂是如此難以捉摸的東西，可是人心是可以想像和理解的，k把自己的期待說清楚後，應該接著就等著拿到精采的作品。

k有時想，在今天科技如此發達的時候，唯一會阻礙人心溝通的，就是人心。

突然，手機響起，螢幕顯示，是鄭警官。k不討厭他，除了因為懂咖啡外，感覺上他也是腦袋清楚的，而且不常打官腔的。

「導演，要麻煩你過來一趟。」

「啊，怎麼了，我正要去跑步。」

「出狀況了！」

「有狀況，你們處理呀。」

「這狀況你應該會想了解，而且出貨了。」

「什麼出貨了？」

「有支新的咖啡豆，哥斯大黎加的，個性強烈哦。」

「哦，好，我晚點過去。」

「等一下，我們不在刑事局哦，我們在二殯。」

「二殯？」

「第二殯儀館，法醫在這裡解剖。」

「喔，好。」

過去看推理小說或國外影集，都會以為法醫在一個光鮮亮麗、設備新穎的空間解剖，但事實上，台灣的法醫都是在殯儀館解剖，這也是之前檢察官司徒雅說，k才曉得的。司徒雅去美國當交換學者後，就很少聯絡，不知道過得如何？每次傳訊息，也都很短，話說回來，她本來就挺冷的，不說沒必要說的話。

二殯，還好，下午去，比較不會一堆車沒地方停。k收拾了桌上的報紙，換上不用綁鞋帶的**TIGER**鞋，車鑰匙一拿，趕緊出門。

邊開著車邊想，要去的地方是每個人最後都要去的地方，之前會去，也是送人走，以後自己大概也會在那被人送走吧。

雖說那旁邊的辛亥隧道有很多傳說，不過這些傳說再怎麼恐怖，都沒有活著的人恐怖。以前說有人開車經過隧道裡，遇到一個女子騎腳踏車，和他並排，本來不以為意，後來低頭看到自己車上的時速表，已經到時速八十公里，這時再抬頭，看向車窗外的女子，女子對他笑，微笑卻咧到耳際，說這就是城市「咧嘴女」的傳說。

k心想，也還好，人家只是笑一笑，也沒有要對你怎樣。更何況，日本東京也有這種奇譚，八成是大家聽到後講來消遣的。

高架橋上車流量平常，因為是平常的下午兩三點，再晚一些，下班車潮出現後，就要塞車了。

有時候，覺得開車跟跑步一樣，反而是思考的空間。

那天在健檢中心，舒服的沙發上，人們四落看著書報滑著手機，電視播放著日間沒什麼人看的節目，一片祥和，大家陸續等著被叫到名字，進去檢查室裡，一關一關的，很像小時候的闖關遊戲。

多數人大概都是公司和健檢中心簽約做的年度例行健康檢查，這大概也算是這十年來被當作基本要求的企業員工福利之一。

k看著自己帶來的小說，沉浸在主角的故事裡，突然聽到一個女聲：「先生，你要死掉了。」

k立刻抬頭，看向發出聲音的地方，是位穿制服的護理師，她正低頭望向沙發椅上一位正在等候檢查的五十來歲男子。

不單是k抬頭，可以看到整個空間裡，十幾二十個人，都暫停手上的動作，看向那男子。一點距離外，被沙發椅背擋住，而且因為男子背對k坐著，看不到他的表情。

護理師又再說一次：「先生，你要死掉了。」

更遠處的人們意識到現場有特殊的事發生，紛紛轉頭看向同一個方向，整個空間裡的所有人動作全部都暫停了，只有電視螢幕上的人物仍自顧自地說著話，在安靜的環境裡顯得刺耳，「我們的健康要靠自己去照顧，均衡的飲食、規律的運動……」螢幕上一位穿著白袍大概是營養師之類的女子滔滔地說著。

而護理師說話的對象，似乎也被這突來的訊息給嚇到，講不出話來，做不出回應，一動也不動。

護理師手舉起，指向男子：「這裡，你要死在這裡。」

k想自己當下深吸了一口氣，感覺眼前所有人也都同時做了這動作，為這可憐的男子抽了一口氣，看不到他表情，但大概也沒什麼好看的，恐怕已經整個刷白了。

護理師又再指一次男子：「這裡。」

男子低頭，彎腰，伸手，起身時，帶著笑聲說：「喔，謝謝。」

遠遠地看到他手上發著閃光，原來是鑰匙。

當他把鑰匙放進衣服上的口袋時，所有人都同時吐了一口氣，為他喘了一大口氣。

還好，是鑰匙。

k想，不過當下他就是重生了，那天就是他的生日了，那天任何事都是小事，不，應該說，都是值得慶賀的大事。

思緒流動著，車行在高架道路，快速地從這城市中心劃過，想像自己是法醫手上的刀，刀是無奈的，刀也看不見自己做了什麼，不過，如果世界上有好的刀，法醫的刀一定算是好的刀，因為讓真相被揭露出來，讓故事被知道，好一點的話，讓壞人被抓到。如果有壞人的話。

這陣子遇到的人好像都有個無奈的故事。

從高架道路下來後，經過一個地下道，再上來，就要到了，只是每次到這路口都讓人緊張，要上去，要慢慢切旁邊，避開加速直行不想讓的車，不要過隧道，過了要繞一大圈，比起咧嘴女的傳說，有點複雜的路標和更複雜的路況，還比較讓人緊張害怕。

到了停車場入口處，這是重新規劃過的，不然之前有夠難停，k曾經有一次來了，卻繞半小時沒地方停，最後又開出去，找到一公里外才有地方停車，然後再匆忙跳上計程車，好趕上都快結束的告別式。連告別都那麼讓人慌亂，實在很難受。

快結束的告別式，應該是句點的句點吧。

這原本有點凌亂的園區，經過整頓之後，視覺上稍稍比較能看，之前每次都覺得儘管這裡是每個人都要來的地方，可是就算是首善之區的首都殯儀館，卻髒亂落後，讓人不想死在這種地方。

這樣說有點酸，彷彿是種平等主義，管你有錢沒錢，最後都會死得很難看。還好現在清爽了一些，停車位也多了，原本那種髒東西感消失了許多，死亡應該是莊重、被在意的啊。

每個人都遇得到，每個人都該有機會善終的。

找了一下，發現法醫專用解剖室在稍遠的後方，沿著單行道的車道往出口的方向，位在最後一棟，應該是思考一般人沒有必要的話，根本不會去到那，所以和其他的建築遠離許多。

打了鄭警官手機，他馬上從一扇門走出來。

「導演，麻煩你了。」

「怎麼了？」

「解剖剛結束，我們到隔壁辦公室，我沖咖啡給你喝，邊聊。」

走進那辦公室，非常簡單，沒有任何裝飾性的擺設，幾乎就是種明喻，人要走的時候，不需要任何過度的裝飾。

只見鄭警官動作俐落地從深藍色的背包拿出手搖磨豆機、濾紙、濾杯、手沖壺，他按了一旁的飲水機上的按鈕，應該是要再加熱吧，接著拿出一包咖啡豆，示意要k過去。

「導演，你聞看看，我前天烘的。」

「你有烘豆機喔？」一邊聞著從袋中舀出的咖啡豆，一股淡淡發酵的咖啡香氣傳出。

「小型的，在家烘，生活樂趣啦。」鄭警官把豆子倒入磨豆機裡，抓著把手開始旋轉磨豆，小巧的磨豆機，銀色細長的圓筒身，配上紅色的把手，非常有設計感。

「這是哪裡的？」

「哥斯大黎加，蜜處理，La Candelilla 莊園的。」

聽到鄭警官用標準的西班牙文唸出，感覺很奇妙，台灣某些警察水準真的很高。

「我聽過，小蠟燭莊園，對不對？」

「沒錯，你內行。」鄭警官微笑，打開磨豆機下半部，磨開的咖啡香，猛地爆出，充滿室內，k馬上接過來聞。

「好香，這磨豆機也好漂亮，又很小，很方便耶。」

「對，它是陶瓷刀，磨起來顆粒比較細緻均勻。」

「我聽說，以前大戰時，士兵也會隨身帶磨豆機，好在壕溝裡享受一杯咖啡。」

「對，有時是最後一杯。」鄭警官說完，似乎也意識到兩人所在的環境，本來興高采烈，突然間安靜下來，也算是對亡者的尊重。

鄭警官快速地把熱水加入手沖壺，放上濾紙後淋濕，將咖啡粉放上，看了下手錶，開始注水，手順著時鐘的方向，緩緩繞著，彷彿一種獨特的儀式，莊重卻單純。

k在一旁看著，不發一語，這種奇妙的時刻，你又能說什麼呢？只能感謝、感動，這世界並不是一整天都讓人愉快的，但是沖咖啡的那一刻，很少是你該抱怨的。

「看！有好康的，是不會叫喔？」門被推開，突然一個故作粗魯的聲音響起，是一位穿著淺綠色刷手服的中年男子。

「顏法醫，你來啦，剛就說我沖咖啡等你呀。」鄭警官一看到他，就開心微微笑，同時看了看壺中咖啡分量，放下手沖壺。

「來，我介紹一下，這位是我們台灣最盡責的顏法醫。」

k過去要伸手握手，顏法醫微微一笑，卻沒伸手，只是點頭。

「不好意思，我剛剛在工作，雖然洗過手了，但怕那氣味會跑到你手上，就不握手了，不好意思。」

「不會，你辛苦了。」k趕緊說，覺得這人有種親切感。

「好了，兩位請坐，咖啡來囉！」鄭警官端來兩個小杯，擺在房間裡僅有的一張鐵製折疊桌上。

「地方簡陋，多包涵，哎呦……」顏法醫順勢坐下，「腰痠啊！」他端起咖啡，就著鼻子聞，閉上眼。

「您辛苦了，咖啡解疲勞，味道如何？」鄭警官望著顏法醫，很在意咖啡。

顏法醫喝了一口後，「這不錯，有一點柳丁香。」他閉著眼回答。

k聽了後，試著搜尋自己的味覺記憶，真的耶，好像有。

「還有點柚子味，後韻是蜜糖，蠻持久的。」顏法醫依舊緊閉著眼。

k趕緊再喝一口，柚子味是沒喝到，但那蜜糖香氣確實很濃郁，而且是從舌後根傳來，非常特別。

「導演，我跟你說，顏法醫也是咖啡達人，很懂品嘗。」

「我不會沖，只會喝啦。」

「我不會沖，也不會喝。」k覺得眼前兩個人真有意思，在和死亡這麼近的地方竟大談咖啡經。

「我說個爛笑話，導演你猜看看，什麼樣的鼻子才聞得到咖啡的香氣？」

「嗯，好鼻子嗎？嗅覺好的鼻子。」k看著眼前依舊閉著眼的法醫和一旁微笑的鄭警官。

「對，也不對。嗅覺好或許重要，但更重要是活著，活著的鼻子。當然，最好是用心活著的鼻子。」

「導演，你不要理他，他每次解剖完，都會有很多感慨。」鄭警官又幫k的杯子加了點咖啡。

「不會，我覺得很有道理。」

顏法醫背靠那金屬的折疊椅，眼睛緊閉，嘴巴微張，好像精疲力盡般，緩緩發出呼聲。

k望著他，知道這種疲憊是盡力工作後的模樣，熬夜加班拚到一滴不剩，就像廣告公司一樣，各個行業都有努力盡心力的人，不只是專業，是責任感驅動。

「導演，不好意思，法醫他凌晨就來工作了。」

「發生什麼事？」

總算要講到重點，從進門k就想問到底突發狀況到底是什麼，卻一直被咖啡香給吸引。

「昨晚有一具不知名的屍體。」

「然後呢？」

「他身上有一隻手機。」

「嗯，現在身上沒有手機的比較奇怪吧？」k納悶。

「那手機，不太一樣。」

19

「喂，你好。」一個有力嗓門大的女聲，透過電子線路，被壓扁的聲線。

「妳好。」

「請問你那裡是哪裡？」

「嗯？」疑惑的聲音，是李恭慈的聲音。

「我說妳那裡是哪裡？」

「嗯……」李恭慈遲疑著。

「我請問妳，你們那邊是不是有中年男子，嗯……不在家？」急迫的聲音。

「什麼意思？」

「我的意思是，我們這裡有一個中年男子，正在找他的家人。」

「妳那裡是哪裡？」

「我們這裡是台中第一醫院。」

「等一下，妳說，妳那裡是台中第一醫院？」一個粗糙沙啞的男聲突然插入。

「對，我剛說了啊，你是誰？」

「那妳打電話來幹嘛？」

「我正要說，你就打斷我了。我是要問說，你們是不是有家人朋友，中年，微胖，四、五十歲左右？」大嗓門的女聲，聲音有點啞了，也有些不耐煩。

「什麼？」李恭慈的聲音充滿了疑問。

「不好意思，我們這裡是台中第一醫院，我們有位病患……」

聽著鄭警官用電腦播的電話錄音，k專注地思考著，咖啡香還在室內，但變淡了。

是劉明勳嗎？

若是，鄭警官會直接說吧。

表示還在釐清。那是誰？

前天下午，有位四、五十歲左右體型微胖男子自行走到醫院急診室門口，從監視器畫面看，腳步有些蹣跚，在進門之後，突然停步，接著便在地上吐了一大灘血，緊跟著可以看到，警衛和醫護人員趕過來幫他，病床推過來後，被扶上床，推往急診室。

接著的影像就是一連串醫生和護理師圍著他急救，不過因為角度關係，只看到圍繞的醫護人群不斷進出，器械和急救儀器被推入。

但大出血不止，血壓過低，很快地患者就失去心跳，死亡。醫院發現他身上有手機，按最後的通話紀錄回撥過去，打到了劉明勳家。刑事局專案小組因此要求屍體北送，昨天凌晨送到，立即安排解剖。

鄭警官補充完這兩天發生的背景資料後，停下來喝了口咖啡。

「所以目前不知道他的身分？」k好奇地問。

「對，他身上只有現金三千多元，沒有證件，還有一支手機。」

「然後那支手機是打到劉明勳家的？這是確認過的？」

「時間吻合，就是那通給家屬通知的電話。」

「那你們之前就知道這個門號，怎麼不去追蹤？」k覺得奇怪。

「我們不知道呀，他來電隱藏號碼，門號也是電信公司發的預付卡，轉賣再轉賣，幾乎找不到使用者，算是俗稱的王八機。」鄭警官仔細說明。

「那家屬認得這個人嗎？」

「我們傳了照片過去，目前回覆是沒見過。」

「你們問的是李恭慈？」

「對，還有她的執行長Sharon。」

「那指紋呢？指紋是不是可以知道這個人是誰？」

「我們已經發出去了，但是他如果沒有犯罪紀錄，也很難查。」

「那他是怎麼死的？」

「大出血，出血的原因，醫生認為是食道靜脈血管瘤破裂，他有肝癌。」

「肝癌會造成吐血喔？」k沒聽過這種事，還以為癌症只是長出腫瘤。

「應該說是肝硬化造成的出血，而且是突然且大量的，我剛電話裡請教醫生，他說肝硬化會造成肝門靜脈肝內小血管阻力變大，血液送不進肝臟，後面的腸靜脈卻仍將血液送到肝門靜脈，使得前方無路可走的肝門靜脈壓力上升，然後往食道和胃的靜脈去，長期下來就會產生一顆一顆的血管瘤，一旦破裂就會引發大出血，有極高機率造成死亡。」

「好恐怖喔，等一下，我忽然想到，以前那個歷史課本上的黃興，好像就是肝硬化導致大量吐血。」

「是，我後來上網查也看到，才四十二歲，是肝癌造成食道靜脈瘤後引發大出血，國父孫中山也是肝癌，所以以前說肝癌是國病。」

「可是都過了快一百年了，怎麼肝癌還那麼厲害？」k記得國父很早就過世了。

「一般來說，都認為跟病毒型肝炎有關，加上過量酗酒習慣。」鄭警官看著空杯，手扶著自己的下巴。

「那電話是怎麼回事？他綁架了劉明勳嗎？」k霹哩啪啦地把心裡的疑問說出來。

「目前不清楚，可能還需要進一步調查。」

「這無名屍會怎樣，如果一直沒有人來認領？」

「嗯，我們會繼續調查他的身分。」

「我是說正常來說，無名屍會怎樣，一般的處理流程是如何？」

「嗯，大概也很難調查，因為沒有他殺的嫌疑，算是病死，那通常醫院就會轉殯儀館，放置於冰櫃中，等法定時間到，無人認領，就進行火化。」

「所以，這次是因為他身上有打到劉明勳家的手機，才會驚動警方，才會調查他的身分？」

「說起來是這樣沒錯。」

無人聞問。

人的離去，原來有時候是那麼清淡，不打擾任何人。

寂靜的室內，遠方傳來儀式的音樂聲，淡淡地不擾人，卻有一種說不上來的不協調感，可能那首歌曲本身過度歡樂吧。

眼前有一個不知道名字但死去的人，和一個知道名字但不知道在哪裡的人，把他們串在一起的是一支手機。

一個冰冷的機械裝置，雖然它可以串連人們很多熱騰騰的情感，但卻是在一個已經冰冷的人身旁。

k想起有個從總經理職位離職的朋友說過，我們總是充滿熱情的想要向世界證明自己的存在，證明自己是重要的，甚至有時會以為沒有自己，公司就無法運作，然而事實上，你離職後，公司還是好好的，好好的找下一個人，好好的讓下一個人覺得自己重要，重要到願意為公司賣命。

人應該是重要的，可是如果人們只關心你的產值，沒有人關心你的價值，沒有人關心你的價值觀、關心你的健康、關心你的快樂，那真的活著嗎？

隔壁那個自身前往死亡的人，寂寞嗎？

而比起沒有人關心的活人，沒有人關心的死人，會更加寂寞嗎？

疲憊的法醫依舊發出規律的呼吸聲沉睡著，隔壁的人也沉睡了，只是不再醒來。

鄭警官自顧自地操作著從背包拿出的筆記型電腦，應該是在整理報告，可能是要給更高層人看。

他在系統裡，試著希望系統覺得他有用處，好讓系統不把他丟棄。

k突然覺得活著除了可以喝咖啡外，應該還可以想辦法讓那寂寞的氣息淡一點，不是為別人，是為自己，也許哪一天自己也會這樣淡淡地從畫面裡緩緩消逝，而世界繼續運轉著。

如果有人記得自己，會不會好一點？

也許可以試著找出這個人是誰，也許這樣這個人的離去會比較有意義。

也許自己此刻還活著，會多些意義。

「到底這個不知名的肝癌患者和劉明勳有什麼關係？」想不出來的k想大叫，像平常面對廣告創意想不出來時一樣。

後來他才發現，這句話已經回答了這句話。

20

k回到家中，強烈的疲憊感襲來，好累，且一事無成。

這時候，只有音樂和小說可以救贖。

找到顧爾德演奏巴哈的郭德堡變奏曲，一九五五年版本，從櫃子裡拿出肯亞穆拉雅的佳欣加處理廠PB小圓豆來，這支豆用水洗的處理方式，一粒一粒都強烈飽滿，就像鋼琴音一鍵鍵落下，咖啡一滴滴從濾杯中滴下，煩躁感一點一點消逝，心，安靜了下來。

肯亞出產長跑選手和好咖啡豆，兩樣都是他傾心且喜愛的，兩樣都來自古老且原始。

不知道為什麼k一直有種感覺，事情無法在台北獲得解決。受苦的人好像都不在台北。

這男子是自行到台中的醫院就診，而億載集團的「旺工」也在台灣中部，會不會這一切是相關的？

鄭警官後來糾正k的說法，說不能叫對方肝癌患者，因為肺部也有腫瘤，只是直接死因是肝硬化造成的大量出血。

這位癌末病患到底為什麼身上會有撥到劉明勳家的手機，現在變成一個謎，不過在知道他的身分之前，至少可以從手機上著手。

事情好像到了個死胡同，除了多了一個死人，結都還在。

不過卡在k心頭的是，不自然。

幾乎每個關鍵人物都不太自然，李恭慈的先生失蹤，但她的態度有種說不上來的不自然，不是全然的擔憂或悲傷，而是有種說不上來的不自然，彷彿後頭有什麼說不出口的原因。

刑事局長也是，一下子把這案子當最高層級，風風火火的，一下子又突然消失，轉向旺工去，後來也是沒消沒息。連那個鄭警官也好像有種欲言又止的感覺，找了位工會成員當偵查方向，可是那位姚先生比較像是對勞資關係有期待，怎麼看都不太像是綁架犯，更讓k好奇的是，不知道這方向是怎麼來的，有種奇怪的感覺。

表演。

對，很像是一種表演，而且是過場。

k被找去跟這位姚先生談，感覺上，警方好像也沒有掌握什麼確切證據，同時也沒有逼得很緊，而讓k跟他談的理由也很牽強，k一直有種奇怪的感覺，好像自己也成了一場戲的演員，只是不知道這場戲在演什麼，自己又是扮演什麼角色，連到底演給誰看都不曉得。

這事件中，k見到的人物裡，表現最自然的，可能是劉典瑞。

感覺他就是個欺負姪媳的傳統典型，過去在商場上用奸狠的手段努力工作，也獲得了實績，掌控了大局，不過劉明動上來後路線和他不同，想必衝突也不會少，就算不在檯面上較勁，也一定很多時候互相拉扯。所以劉明動的失蹤，對他而言，說不定是一大利多，搞不好，他趁機就可以掌控集團。他的笑聲很怪很假，但搭配他就很真實。他最自然。

到底每個人背後沒說出的理由是什麼？讓所有人一起演了一場戲。

現在的感覺就跟霧霾一樣，人物都在，但是霧茫茫的，像上了一層濾鏡，不，比較像鏡頭沒擦乾淨，於是沒有差別的，所有人都不清晰，每個人的樣貌都是濛濛的，銳利的想法躲在後面，要嘛想害人，要嘛想不被害，感覺都不太健康，演技都不太自然。

現在唯一真實的，就是屍體。

死亡最誠實，沒有什麼好表演的。

死亡最誠實，每個人都不會去掩飾對屍體的反應。

看著窗外霧茫茫的一片，完全無法跑步，那簡直是自殺，他決定來練ＴＲＸ，再怎樣，身體也是你無法欺騙的。

把繩子長度做好調整，調整呼吸，每一次用力，每一次呼吸，都靠自己，靠自己把身體舉起，靠自己的力量訓練自己。

在霧茫茫的世界，什麼也看不清，只有靠自己，最真實。

21

隔天，早上九點，Sharon 傳訊息來說想去走走。結果，她開來的是 Defender。Land Rover 已經停產的越野車，外型經典方正，是很多車迷心中的夢幻逸品。

以一個女生來說，車可能有點大，不過，基本上講這種話的男生，多少也犯了沙文主義的通病，到底什麼叫「以一個女生來說」，女生為什麼就只能開小車，那男生是不是都應該要開大車？

多數男生女生的身高平均差距，也不過十公分，到底為什麼要因為這而有刻板印象。如果車很大，那對男生或女生都一樣，都一樣很大才是。

還有，會講以「女生開這車，有點大」這種話的男人，通常沒有一臺 Defender。

哈哈哈。

k 爬上了這臺銀色外觀頂棚橘色的雙色塗裝車，感覺自己好像要去狩獵。發現所有按鍵幾乎都是機械式，不過這也確保了修理的單純，不像電子零件的不可靠。

Sharon 戴著黑色金框的雷朋飛行墨鏡，修長的身子，白色襯衫、淺藍色牛仔褲，一派休閒，和那天專業套裝完全不同，隨手打的馬尾，凌亂的髮絲，自在地掉落在肩膀。她握著方向盤，原本的酷，就更酷了。

k想到英國女王，二戰時就是開這臺車，曾經看到一段紀錄片，女王在當時是醫護兵，開著這臺車，甚至還會自己修。

「喝過咖啡了嗎？」

「早餐的一杯。」

「帶你去喝好喝的。」

「好啊，在哪裡？」

「台中，手炒陶鍋哦，老闆是個怪咖，對咖啡很有想法。」

「台中跑那麼遠，妳今天不用上班？」

「對，休假，而且我的工作本來就是發掘地方藝術文化，台中一個多小時就到了，倒是你可以嗎？」

「可以呀，今天沒有預定。」k想著，現在是其他製片團隊在準備，自己身為導演，只要等資料收齊再看。

「那我們就出發囉！」

其實，早就出發了吧。Sharon 熟練地轉動方向盤，緩緩往高速公路交流道的方向前進，是個很享受駕馭樂趣的女子。

「妳這車，好帥。」

「謝謝，我也很喜歡。喜歡的人很喜歡，不喜歡的嫌它舊。」

「不是舊，是經典，妳這是哪一年的？」

「二〇〇三。」

「所以，十六歲，是青少年。」

「哈哈，對，青少年。」

「我很久沒去台中了。」

「為了好咖啡，值得。」

「嗯，我也正在想要離開台北一下下。」

「為什麼？」

「我朋友住中南部的，冬天就罵到爆炸，說空氣非常差，整天都在仙境裡，我想說我們在台北的，應該多去看看。」

「真的，我回來第一個冬天去，還問人家說，為什麼中午十二點會有霧？」

k一直覺得 Sharon 有種國外長大的感覺，大概沒錯。

「妳從國外回來的？」

「對，讀完書，想說回來台灣看看。」

「妳是讀什麼的？」

「藝術史研究。」

「哦，不錯耶！」

「對了，董事長說最近我們要約來談一下推廣閱讀，主要是協助偏鄉兒童。」

「好，你們也在協助這一塊喔？」

「其實，說不上協助，我們也在學習，尤其是我，跨文化的遇見，常常會帶來很多新學習，我還蠻喜歡這份工作的。」

「可是你們跟母集團的路線，好像不太一樣。」

「嚴格說來，是母集團進化的速度還不夠快。」

不知道是不是k看錯，Sharon 說這句話時，情緒似乎帶著點慍怒。

Sharon 邊說邊打方向燈，上了交流道後，車速明顯加快，風切聲也變大，引擎發出了怒吼，稍稍壓過她的聲音。「不好意思，跟現在的車比起來，隔音效果比較不是它的重點。」

「沒問題，妳也喜歡果酸強烈的咖啡嗎？」k不自主地也加大了音量。

「對，應該說，我喜歡試各種不同的咖啡，跟文化一樣，很值得探索。」

路上兩人繼續聊著，奇怪的，平常覺得台中蠻遠的，跟 Sharon 一起就變近了，當然也可能是她開車技術不錯。

車來到快速道路的高架橋下，Sharon 突然轉進一條小路，沿著溪邊走，路越來越窄，k都有點擔心這臺寬車身的車過不過得去，倒是 Sharon 臉上一點猶豫都沒有，穿了過去，來到一處開闊的空地，停車。

「好囉，到了。」Sharon 聲音裡有種興奮。

「妳還蠻會開車的。」k自然地說出口後，突然有點後悔。

Sharon 瞇著眼笑，沒有回答。希望她別誤會，這不是男女性別歧視，而是一句真心誠意的讚美。

下車一看，眼前是一棟用木頭和石材創作而成的房子，外型很不一樣，不是工整規矩的傳統建築，倒像是不斷增生出來的，有點像是西班牙的米拉之家，不過更多了些手作感。

主人正坐在門口進來的木桌後，似乎正在整理桌上幾罐深色的罐子。抬頭看了一眼，小小聲的招呼：「請坐。」

「兩位，要麻煩你囉。」Sharon 向店主人打了聲招呼。

店主人沒多做反應，酷酷的，點點頭，便繼續低頭專注手上。

「你不必點，他會幫我們準備今天適合的咖啡。」Sharon 自在地在一張桌後坐下，深呼吸了一下，大吐一口氣，露出微笑，隨手把飛行墨鏡，掛在胸前，一副十分放鬆的模樣。

k繼續在店裡頭走逛著，許多小木作藝術品散置在店裡，有幾張桌子，k看了很喜歡，手作感強烈，一定不是工廠大量生產的。

看到一旁一個小小的招牌寫著「手捻陶鍋」，應該指的是一顆一顆的手挑豆外，還是用陶鍋烘豆子的，而不是用機器烘豆，這個難度挺高，因為隨著溫度變化，要很快速且均勻地翻動豆子，否則很容易有不熟或過焦的問題，看來這裡的主人喜歡什麼事都靠自己的手。

咖啡上來了，寡言的主人，手拿托盤擺著兩小杯，也不招呼，以透明玻璃厚杯裝著，端上桌，看 Sharon 已經放在鼻尖聞，k也趕緊溜回位置上，好喝的咖啡可是會隨著溫度而改變風味的。

芳香撲向鼻尖，倒進口中，優雅的氣息，卻又伴著強烈地以水果酸味的姿態，個性鮮明但不失禮教，不知道為什麼k想到眼前的 Sharon。

這應該是肯亞ＡＡ吧，心裡想著。

「這肯亞果酸強烈，可是還是可以嗅聞到前面的花香，然後後面接上來的是蜂蜜，然後是柑橘的酸感，最後則是很像可爾必思的味道。」

那咖啡館主人聽在耳裡，線條嚴峻的臉上沒什麼表情變化，只是微點了下頭，似乎也沒有要說明的意思，好像你說的沒錯但沒全對的樣子，k看了 Sharon 一眼，她笑了笑，一副早就說過他很酷的表情。

看著那咖啡館主人低頭的眼神專一盯著咖啡，感覺這主人築了道冰塊構成的牆，但也似乎保護著咖啡能被好好地品嘗。

室內又恢復原本的寧靜，只有水在透明的虹吸壺中翻騰的聲音，咖啡香瞬間爆開來，瀰漫整個室內。

是個很專注煮咖啡的師傅，是個很專注煮咖啡的地方。

突然，一群人，有大有小，浩浩蕩蕩地走了進來，喧鬧聲劃破了這空間裡的安靜，一看可能是三、四個家庭結伴出遊，窗外遠處多了幾臺休旅車。

「來，你把那邊的桌子搬過來。」一位帶頭身材高大略胖的爸爸，大聲地指揮著其他人，聲音之大，好像一登場就希望所有人都看著他，也確實，現在所有人都看著他了。

k其實是不怕吵，但很怕安靜被吵，因為都沒有人關心安靜的感受，而安靜一被吵，就死去了。

「小姐，我們人多，你們到那邊坐。」這位領頭羊般的爸爸，轉頭跟 Sharon 說，一副理所當然的樣子。

Sharon 二話不說就起身，k有個感覺，模模糊糊的，是什麼呢？還沒判斷出來，就看到 Sharon 站在那爸爸面前，那個感覺變清楚了，是要幹架。

可是這畫面也太奇怪了，因為是一個女生衝上去到一個粗壯的男人面前。

還有k自己做為隨行的男生，還坐在椅子上，不是應該做點什麼嗎？

22

還好，自己還在想時，Sharon 突然轉身，面無表情，拿起桌上的咖啡，走到遠方的小邊桌坐下，k也趕緊跟著過去。

k其實替那自以為領頭的高壯爸爸捏了把冷汗，因為感覺 Sharon 不太習慣被別的羊帶領，剛剛應該就要吵起來了，只是不知道為什麼 Sharon 突然煞住。

「妳剛是不是要跟那個男的吵架了？」

「覺得他很沒禮貌呀」

「那後來呢？」

「我想到這裡是哪裡。」

「哪裡？」

「你看呀！」

「什麼意思呀！」k還不懂，卻看到 Sharon 用眼神示意，看向咖啡館主人的方向。

k一看嚇到，哇啊，如果剛剛是面無表情，現在是太有表情了，簡直像是日本畫裡的那種惡鬼，眉毛眼睛都整個往上，眼中更好像要冒出火來。

只看到那主人惡狠狠地瞪向那一大票喧鬧的客人，看他的手，慢慢握拳，似乎一直在努力壓抑著，感覺等等會有好戲看。

突然間，覺得這裡比較不像咖啡館，倒像是西部電影裡的酒吧，隨時會有槍戰發生。

那位帶頭的爸爸坐下，拚命擦著臉上冒出的汗，一邊繼續大聲吆喝，如入無人之境，「你們坐過來一點啊，喂，老闆你們有蛋糕嗎？」

「沒有。」主人答得快又短促。

「有沒有小孩子可以吃的？」

「沒有。」

「那你們有菜單嗎？拿來我看一下。」

「沒有。」

「那你們有什麼？」

「只有咖啡。」

「那有拿鐵嗎？」

「沒有，我這裡是煮 syphon。」

「什麼？」

「就是咖啡。」

「喔。」

那爸爸似乎意識到咖啡館主人的不悅了，語氣也明顯有了變化，從進門的那種過嗨，開始緩和下來，只見到這爸爸轉頭和其他幾個低聲討論了一下，「那給我們三杯，啊，不先來兩杯就好。」

k心想著，占了十幾個人的位置，卻只要點兩杯咖啡，會不會有點太過分了，而且桌椅位置被改變，弄得亂糟糟的，原本店裡用心設計的美感都被破壞殆盡了，這種只想到自己的心態，實在很糟。

「不好意思。」咖啡館主人霍地起身，跟剛 Sharon 有點像，一個箭步，就走過去，聲音突然大了起來，「我覺得我沒辦法服務你們，是不是請你們離開？」

「是怎樣，好，走了走了，什麼咖啡館沒蛋糕……」那爸爸有點臉上掛不住，催促著其他人起身，典型的奧客行徑。

「沒有怎樣，這是家只有咖啡的咖啡館，不勉強。」咖啡館主人厚實的男中音，彷彿是種獨立宣言。

「那麼大聲幹嘛！」高壯爸爸很大聲的回嗆。

「你們進門時更大聲，我拒絕為你們服務。」大聲送客的主人，明顯不怕網路上的評比，十分性格。

一轉身，主人走向k和Sharon，臉上又恢復沒有表情，走近時，鞠了個躬，起身時，緩緩說了句：「抱歉，打擾你們喝咖啡了。」

「沒有，是他們打擾了好咖啡。」平常很少遇到人鞠躬的，k連忙回。

「對，是打擾了好咖啡，你說得沒錯。」這主人露出了微笑：「我不喜歡不尊重咖啡的人。」

主人回身到煮咖啡的桌，拿了自己的杯，和另一壺咖啡，在k和Sharon的桌邊坐下。

似乎咖啡館主人原本身旁那道冰冷的牆，融化了。

「你們的咖啡很好。」k真心的讚美。

「我覺得服務是有限度的，無法服務就不要勉強，我們沒有甜點也沒有拿鐵，確實無法滿足對方的需求，我又不愛吵鬧，不愛人家亂動桌椅，不過……」主人調整了一下坐姿，「台灣現在很重視服務，卻忘記服務的核心是彼此尊重，我們用好咖啡交換金錢，但沒有要拿尊嚴交換金錢。」

「對呀，咖啡是活的，人也是活的，錢倒是死的。」k很同意主人的堅持。

主人坐下後，聊了好一段時間的咖啡，k看著戶外，陽光普照，但是天空一片灰濛濛，今天的天氣很好，但空氣很不好。

k半是想找話題聊，同時也想要知道中部當地人的想法，於是發問：「老闆，你覺得空氣怎麼樣？」

「空氣很不好。」

「你覺得怎麼辦才好？」

「有時候我覺得空汙是種邪惡，因為它讓人感到無能為力、無可奈何，又會覺得反正所有人都得接受這威脅，那就也不必努力地表現良善。更糟的是，它會給人一種錯覺，好像就是要使壞才能賺錢，才能生存。我覺得它比自己做壞還壞，因為它會害人變壞，那是最大的惡意。」主人一口氣說完，拿起咖啡杯，緩緩喝了一口，閉上眼享受的樣子，好像要把什麼髒東西給驅離。

第一次聽到有人把空汙給擬人化，還談到空汙對於其他惡行有種催化的作用，k心裡有點震撼。「照你這樣說，空汙不只汙染人的肺，也汙染人的心。」

Sharon 一直在旁邊聽，笑而不答。

主人繼續說：「你不覺得台灣開始有空汙就是這幾年而已嗎？你小時候有嗎？」

「沒有啊，小時候哪有霧霾，我家在南部，冬天很舒服，有太陽但不熱，也不會灰茫茫的，哪像現在？」k憤憤地說。

「它的發生，跟中國經濟崛起的時間幾乎重疊，應該說，台灣本地製造的空汙可能本來就不少，但加上外來的，就會有很顯著的影響。」

「那你覺得該怎麼辦？」k繼續追問，趁這機會了解中部人的想法。

「我覺得有很多事要做，調整電費是一個，你電費現在是全亞洲最便宜，大家就會亂用，尤其是高耗能產業，就會把你這當作是一個重要的利多，更不會想要汰換較經濟省電的機器設備，因為電便宜嘛，換機器還比較貴。還有你吸引到的就會是別的國家不要的企業，因為對方貪的只是你電便宜，但那卻是你用環境和所有人的健康換來的。」這主人要嘛靜默不說話，一講起來就停不下來，可是講的都有觀點，義憤的神態也讓人動容，這也表示這議題平常就常被拿出來討論。

「只是我們都太害怕經濟不好，沒錢會死，卻忘記會讓人死的不是沒錢，而是環境不好，讓人得了癌症才會更靠近死亡，唉！」咖啡館主人嘆了口氣後，自顧自地起身，走回工作區。

Sharon 在這議題上似乎都不主動表示意見，只是安靜地看著窗外，喝著咖啡。

窗外的陽光很大，在地上畫出濃厚的陰影，黑與白間的線條分明，不像經濟和環保政策的拉扯，曖昧不明。

k在想，台灣這麼小，但其實光只是距離一個多小時的車程，可能人們的焦慮都還是有那麼點不同。

「妳怎麼都沒說話？」k好奇地問正在低頭不語、擦太陽眼鏡的 Sharon，陽光在鏡框上反射出明亮的光，閃動著。

「我在學習呀。」拿起鏡片端詳的 Sharon，輕聲地回。

「他知道妳是億載集團的嗎？」

「應該不知道，知道的話，別說喝咖啡，可能進都進不來。」Sharon 笑笑地說：「而且我也不覺得自己是億載集團的。」

「是喔。」

「我只是在他們的基金會工作，領薪水而已，沒有要交換靈魂。我不必全然接受他們過去的做法，更別提說不定我是來改變他們的做法的。」Sharon 拿起已經空了的透明玻璃杯，對著陽光旋轉，室內的牆面，陰暗處也被照亮起來，多彩的霓虹閃爍著。

「啊，對了，你可以陪我去醫院嗎？」Sharon 突然說，但臉上並沒有太多痛苦。

「妳哪裡不舒服嗎？」k驚訝地問。

「我心裡不舒服。」Sharon 望著k，甜甜一笑，大大的眼睛，反映著光。

23

開車往醫院的路上，可以看到兩旁的綠樹明顯地比台北多，馬路寬闊不少，相對來說，是個比較經過都市規劃的城市。幾家餐廳的規模更是巨大，且設計蠻有特色，k透過車窗看出去，心裡正盤算著晚一點要去哪家吃。

剛剛咖啡是 Sharon 買單的，說因為是她請k陪她兜風來喝咖啡的，當下k只好接受，說那午餐交給他。

不過，主要還是怕在店裡搶著買單，等等又被咖啡館主人白眼。

咖啡館主人倒是在k走出門時，對他說了聲：「下次再來喔。」酷酷的臉沒有笑，但應該是不討厭k吧。

下次再去喝，好的咖啡真的會讓人一離開就想再回去，那應該就是人家說的回甘吧。

以前聽一位阿里山茶農說過，他有一個客人，來店裡試飲，喝完就走了，大概半小時後又開回來，說沿著公路開到阿里山下，突然喉頭一陣回韻湧上來，當下大迴轉，馬上又開上山，買茶。

哈哈哈，k說，這就是最好的廣告呀，拍這個真實故事就好了，還想什麼自以為創意的創意啦。

這個溪邊有奇怪建築奇怪主人的咖啡館，真的讓人也會想再回頭。

其實，k一直在等 Sharon 說要去醫院。

咖啡雖然真的很棒，但為了喝個咖啡跑到台中，真的有點瘋，除非有其他目的地。

k心裡一直想到中部看看，除了想知道空汙的實際狀況外，還是想看看那位肝癌患者最後的現場，這是目前比較跟劉明動下落有關的方向，總覺得在沒有進一步線索的狀況下，這是一個起點。

k猜，李恭慈也一定很想趕快解開手機的謎，因此要 Sharon 來找k。這才是台中之行真正的目的吧。

不過，先去喝咖啡，一定也是 Sharon 計畫好的，試著讓k對事件有進一步的背景了解。感覺就是個聰明的人會做的事，不靠自己的嘴巴說服，但讓對方從別人的口中得知，這是高明的說服術，更是精采的 brief。

廣告裡有個常用的字眼叫做 brief，在電影裡也常看到，也就是簡報，不過，在廣告裡更有個進一步的意義，通常是要讓不清楚產業狀況的創意人員，可以在短時間內了解商品的背景，更理想的情形是有感覺，有感覺發想出好的廣告主張，並且能夠有最後的創意產出。

只是，一般來說，brief 慣性的做法，就是在會議室裡把市場調查報告唸過一遍，k常覺得那動作有點可惜，因為大家都識字，實在不需要由一個人朗讀給大家聽，而且那些個市占率通常只是冰冷數字，都還不是情感，更不是消費者對商品的感受，實在無法讓誰進入任何好的狀況。

這時候，一個好的策略人員就會變得明顯重要許多，他可能會找到人們心情上的衝突點，譬如「想瘦身又不想花時間運動」，那麼商品要是可以解決這種衝突的狀況，就會是好的商品，而好的傳播策略就是要試著去創造出可以回答衝突的心情。

假使有個運動品牌，在提供運動鞋和服飾的同時，洞悉到人性的不願意，提出比方說，「讓你運動到忘記時間」，說不定就是個好的切入點，讓運動的人不會感到乏味，不會感到痛苦，那就是個好的 solution 起點。

怎樣會忘記時間呢？難道是失智症嗎？可能不會是，那也不必急著否定這個方向，不過可以去思考失智症的意義是什麼，是認知改變，那如果對運動的痛苦能夠認知改變，那是不是就成立了呢？

於是往下延伸，「讓你的運動是種時尚」，就可以因為是時尚，你就會想要更多的在人前展現自己，那麼你運動的機會，不管是頻次或是時間都有可能會延長。

好的 brief，可以讓人有想像力，可以繼續的去想，不過，那需要一種巧妙的誘導方式，不是誘導人往你想的方向去想，而是誘導人往你沒想過的方向想。k常覺得，那需要高度的智力，還有魅力。

因為有高的智力，所以可以先行去汰除僵硬不變的方向，可是又要有足夠的魅力，好讓人們願意發揮自己的能力，去跳躍去翻滾去探險，那已經不只是循循善誘了，那幾乎可以說是人性中良善的一面，邀請人變成更好的人，想出更好的東西。

智慧和魅力，有時候是兩件事，彼此有點互斥，就是一種人很聰明但很討人厭的，也有一種人很好看但好笨。不過，事實上，也有許多有智慧的人充滿了魅力。而充滿真正可以吸引人久遠魅力的人，其實是非常具有智慧的。

奧黛麗赫本就是這樣的人物。

感覺 Sharon 有在學。

人生這件事，有在學，比失學好。

24

這所大學附設的教學等級醫院，在台灣中部非常知名，周圍滿滿的車潮，儼然是個小城市。跟著長長排隊的車隊，進了停車場，停好車後，果然又有些目光看著從大車下來的Sharon，k幾乎有點習慣在她旁邊就是得接受人們的注目禮。

當然，這醫院就是那無名男子最後前往的醫院，如同k心裡所預期的，Sharon 自己沒有生病，而是想知道那男子到底遇上了什麼，好追查劉明勳的下落。

Sharon 看了一下醫院地圖，就帶著k往前走。

從大廳轉過一個彎，可以看到電梯前滿滿都是人，許多探病的家屬，手上提著一袋袋的食物，焦急的目光，盯著電梯，臉上相類似焦急的表情，看了就讓人感到辛苦。

Sharon 手勢一比，示意k走旁邊的樓梯間，果然海闊天空，人少了許多，跟在她身後，看著她大跨步，一次三階跑上去，k也不甘示弱，跟上去。

突然，啊一聲，Sharon 轉身，迎面和k撞滿懷，k被一撞差點往後滾下樓梯，Sharon 猛地一伸手拉住他，一用力，把k拉上來。

站在一、二樓間的平臺上，k嚇一跳，不只是自己差點跌倒，而是一個瘦瘦的女生為什麼可以有力氣把他拉起來，他至少有六十五公斤，加上瞬間往後倒的加速度，一定超過八十公斤，說不定還接近一百公斤，怎麼可能用一隻手可以拉住，而且是個偏瘦的女孩子？

「不好意思，我忘記要買杯咖啡了。」Sharon 臉上滿是歉意。

「剛不是才喝過？」k 隨口問。

Sharon 嫣然一笑，「不是給我的啦。」說著邊往樓下走去，k 連忙跟上長手長腳的 Sharon，一走出樓梯間，便面對萬頭鑽動的醫院大廳，感覺很像是個熱鬧的市集，只是這裡買賣的是時間。

延長生命的時間。

兩人沿著擁擠的長廊，來到醫院角落的咖啡廳，Sharon 點了杯咖啡外帶，兩人等候著，身旁滿是湧進湧出的人潮，每個人臉上都是若有所思，有的皺著眉，有的苦著臉，人成了渺小的水分子，流動著。只有兩人不是來看病或探病的，彷彿漂在大海上的兩個小小浮標，隨著浪的起伏上下浮動著。

「妳是不是有練過？」k 還在剛剛的疑問裡，好奇地問。

「沒有啊，就維持一些選手時代的小重訓，只是用來排解壓力。」

「妳也是運動員喔，什麼項目？」

「空手道，玩過幾年，已經不行了啦，現在是快樂上班族。」

因為對空手道不夠熟悉，也不好亂問，難道要問人家是什麼顏色的帶子嗎？k心想，大概會被翻白眼吧。不過，之前就聽說空手道是實戰非常有用的格鬥技，難怪 Sharon 之前在咖啡館遇到那個高胖的爸爸，毫無懼色。

兩人再次走回樓梯間，一路上到了三樓，幾乎都是辦公區域，k心裡在納悶，像這種事件要找誰，難道要掛家醫科嗎？不好意思，有一個人失蹤了，然後他的手機在一個人手上，那人在你們醫院死掉了。

這樣講完，對方大概不會理吧。

k還在想這些垃圾話，Sharon 找到了公關室。喔，對喔，應該是找公關室，這算是公共關係吧，協尋失蹤人口。

Sharon 探頭進辦公室看了一眼，又俐落地回身，把k帶離辦公室門口。

「不好意思，待會兒，我進去就好，你在外面等一下下。」

「喔？」k感到納悶，不知道為什麼。

「因為我等一下要說服對方提供線索，這時必須要依靠一些權威感，可是你的外型⋯⋯，嗯，你知道的，對於某些長年在保守的官僚體系的人來說，不太習慣。」

「妳怎麼知道對方是官僚人士？」

「從服裝造型還有髮型，尤其是髮型，你覺得禿頭然後又硬用髮油梳條碼頭的，然後正在大家面前大聲地罵下屬，絲毫不給對方顏面的，會是哪一種？」

「所以呢？」k雖然有點賭氣，不過也驚訝Sharon看一眼就看到那麼多，那是什麼運動員的動態視力嗎？

「我的意思是，他看到一個髮絲茂密又留長頭髮的男生，會有什麼反應？很歡迎嗎？會願意全力配合嗎？」

「妳是說我的長頭髮會是問題？」k一把抓起自己肩上的長髮髮尾問。

「不是問題，是潛在的溝通風險。」Sharon冷靜地回答。

「妳幫我跟他說，一百多年前，幾乎所有華人都還是長頭髮，他們尊敬的孔子，也是長頭髮，還有妳看耶穌……」

「我知道，但沒必要跟他說這些吧？」Sharon伸出手安撫k，「應該說你沒必要浪費時間跟這樣的人打交道，你幫我周圍看看，好不好？」

「哼，我就是討厭這種官僚，才故意要留長頭髮，好對他們叛逆。」

「好啦，小聲一點。」Sharon手指比出噓的動作。

「好，那就交給髮絲茂密又留長頭髮的女生好了，希望妳可以問出一些線索。」

「沒問題，關於這點我跟你一樣期待。」Sharon自信地微笑，放下綁起的長髮，還故意俏皮地用左手撥了一下髮尾。

「那我要去看他的條碼頭，用條碼機掃他，叫他不要再大聲罵人。」

「等我拿到資訊，你要幹嘛隨便你。」

k發現 Sharon 應該很懂得對話的藝術，至少很清楚精緻的溝通技巧，三兩下就可以安撫別人，並針對自己想要的，做出恰當的安排。

k因為無聊只好開始逛醫院，三樓多數是行政部門，有院長室、副院長室、會議室等，跟醫院大廳一樣，經過的每個人都行色匆匆，趕著要去某個地方，看起來牆上掛的那些畫都很寂寞，沒有人有空瞧上一眼。

看到第三幅複製畫時，Sharon 遠遠地從公關室走出來，k正要過去打招呼，突然發現她臉上表情怪怪的，果然，身後跟著一位肥胖、禿額的中年男子，男子正對著手機喊著：「我現在就過去，你給我等一下再去吃飯，我很快。」兩人從k身旁走過時，Sharon 還扮了個鬼臉。

兩人遠去後，k繼續望著這些畫，一件一件的讀上面的說明，也許這些畫從以前掛到現在，只有k一個人仔細看過吧。

看了一會，實在覺得無聊，k決定四處去逛逛。

下了樓，一樣是如同大海般洶湧的人潮，總覺得要有足夠的體力才能在這片大海中泅泳，順利地去到自己要去的地方，可是來醫院的人不就是身體不好才來的嗎？

k往大門口晃去，穿過一段長長的走廊，往後門的方向去，中間有許多呆坐在路旁眼神空洞抽著菸的病人，手上還提著支點滴架。

如果無奈是人的話，這裡就是無奈的連集合場吧。

一旁有座小小的、如同過去電話亭大小的檳榔攤，裡面的西施，脂粉未施，埋著頭認真地工作著。

k很好奇，開在這，不知道生意如何？

抬頭看到，小小電話亭上方，一個圓形黑色物體，說不定，有點機會。

25

Sharon 傳訊息來，要 k 到一樓大門口。

等到 k 從洶湧的人群裡穿行而出時，一眼就看到大門外高挑的 Sharon，站立在風中，長髮飄動著。

「我拿到影片了。」Sharon 一等 k 走近說。

「喔，我之前看過了。」k 之前在殯儀館曾經看過鄭警官手上的影片。

「那傢伙說他們就一個監視器，都給警察了。」

「嗯，他可能也沒說錯啦。不過，我好像有點收穫。」

「什麼意思？」

「我剛晃到旁邊的檳榔攤。」

「你吃檳榔喔？」Sharon 表情有點詫異。

「沒有啦，我拍過公益廣告，才知道口腔癌很可怕，整個臉要割開來，之後不能吃東西，要從胃裝一條管子進食。」

Sharon 發現 k 容易岔題的毛病，帶著微笑的提醒，「那檳榔攤？」

「所以我不吃檳榔啦！我想說人要到醫院總不會走路來，就想說把附近都繞一繞，結果有檳榔攤。」

「所以呢？」

「檳榔攤都是二十四小時，而且只有一位小姐，為了避免深夜被搶，通常會裝監視器。」

「你怎麼知道？」

「我猜的啦。」

「結果有嗎？」

「有耶，我買了罐咖啡，然後就看到了，我請小姐幫我找那天的，幸好，再兩、三天，她說應該就會被覆蓋掉吧，現在都硬碟存檔，之後蓋過去。妳看……」k秀出手上的手機螢幕，畫面裡，一臺藍色小貨車，白衣服矮胖男子自副駕座下車。

「我第一次和西施換 LINE 耶，有點害羞。」k邊收起手機邊說。

「你會約她出去嗎？」Sharon 開著玩笑問。

「不好意思啦，她應該小我很多。」

「年齡不會是問題。不過，開車的那個人？那不就是共犯嗎？」

「我也不知道，這可能要讓警方去判斷了。」

可惜，從側面看不到車牌號碼，只是一臺平常的藍色小貨車，後面有尋常的綠色棚架，這種車，每個傳統市場應該都有一百臺以上，全台灣大概有幾十萬臺。

Sharon 大步走，步速又快，走在身旁的k只是稍稍緩了下腳步，馬上就被甩在後面，只好趕快又加速好跟上。沒幾下就來到停車場，Sharon 突然停下，往左前方看了一眼，k也跟著停步，看去。

「怎麼了？」

「所以那男的是在這裡下車的，從那臺小貨車。」

k看過去，沒錯，遠處就是醫院停車場旁邊的那個車道，通向急診室大門。

當然，現在並看不到那臺小貨車。

「為什麼你會看到警方沒看到的？」Sharon 邊問k邊快速走向停車場繳費機。

「我到每個地方都會亂晃，警察應該之後也會來問，他們只是還沒發現而已啦。」

「剛剛那個公關室的跟我講一堆個資隱私的東西，就是不想麻煩。」

「那妳還真厲害，讓他後來願意給妳看。」

「用了些方法。那你怎麼知道要四處晃？」

「導演的工作通常是去想沒人想的，因為許多人的工作是做別人想好、叫他做的，那價值很容易被取代。可是其實有一些創意機會是要觀察來的，觀察就是晃來晃去。」

Sharon 跟著回：「嗯，我也覺得，監視器應該不只一個角度。所以後來，找到一個從行政大樓往下拍的角度，也有看到藍色小貨車的車頭。至少之後我們有什麼需要，醫院他們會盡量幫忙。」

k聽了有點驚訝，搞半天，k有什麼好得意的，Sharon 還不是也發現了藍色小貨車了？

越想越覺得這女生很沉穩，不隨便炫耀，跟k所在的產業被期待要不斷表現自己是不太一樣的。

Sharon 一路邁著大步伐，一會兒就來到她的銀色 Defender 旁邊，那臺別人一定會覺得太大，不適合女生開的車。

k決定要追問：「所以，妳也找到警察還不知道的嘛。不過，我有點好奇，妳用什麼方法讓醫院公關室主任聽妳的？」

Sharon 一下子沒有回答，只是嘴角微微一笑，就開了車門上車。

不知道是不是錯覺，經過一整個早上的相處，想起 Sharon 手臂那有點驚人的拉力，k突然覺得 Sharon 好巨大，搭這臺巨大的車一點也不嬌小。

上車後，等到車出了停車場，繼續前行，穿過林蔭間，寬闊的台中道路，筆直並且舒服，至少從視覺上，會覺得這城市沒有那麼雜亂無章。

原以為 Sharon 會接著立刻說，但並沒有，這好像也是 Sharon 說話的習慣，避免打擾人，除非你表現出你真的很想從她口中知道，否則她會覺得，提前給人答案，妨礙別人思考，是件不禮貌的事。

難道聰明的人都會這樣嗎？都會覺得思考是種享受？難道他們不知道有的人根本不想思考，也根本不享受思考嗎？

k實在有點按捺不住，又繼續發問。

「所以妳那時也不相信只有一支監視器？」k直截了當地問，雖然有點不好意思，不過該問的還是要問，畢竟是跟人命有關。

「也不是不相信，應該說，你如果做過生意就知道，今天假如你是監視器裝設業者，有一個大企業機構請你去裝設，你會只裝一支嗎？只裝一支的生意，你會去做嗎？不管從安全的理由，或者生意的角度來說，都不合理呀。」

「所以是警方笨囉？」

「不是，我認為這是大型組織常有的狀態，一個問題在傳遞後會有誤差，甚至流失了原本的意義，可能上層要監視器畫面，而下面的會覺得只要有監視器畫面就好，因為有拍到那個人就好，而不會想到要全部都要。因為他沒想到要搞清楚這個人的來歷，他不清楚完整的大局圖像，只會滿足表面上的要求。當然，也因為對他來說，這不是例行工作，他習慣處理例行工作。而且還有種可能，問題可能出在警方，或是醫院，或者說，是醫院的某個成員，以這事件來說，是公關室主任。」

「怎麼說？」

「我剛是押著公關室主任叫他帶我去找ＩＴ人員，因為我猜，他一定也搞不清楚醫院有幾支監視器，只有第一線的工作人員才知道，果然。」

「所以是他沒有完整要到檔案，可是為什麼他願意幫妳？」

「因為我提出一個他無法拒絕的條件。」Sharon 突然嚴肅地說。

「啊？妳這是教父裡的臺詞耶！」k驚訝地大笑。

「哈哈，你也知道。」

「我當然知道，那是經典耶，那妳給他什麼條件？」

「我說他牆上的畫都沒人看，我來幫他做一個藝術講座，好協助醫院的病友和家屬放鬆心情，當然同時也會幫他邀請媒體報導，簡單說，就是讓他的醫院有新聞露出。」

「真的是難以拒絕耶。」k佩服地說。

「沒有啦，推廣藝術鑑賞，本來就是我的工作，你知道，我也修藝術治療，醫院裡放畫是有道理的，只是在執行上沒有到位。」Sharon眼睛留意著路上經過的路況，臉上因為移動的燈光而有各種色彩。

「那我們現在呢？」

「把這兩個影片給警方呀，他們需要情報。」

「這麼輕易給他們嗎？好不容易要到的，我還給了LINE耶！」k小小的抗議。

「我不喜歡做違法的事，而且在這件事上面，理論上，我們和警方是相同利益的，方向是相同的。」

「妳說，理論上，那實際上呢？」k一邊摸著車裡的方正內裝，實在很喜歡這個有歷史有想法的設計。

Sharon笑著說：「警察也是一個巨大的組織，跟企業一樣，難免有個體的想法不同，在命令傳遞的過程裡，難免會有誤解，難免會造成遺漏線索的可能。也難免會有外力想影響他們前進的方向，我只是站在一個善良公民的角度，協助發現新的線索，提供給警方而已。」

k閉上眼睛想了想，這裡面有好多不合理，每個人都在表演的同時，彷彿也有不同的觀眾，每個人都各自在自己的舞臺上，對著自己的觀眾演出，於是現場就會變成一種大亂鬥。至少可以試著釐清一點點吧，不然，自己都快像個三半規管不完整的孩子，面對空間一直變化，都快暈車了。

「那我大膽的假設，妳聽看看喔，若方便妳就說，不方便妳就不要說。」k試著提出請求，雖然也不知道聰明的 Sharon 願不願意接受，至少出手了，看球會不會進，不出手一定不會進。

Sharon 看向k，笑而不答，好像預測到會發生這一切。

「我大概可以感受到劉明勳和他的叔叔劉典瑞，在企業經營的大方向上有所不同，更貼切地說，應該已經產生了磨擦，甚至是不可避免的衝突。而就在這個關頭，劉明勳失蹤了，對於一個長年在企業界裡打滾的老商人而言，最不利的，不是不利的商業環境，而是不明朗的局勢；換句話說，他不確定這到底是怎麼回事，因此對警方施壓，希望趕快清楚，因為情報比什麼都重要。」

Sharon 依然看著前方的路況，嘴角帶著微笑。

「可是同時他又想利用這個局勢，順便剷除工會的勢力，因此他提供警方一個調查的方向，而且恐怕是直接對高層施壓，也許是刑事局長之類的，所以才會去查那個工會成員。」

k看對方沒什麼表示異議，就繼續說下去。

「然後，我猜那位鄭警官是個聰明人，他意識到這不是個有利的方向，也判斷這應該是刑事局長要演給劉典瑞看的戲，但他又不好戳破，於是他想到一個好方法，就是讓我去跟對方談，試著要創造一個機會，讓我看出這是一場戲。」

Sharon 還是笑而不答，手放在方向盤上，隨音樂打著節拍，修長的手指，映襯著黑色的皮革，讓那肌膚的白顯眼，跳動著，彷彿鋼琴的黑白琴鍵。

「我猜，鄭警官想解決問題，同時他也跟你們保持聯絡。」k提出觀點裡的核心。

「他本來就要跟我們保持聯絡，我們是家屬啊。」Sharon 終於開口。

「我覺得他除了聯絡外，可能也把我拖下水。」

「怎麼說？」

「你們知道我喜歡喝咖啡。」

「這很正常吧？」

「沒有，第一次我到你們基金會時，你們就準備了手沖的莊園咖啡給我。」

「準備咖啡是基本的待客之道啊！」

「不，在台灣，多數人喝咖啡是喝拿鐵，通常人們會多問客人一句需要糖和奶嗎？以你們的周到程度，一定會問，但你們連問都沒有，而且你也不是拿咖啡機的咖啡給我，你們在見到我之前就知道我喜歡喝手沖。」

Sharon 微微一笑，「現在有品味的人都是喝手沖啊。」

「好啦，我把這當作是肯定，假設順著我剛剛的邏輯，那是誰告訴你我愛喝手沖咖啡呢，我猜，就是另一個愛喝手沖莊園豆的人，鄭警官。」

「所以呢？」Sharon 微微一笑，並沒有太多情緒波動。

「沒有，我只是想回報妳今天早上請我喝咖啡，跟妳說聲謝謝。」

「喔，不客氣。」

「那接著呢？」

「回家啊，現在沒有我能做的了。」

「妳不是要給警方資料？」

「我剛順手就丟雲端了。」

後來兩人開著車，去廟口吃了排骨酥麵，k覺得很讚。還有k買單，一如之前說的。

k外套口袋裡還有瓶罐裝咖啡，是從檳榔攤買的。「濃情檳榔攤」的小真給的。嚴格說來，不是給的，是k花錢「交關」的。

他的手在口袋裡摸著，瘦長的小罐，鐵做的嗎？

幾乎完全不喝罐裝咖啡，但上次開會聽客戶說這支味道不錯，是純黑咖啡，豆子用得好，沒想到，可以在檳榔攤裡看到。

名字叫 HIS CAFE。他的咖啡。

不知道是不是有人會這樣把妹？「小姐我要他的咖啡，他的哦，不是我的。」

藍色小貨車裡的駕駛是誰呢？也是恐怖分子嗎？不知道恐怖分子對濃情的看法如何？

北返的路上，對這整個事件，Sharon 又再次絕口不提，彷彿根本沒有發生這件事。

標準的 Sharon 模式。

不過，也許世界不如她想像的容易掌握。

26

早上十點接到一個過度禮貌的電話，就是那種已經知道對方的名字，還是一直您您您的，就是要講的事情很日常，卻又要弄得很形式，好像那樣才有禮貌，聽到後來k開始覺得有點不舒服。並不是覺得被禮貌地對待不好，而是那種虛假，是如此飽滿的真實，是我明知道對方會感到不習慣，卻恣意地展現。

「萬分榮幸，我銘感五內，那我們備車去府上接您前來。」

「備車？什麼意思？沒關係，我自己開車過去。」

「好的，您有詳細地址嗎？」

「我去過。」

「我本人會親自在停車場接待您，集團副董事長很期待與您的對話。」

「我知道了。」

通常過分客氣、超過一般社交禮儀的，要嘛心裡有鬼感到內疚，要嘛打算交換的遠高於他願意提供的代價，這還是心裡有鬼，k發現幾乎屢試屢中。

所以到的時候，其實他是沒有好臉色的，儘管對方臉上堆滿了笑。

是個奇怪的女祕書，臉皮可能做了過多的整形，有點橡皮臉，不過那也是人家的選擇，喜歡並願意把金錢放在這上面，跟k喜歡鋼筆是一樣的，也沒什麼好批評指教的。

到了副總裁辦公室，進去就有種時間變化的強烈衝擊感，傳統造型的大酒櫃，幾乎占滿了整面牆，裡頭全是一支支琳瑯滿目的中式白酒，光看都覺得鼻子嗆了起來，k不自覺得有點頭暈，一個不小心，剛好跌到正中央的傳統皮質沙發，女祕書仍舊臉上掛著商業的微笑，但也沒有要過來扶的意思。

坐在沙發上，抬頭望，頭暈變成頭痛，整個房間就是一種權威感的具象延伸，或者也可以說是傳統威權的展現。

這真的是現代嗎？k一直覺得曾經在哪裡見過，終於想起，是小學時的校長室，但那不應該是近三十年前了嗎？若是當時的東西留到現在，應該都已經有些破損痕跡了，可這些看起來又十分新，絕對不會是三十年前的產物。

難道是叫當代的設計師做的嗎？算了，應該不會是設計師，應該是直接從家具行叫來的貨，巨大笨重，以一種貴氣但俗豔的方式，占據人的視覺。

是一種霸氣嗎？

雖然k覺得是一種霸道的俗氣。

一扇木門打開，這木門也挺妙的，幾乎融入在木質的牆面，要不是親眼看到那門從牆上掀開，大概不太會看到門縫的痕跡吧。

哈哈哈，又是那劉典瑞奇怪又過大的笑聲，虛假，而且不怕你知道他的虛假。

「導演你好，很高興又見到你。」

「你找我有什麼事？」

「我想請教你，你們那片子的進度怎樣了？」

雖然很客套，果然是毫不浪費時間，「喔，剛開始討論，偏鄉的閱讀教育不是個簡單的題目。」面對奸險的人，k雖然小心不想給太多資訊，卻也不想撒謊，因此給了兩件獨立但是事實的答案。昨天路上 Sharon 一邊開車，一邊把他們目前對偏鄉閱讀的推廣進展講給k聽，主要還是如何鼓勵孩子有看書的動力。

「找劉明勳的進度怎樣了？」說的同時，劉典瑞臉上仍帶著微笑，好像這是個平常無比的消息，而不是自己的姪兒。

「你可以直接問 Sharon 啊，她不就在你樓上而已。」k自己覺得若有任何長處，就是打哈哈了。

「喔，我不好意思問她啦，想說跟你請教也是一樣。」皮笑肉不笑的表情，實在是種厲害的演技。

「我也不知道可以講到哪裡，她們算是我的委託人。」

「沒關係，我也可以委託你。」

「沒關係，我太多委託了。」

「說真的，我跟他們很熟。」

很熟還要來問我，應該說很熟但不對盤吧，k心想：「那你還是自己問她們好。」

「好，我看你也是個聰明人，那我就直說了。」劉典瑞突然變臉，「今天會有週刊爆料，之前的大媒體我們都壓下來了，但這個比較麻煩，他們就想要弄我們，我不確定會不會影響到公司的股價，但我不喜歡我的財產有不確定因素，所以……」

劉典瑞邊說邊掏出香菸，k心想，只要對方一點菸，他就要起身走人，自己每天跑步就為了活下去，沒必要為了別人的嗜好來送命。

「然後我有一個提議，你幫我們確定劉明勳的狀況，我們給你相對應的報酬。」

還好劉典瑞手指拿著菸，沒有點著。

「等一下，你先不要講。」k突然打斷劉典瑞，劉臉上閃過一瞬不悅，應該是平常少被這樣對待，卻又忍住。「我現在純粹是好奇，你會說出什麼，可是可不可以讓我猜，因為猜就是創意的表現。」

「我猜，是一百萬元，你一定覺得那樣很多了，然後還想說這是湊整數，不過，我猜你大概不太清楚我們平常拍片的規模，一百萬是小片，扣掉需要的成本，幾乎剩下的不多。你又不能隨便給多，因為那不是你的作風，你們習慣賺的是自己的，但要花錢就用公司的。所以，我猜，可能會是公司的股票，只是我不太知道，你會想用什麼財務方式支付給我？」

劉典瑞露出微笑，十分讚許地看著k。手上仍舊夾著那菸，怎麼都不會掉在地上，k想。

「不是，我給你內線。」

「啊？打電話喔？打內線電話給誰？」k回的同時，覺得用膝蓋想也知道這個有錢人很習慣用這招，真的很沒想像力耶。

劉典瑞好像聽不出k在開玩笑嘲諷他，認真地回答：「不是啦，內線消息，我保證之後會給你一個重要的內線，你再進場，保證你賺一筆。」

「屁啦！喔，對不起，我太直接了。不是，我哪有錢進場。」k自己根本沒有多少存款，更不喜歡投資股票，因為太多內線了，根本不公平。

「那我借你，三分利。」

「我神經病喔！」

劉典瑞瞪了一眼。

「總之，我原本想說劉明勳不在，我也方便掌握公司方向，而且失蹤，你知道要多久才能宣告死亡？」

「不知道，三年嗎？」

「要七年，在那之前，理論上他的資產是不能動的；換句話說，他老婆不能去碰，股份最多的就變成我，我就可以掌控董事會，所以我本來判斷劉明勳被綁架對我有利，誰知道現在說消息洩漏，股價會跌。算了，這些事跟你無關，反正你就去把他找出來，死的活的我都想知道到底是怎樣？」

「那如果我不幫你會怎樣？」

「你以為是誰讓警察找你協助的，你覺得警察只會找你協助，不能把你列為嫌疑犯嗎？」

「我有怎樣嗎？」

「誰是劉明勳失蹤後，除了綁架電話外唯一打電話來的？」

「我啊，可是我是要拿我的海明威。」

「哪那麼巧，為了支鋼筆?你說，警方相信嗎?要是主動調查你，也是剛好而已。」劉典瑞冷笑，背靠向沙發，手指撫著手上的香菸，一副想抽的樣子。

難怪，之前那個姚和亮八成就是這樣被搞的。

「這是威脅嗎？」k覺得口乾舌燥，想喝東西，這時才發現，劉典瑞的待客之道連杯水都沒有。

「我是好心提醒你，不要小看長輩的善意提醒。」

「我開始覺得有點無聊了。」k很常把怕無聊說出口，好提醒自己做點有聊的事。

「你們年輕人都一樣，整天都只會喊無聊，你們都不知道，世界是靠無聊在推動的，工廠很無聊，可是可以賺錢就好。」

k心裡有個異樣的感覺，但一時之間，不知道是什麼，不是因為怕被威脅警方會調查，而是到底為什麼劉典瑞會要k查，自己又不是什麼徵信社的。

「我請問一下喔。」

「你問啊。」劉典瑞已經把手探向桌上的打火機，這種目中無人的傢伙，等等一定會在k面前抽菸，而且只是為了證明他可以凌駕在室內禁菸的法律上，這種整天都想欺負人的傢伙，在這社會真的還很多，到底我們要忍他們到幾時？

「你為什麼要叫我查，你跟警方關係那麼好，不會叫警方查嗎？」

「他們查了這麼久，也不知道在幹嘛，你才去台中一趟，就有一個藍色小貨車，從做老闆的角度來看，我當然要找KPI達成率高的。反正，警察本來就得為我們工作，人民保母嘛，是不是？哈哈哈。」

劉典瑞又恢復笑口常開，討人厭的大笑聲傳來，k不知道是他的笑聲還是菸味，哪個較難以忍受？雖然他還沒點起菸來。

之前從檢察官司徒雅口裡知道，台灣的警察素質很高，尤其對刑事偵查的投入能力，在亞洲是首屈一指，在這傢伙嘴裡倒像是不值一顧，實在很過分。

不過，k同時也好奇起來，不曉得那個鄭警官對這位劉典瑞有什麼看法，應該再去找他喝咖啡了。

「那另外，我也想知道，關於恐怖分子，你的看法如何？」

「我們是做跟石油有關的生意，石油多數從中東來，你說的恐怖分子，目前主要的活動區域也是在那裡，所以，要說我們沒有在關注恐怖分子的動向是騙人的，之前爆炸案時，我們也趕快請國外的一些機構幫忙查。不過，我們花錢買的情資，是說暫時我們不是他們的目標。」劉典瑞的眼神沒有移動，說的時候語調也很穩定，從表情來看，應該不是在說謊，而且他在這件事上，對k沒有說謊的必要吧。

只是看來警方內部有人根本就是這劉典瑞的內線，連k在做什麼都一清二楚，才隔天就馬上回報劉典瑞，真恐怖。

不過，說起內線，還是趕快回絕好了。只是這種人應該非常討厭被當面拒絕。

「好，那我知道了，如果沒有進一步的訊息，我就回去想一想。」k說完準備起身。

「欸！要走了啊，不跟我喝一杯嗎？」劉典瑞似乎有些失望，真是種奇怪的傲慢，就會覺得每個人都想跟他喝酒。而且現在不是白天嗎？

「我叫人幫你把車開回去就好，小事情。」

「不要啦，我又不會喝酒，而且我有開車來。」

「不了啦，我還有事。」

「你有什麼事？」

「我要去跑步。」

「啊，這種小事，不要啦，留下來喝一點嘛。」

「跑步對我來說是大事。」

這種人都覺得麻煩別人是小事，不，應該說，覺得別人的人生都是小事。k趕快起身，已經看到劉典瑞手上多了個金色的打火機。

「我哥也蠻愛跑步的，每天十公里，我說你都花一個小時在這種不賺錢的事上喔，哈哈哈。」

劉典瑞還在說話時，k趕緊走出門口，背後傳來的這句話，讓人感覺很遠很遠。

等電梯時，遠遠的還可以聽到那個奇怪的笑聲傳來，簡直就像在嘲笑這世界的其他。

27

幾天後，果然所有的電子媒體都開始動作，因為那個原本只單作雜誌的新媒體搶先刊出，「億載董事長失蹤疑似綁架？」內文就幾乎等於只是標題再加上網路上查到的企業簡介而已，可是馬上在當天造成億載的股票跌停板，難怪劉典瑞緊張，因為確實他的資產瞬間縮水了。

不過，股票漲停板時，也沒看到這些人多麼高興，甚至高興到急著把多出來的錢拿來捐贈給公益團體。

不知道為什麼跌停就得那麼激動，應該就還是害怕「沒錢會死」的恐懼吧。

k一邊開著車一邊想著，天還是半暗著，今天要拍片，通告時間是早上六點半，所以路上沒什麼車，連鳥都還沒開始叫，這種世界都還沒醒你卻已經醒了的感覺很好，好像你的思想就比平常來得澄明許多，儘管事實上，地球上其他時區明明就一定有一大堆人還醒著，但人就是會被所在的環境暗示。

還沒甦醒的城市，像一面平靜的湖水，反映著天空的臉色，黝暗裡，原本沒有線條勾勒，卻在瞬間串成了地平線，線的周圍慢慢發白，穿過平面道路，上了高速公路後，那面白緩緩地擴散，像小時候畫的水彩畫，慢慢暈開，黃色白色慢慢地展開擴散，一步步幹掉黑暗。

對，如果從繪畫的角度，白色不可能吃掉黑色，可是從自然界的角度看，這天天都發生，每天的天亮，都在證明人們的認知是有侷限的。

「世上沒有黑暗，只有光還沒照到的地方。」雖然和認知有差異，但k不知道在哪讀過這樣的詩。

其實，k之前一直懷疑劉典瑞，因為劉家內部的鬥爭已經白熱化，做為第二代的劉明勳明顯地希望企業走向能夠調整，而這和走過舊時代的劉典瑞顯然是有所衝突的，所以最早k一直把劉典瑞放在心上，因為若從利益的角度來看，對劉典瑞來說劉明勳的被綁架，他會是最大的受益者。

一度懷疑他是綁架案的背後主使者，可是昨天的那一段對話，又呈現出一個平日慣於掌握情報的老派經營者，小小的恐慌，因為不清楚實際的狀態。

這稍稍打亂了k的假設。

但也不能排除，劉典瑞反過來想利用k，好減輕自己被懷疑的成分。

另一個是，究竟有沒有境外的因素，也就是恐怖分子。若照劉典瑞語帶保留的說法，石油產業確實和中東局勢有直接相關，而當今國際知名的恐怖分子組織，確實活躍地點也在中東，雖然台灣相對距離較遠，但之前不也有個新聞是台北的一〇一大樓被當作恐攻的目標？

ＩＳ也曾經大舉攻擊其他油田，造成油價大漲，好讓自己掌握的油田銷售價格提升，增加武器購買的經費來源，這是從減少供應面的戰略思考。那攻擊台灣的輕油煉解廠，就是攻擊石油供應鏈的下游了，從經濟學的角度來說，是為了減少需求面嗎？是這樣嗎？這樣對他們的好處是什麼？

突然很想回到大學的經濟學課堂，叫那個打瞌睡的自己起來仔細聽，因為十多年後，這會派上用場。

還是由於原油價格的波動，很多時候來自於預期心理，對於旺工的爆炸攻擊，可以動搖人們對國際情勢穩定的信心，好創造他們的戰略優勢？

最讓k好奇的是，調查單位的態度。

警方難道沒有懷疑過劉典瑞這個眼前看來最大的得利者嗎？就算劉典瑞和警方高層交好，但台灣的警察組織仍舊是一個巨大且相對拒絕貪腐的系統，不可能有人可以一手遮天，蒙蔽所有人的眼睛。

所以會不會警方也在演一場戲，一方面和劉典瑞虛與委蛇假裝重視他的意見，因此調查工會成員，而一方面仍舊有另一條線，像虛線一般，跟在劉典瑞後方，等著他犯錯。

不過，到底自己為什麼會扯上這個奇怪的事件啦？

如果照媒體的說法，這是台灣近十年來最大的綁架案，雖然不知道那個最大是怎麼算的，是牽扯的人很多還是什麼，不過照文章的說法，應該是綁架對象的身價最高，原來，劉明勳的身價在這幾年已經暴漲到兩千多億臺幣，其中，很大塊不是傳統產業的事業體部分，而是在高科技產業的投資，在這近十年陸續開花結果，創造了集團百分之五十五的利潤。

看來，劉明勳是個蠻有眼光的經營者，雖然還沒見過他，不過，會喜歡鋼筆的，應該不會是個太急躁的人。

雖然對億載集團有點不好意思，不過k自己今天看到新聞媒體瘋傳，蠻高興的，一方面覺得劉典瑞活該，讓他少一點錢也好，二方面，也是保護了自己，本來前一天劉典瑞還威脅k要用警方的力量壓迫他、調查他，現在消息曝光，至少k不可能隨便變成這舉世矚目案子的替死鬼，因為警方勢必得小心調查取證，所有人都在看。

k也相信，像劉典瑞這種老派的經營者，一定有其他三教九流的朋友，要透過他們給k壓力，是一點困難都沒有，這樣說好了，你被打了，去找警方報案，然後也找得到人，但就是某個堂口的小兄弟，而且還真的小，可能是未成年，連坐牢都不必，那你會不會怕？

然後你說沒有，是那個劉典瑞教唆的，你完全沒有機會可以證明，一位企業高層和黑道的關係呀，到時候醫藥費小事，頭破掉想不出東西來才大事。

失去謀生能力，在這冷酷的社會，只能靠自己活的社會，無權無勢就是你出生時便伴隨的高風險。

還是海明威好。

靠著自己的文筆，靠著自己奇怪的自信，自己進出戰場，自己創造戰場，雖然，也許從這時代看，也算是個男性沙豬，但好歹，他沒有倚權靠勢。

要靠，還是靠自己可靠。

今天的片子，不是很複雜，應該說，無法事前設定，要拍一位女演員在書店。這女演員平常也是位專業的攝影師，而且還出過攝影集，算是位很有料的演員，和某些只靠外型的藝人完全不同。

今天要拍她在書店裡出沒，如果可以，甚至讓閱讀變成一種氣味。

吸引人的氣味。

當初，客戶只是想行銷一個品牌，結果遇上k，拚命推薦獨立書店的影響力，因為台灣獨立書店已經不再只是單純賣書而已，已經成為社區聚落裡的文化重心，更多時候也是很多議題的推手，因為不必倚靠權勢，所以詮釋社會脈動的能力更強大。

很簡單的道理，當你都不怕賠錢要開書店了，你還會怕權力嗎？你當然會真心地說出自己的話，當然只做自己完全認同的事。

沒想到，反而更具有吸引力。

因為在這趨炎附勢的時代，人們對於真心誠意的人除了支持外，更加上佩服，於是書店不再只是書店，除了提供書籍的販賣外，更提供想法的交換，也成為有想法的年輕人的集散地。

有些人以為，現代年輕人不看書了，那當然是以自己的經驗來判斷。嚴格來說，看書的人變少了，但同時，看書的人也變得更有影響力了。

多數人以為，人們不看書只看網路，卻忽略了看書的人會使用網路；換句話說，他們的想法比起過去有更多傳播的可能，創造的影響又更加巨大。

否則你以為看網路的人，他們看的內容是誰創造的？

其實就是看書的人。

這樣說好了，k傾向相信這是最壞的時代，因為貧富差距激烈，但這也是最好的時代，因為拜網路所賜，再怎麼被埋葬的故事都會被傳講。

意見領袖，也得要有意見才會是領袖。

若以為 youtuber 們只是在搞笑，就大錯特錯了。

k知道好幾位大家稱之為網紅的，實際上，比誰都還認真，他們重視知識，注意社會議題，一部分當然來自於他們必須時時創造出話題，但或許更來自於他們本來就較一般人重視世界的變化，而是因為這才讓他們大紅特紅的，絕不是好笑的表演。

有影響力的人，不是他天生就有影響力，而是他每天幫自己補充能量，才讓自己有話說，說得出東西來。

而書本當然還是他們的資訊來源。

最好玩的是，有一回遇到一位KOL，他回答k關於如何有影響力的答案是「當大家都不看書時，你當然要看書，並且不要讓大家知道。」

真的太有趣了，大人們以為書籍和網路是互斥的，看書的不用網路，用網路的不看書。結果，反而是錯誤的認知。

這可能也是傳統二元對立思考的結果，你以為每件事都只能有AB兩選項，只能擇其一，選A就不能選B，選B就不能選A，不過以網路世代而言，他們AB都要，甚至問你，那我可以另外再選C嗎？

儘管，他也還不知道選項C是什麼。

當你看見任何事情，並且馬上下意識的選其中一個，就表示你老了。

從當代行銷的角度來說，你無法提供一個東西給所有人，但是你可以找到一群人，他們很堅定地喜歡你的東西，而這才是你該追求的。

過去，你希望大家都愛你。現在，你只要一群人，熱愛你。

而那熱愛，來自你的言之有物，來自你改善他的世界，來自你比他更願意站出來面對他的問題。

因為單純賣書不容易賺錢，使得獨立書店的主人們變得更加強悍，這真的是個有趣的社會現象，因為不需要賺大錢，更不需要卑躬屈膝，他們變得更加敏銳，變得更願意去理解社會的變化，並且總是在議題更迭之際，站在最前面，因為議題讓他們更有魅力，更具吸引力，這也完全對得起獨立書店這名字裡的「獨立」一詞。

這間明亮的「老手書店」的主人就是這樣的一號人物，雖然拍片時人不在，但他對社會議題的關注時有耳聞，今天不在，八成又是跑去某個公聽會的現場關心了吧。

來到拍攝現場的書店裡，趁著攝影師請攝影助理換鏡頭的時候，k轉頭跟坐在書桌旁的演員管理 Casting 聊天。

Casting 這個工作，其實非常辛苦，因為常常得在壓縮的時間裡找到導演需要的演員，而這不但要仰賴平常經營起來的人脈關係，還有對故事的解讀能力，你知道要是找一個不對的人來演，到了現場再怎麼調整，再怎麼做演技上的指導都沒用，那當下NG的烏雲會籠罩在片場上方，且下起的雷雨會讓每一個人都蒙受其害，一路直到宇宙的盡頭，最慘的是，你在那烏雲下，你什麼也看不見，尤其是結束的盡頭。

而要是找到一位正確對味的人來表演，那麼就會是所有製作團隊的福氣。

所以k總是會盡量找 Casting 聊天，因為從日常就培養默契，讓對方理解自己喜歡的取向，了解自己到底都在做什麼，還有自己認為的故事到底是什麼，那都是有效的，那都是為未來的工作品質在做存款。

「你知道 Radiohead 他們在倫敦錄音室的未發表版本，近二十年累積下來快十八小時的珍貴檔案，被駭客入侵，要求一百八十萬英鎊。」一如往常，k 講得很嗨。

「不知道，然後呢？他們報警了嗎？」Casting 子瑄很認真地問。

「我不知道他們有沒有報警，不過，他們沒有付贖款。」

「那怎麼辦？」子瑄好奇的大眼睛轉呀轉。

「他們直接把檔案公布到網路上，讓大家只要花十八英鎊就可以下載，然後收入全部捐給公益團體。」

「So cool」子瑄臉上滿是佩服。

「而且專輯名就叫 Hacked，我覺得很有趣，馬上就買了，然後你還可以留一句話給 Radiohead。」

「那你留什麼言給他們？」

「我說，希望我們台灣人跟他們一樣勇敢。」

「嗯，很好。」

「我覺得很多事都很可怕，但是最可怕的是自己的害怕，很多時候，都是自己讓自己恐懼的，讓自己被威脅。」

講完後，k 不禁開始想那天回程聰明的 Sharon 講這故事，到底是要暗示他什麼。

如果劉明動的失蹤案裡，綁匪到現在都沒要求金錢，是因為想要人們注意嗎？是為了要傳遞訊息「錢不是最重要的」嗎？

那如果是這樣，什麼才重要？

「導演，好了喔。」攝影師轉頭告訴k。

「好，我們準備來拍片吧，請大家今天好好表現，不要浪費書店這麼美好的地方喔。」k拍著手，催促大家準備上工了。

正從一旁造型間走出，美麗的女演員轉動著圓圓的眼睛，向k微微一笑，「導演，我會認真的。」

「啊，我不是說妳啦，我們會認真地對待妳的認真的。」k趕緊回應。

還是我們必須要認真對待，認真的另一方？

k心想。

28

一開始是先看到造型師旁邊的造型助理，眼神飄動，刻意小聲說話的動作，十分明顯，儘管她很想低調，可是拍片現場大家都是急得很，吆喝來吆喝去的，各個大動作，小動作反而顯眼無比。

k猜了一下，但拍片現場可以發生的狀況太多了，實在太難猜。不過，也沒那麼難猜，看到PA（Production Assitant 製片助理）快步走向製片，製片急忙從包包裡拿出一個資料夾，快步穿過k，往門外走去，嘴裡唸著：「你有跟他說我們有申請……」

應該是有人報警了。

拍片時偶爾會有這類小插曲，就是附近居民覺得自己的空間被侵犯，也許是聲音，也許是進出被影響，也很多狀況是說不上有什麼不太滿意的狀況底下，就打電話報警，而警察基於職責所在，通常得到現場關切，而製片就得趕快進行交涉。

以這支片的製片經驗而言，應該很快能搞定，通常也不會來跟導演說，因為怕影響導演工作的情緒，而且跟導演說，也沒有什麼用，與其如此，還不如製片自己盡快想辦法解決。

當然，最糟糕的情況，就是製片忘記申請，而警方除了開單告發違規事項外，態度強硬的，還可能要求暫停所有拍攝計畫，直到有合法的申請之後。那麼這時完全抵擋不住的製片，才會來通知導演，可能得暫時收工。

製片走回來了，臉上的表情並未舒緩開來，感覺問題還在。

「是警察嗎？你們沒有申請喔？還是我們噪音太大，鄰居報警了？但我們蠻安靜的啊。」k有點驚訝地問。

「沒有，導演，不是……」製片支吾的樣子，顯得很不知如何是好。

「那我們片子還可以繼續拍嗎？我再三個 take 就好，嗯，不，其實是要四個，不過我應該可以改，你再給我半小時」，k 一邊回答一邊翻出口袋裡的小腳本，快速地翻著，數著鏡頭數，想著如果不能拍了，那可不可以用改變剪接順序的方式，讓這支片照樣成立。

這也是工作的一部分，遇到問題就得趕快解決，抱怨可以等到結束之後，檢討更是得等到完事後，要罵人的，除非現場罵了對事情有幫助，不然不要這樣做，因為現場每一樣事物都是資源，每個人都是按班計時收費，跟在辦公室裡不太一樣，大家都不太有機會混，也不太好意思混。

不過，很難得，通常都是k主動去關心發生什麼事，製片多數都拍著胸脯說：「導演，沒問題，我們處理，你專心拍片就好，不用擔心。」今天好像有點不太一樣。

製片摸著頭，靠近k的耳邊，小小聲地說：「導演，警察說要找你。」

「找我？你是說找導演？」

「對。」

「這不是通常你們就可以處理掉。」

「對，但這個不太一樣。」

「你有申請嗎？」

「有啊，不過他說不關拍片的事。」

一旁的其他工作人員開始竊竊私語。

「好，那我們休息一下，我去找他。」

k預期應該會是鄭警官，應該又有好喝的咖啡。

k跟在製片身後走向門口，門外是條熙攘的巷道，遊人們往來，這是個位在城區裡商業小店間的小書店，這幾年附近吸引了許多文青，有許多東西可以看看、玩賞。

k突然想到，自己因為工作今天還沒逛，那警察今天逛了嗎？會順便逛嗎？

結果，站在門口的不是預期的著深藍色新制服警察，而是一位美女。

短髮俏麗，運動員型的身形，短袖深藍色POLO衫排汗衣材質，腳上是雙黑色慢跑鞋，沒記錯，是奧運選手穿的，從來沒看過有人搭著黑色長褲的，其實蠻好看的。

「導演你好，我是林調查官，是調查局黑金打擊組的，需要請您配合調查億載集團案。」說話聲音穩定平靜，是訓練後刻意呈現的結果，端正的美麗五官，也呈現一種抑制的冷靜。根本就不是警察，對於一般人而言，警察、調查局都會混在一起。

「妳一公里多快？」k好奇地問。

「欸！你是說……」聽到問題，林調查官臉上嚴肅的表情，瞬間有點不知所措。

「我說跑步。」

「PB是四分十六秒。」林調查官淡淡地答。

PB指的是Personal Best，個人最佳成績的意思，一般跑者都知道。

「那次是跑哪裡的？」

「台北國道馬拉松，三小時二十分三十二秒，二〇一八。」

「哇，妳在台灣應該是前一百名吧。」k很興奮地說著，一副遇見偶像的瘋狂粉絲樣。

「歷年來排九十五。」

「真的好厲害喔！」k讚嘆著，眼睛放出星星光芒。

「等一下，導演，我們今天來想請您協助調查億載集團。」林調查官趕緊再度拉回正題，同時遞出名片。

k一邊端詳著手上的名片，調查局的字樣還燙金。「有，妳剛說過了，那可以再給我三個鏡頭嗎？」

「三個鏡頭？」

「我的意思是，我這支片差三個鏡頭，你們可以等我一下嗎？」

「請問要多久？」

「我想最多一個半小時，但如果狀況好，也許一個小時就可以了。」

「好的，那我出去外面等，您待會兒出來，看到一臺黑色房車，末四碼 0816，就再請您上車。」

「好，妳方便再給我看一下證件嗎？因為我以前上錯車，對方也是說他是執法單位，結果我就被帶走了。」那是在上個意外捲入的案子裡。

林調查官臉上一陣錯愕，但立刻又恢復冷靜，同時從褲子口袋再次拿出證件，遞給 k。

「好，您看一下。沒想到，您遇過歹徒……」

「不算歹徒啦，他也是沒辦法。」k 接過擺放在塑料套中的證件，讀了一下上面的文字，調查局台北市調查處，林俊蓮。

「這個可以拍嗎？」k 拿出手機，「算了，我應該跟妳拍，來，幫我。」k 把手機交給製片，並靠向林調查員。

林調查員被突如其來地合照嚇了一跳，「可以是可以，但是要做什麼用？」面對鏡頭卻又自動地露出笑容。

「做紀念啊，妳是我第一個認識的調查局幹員。」k 邊說邊對鏡頭微笑，「還有如果我沒回來，製片至少可以跟我家人說，我是被誰帶走的，妳知道陳文成吧？」

k 突然收起笑容，盯著調查官看。

調查官也恢復原本的嚴肅，「知道，時代改變了，本局很重視法治精神。沒什麼事的話，我先到外面等您了。」

k再度露出笑容，大聲說：「好開心，我從來沒有跟馬拉松選手的調查局幹員喝過咖啡。」

「我們有要喝咖啡？」

「妳不知道嗎？跟我討論不是免費的，要用咖啡換，而且要是好咖啡。」k說完就轉身，對所有朝著他們觀看的工作人員喊。

「好啦，大家別看熱鬧了，拍片了，拍片了，拍完我請喝咖啡。」

29

「嗨，你們好，我們是黑豆，我們讓你有飽足感，不會餓，我們成功地讓一個人在不改變原來飲食習慣，也沒有增加運動的狀況底下，在二週內少了十公斤喔，厲害吧！」

木桌旁，k對著林調查員，自己演著黑豆說著，有點嗨，那種因為過度疲勞後的嗨感。

林調查員膝蓋上放著資料夾，看得有點目瞪口呆，k似乎不在意，繼續說著。

林調查員身旁坐著位高瘦的男子，黑框眼鏡，蒼白的臉，短袖下露出的手臂很細，剛給過名片說姓陳，之後就一言不發，似乎今天由林調查官主導。

k繼續胡說八道，每次太累時就會這樣，是一種控制閥壞掉的狀態，過累產生的過嗨，自己雖然知道，但也就由著他去，當作是一種釋放。

「上次我在一位醫生朋友家，他說什麼喝黑豆豆漿會有飽足感，就不會多吃，他還當場送我一臺豆漿機和兩包黑豆，但不知道為什麼在我身上就沒用，我餓了。」

才晚上六點三十七分，這麼早就餓。感覺還是那杯豆漿，讓他有了食慾。

也可能是這個環境，太香了。這裡是餘力人文書店。

拍完片後，接近用餐時間。k想說，與其喝咖啡，不如填肚子，於是提議到個可以享受且能放鬆的地方。

從一個書店到一個書店，k覺得真巧，不過，這家餘力書店賣書也供餐，讓人除了可以吃到精神食糧外，肚腹也能安飽，是個很讓k喜愛的地方。

而且不同於一般餐廳，她們會說菜。

把每道菜的來歷分享給對方知道，包括大廚到什麼地方習得這道菜的，或者這道菜式來自於哪個地方的習俗，習慣上是用來做什麼用途，當然也包含食材本身，是從哪地方農夫的勤奮栽種，讓你在吃進一道菜時，也同時吃進一個個故事。

最讓k喜愛的是，她們不只是賣東西給你吃，她們是用食物在進行社會運動。

書店的主人是位奇妙的女子，在人道救援上有非常多的投入，幫助許多女性家暴受害者，也做為中途之家，讓恐懼害怕的心靈可以有個安慰停歇的避風港。

她也相信，食物有療癒的力量，所以在協助許多社會弱勢者時，總是先以讓對方飽餐一頓充滿溫度的飯食開始，拉近彼此的關係，也讓受傷結痂的心靈重新柔軟起來。

店裡的每位參與者，都懂得食物的美味，也懂得欣賞生命的美味。

店名也取得很美，行有餘力，每個人都走在自己的路上，但要是行有餘力，幫幫別人是件再自然也不過的事，只是有多少人會意識到自己在追求生存的過程裡，其實都是有餘力的人？

意識到自己有餘力，你就是他人的有力人士。

等到三人分別點的飲料上桌，林調查官等k喝了一口茶後，拿出筆和筆記本，準備開始。

「這是台灣原產百分之百使用台灣茶葉的日月潭紅茶，因為市面上許多號稱台灣茶的，其實因為產地產量有限，許多都混了進口的越南茶，比例甚至有只含百分之五的，現在要百分百台灣製的，得用心才有。」k看了看桌上的小牌，興奮地講著。

他眼角瞄到林調查官拿的筆記本，「欸！妳那本是日本的MIDORI吧，用很好哦。」

「呃，沒有啦。」林調查官好像突然被從不預期的地方攻擊，停頓了一下：「導演，很抱歉，我想要跟您說明的是億載集團的案子。」

「不要再叫我您了，我都會覺得當面叫我您的，不懷好意耶。」

「怎麼說？」

「都已經見了面，都有了交集，應該變成你吧，不用那麼尊敬，因為看到我本人的，應該很快就會知道我不喜歡來這一套，如果還是叫您，應該是比較在意他自己的思想體系，不是很鳥我。」k很重視人跟人的互動，最好不要是真人跟假人的互動，這世上有很多真人讓自己好假。

林調查官試著整理情緒，正色說：「好的，總之，我們現在針對億載集團正在進行調查。」

「調查什麼？」

「爆炸案。」

「那個不是刑事局負責嗎？」

「為了釐清是否為恐怖攻擊，總統要求國安單位參與，所以我們調查局也被要求盡快提出報告，針對各項細節進行了解。」

說起爆炸案，k回想起，那時在和工會的姚先生談時，他嘴裡嘟囔個幾句，k還特地追問。那時被追問的姚先生，臉上帶著一種苦惱，慢慢地說：「我是說，爆炸應該是必然的，每個在那裡工作過的都知道啊，那邊的管線二十年了，都沒更換，明明已經過了使用年限，而且高壓底下，隨時有可能會有外洩的機會，與其說是勞資談判，我覺得比較像是在拜託公司顧慮員工的安全，誰想每天上班像上戰場，有人說是恐怖攻擊，我說我每天去上班就是去面對恐怖分子啊，公司，恐怖哦……」

當時，k也請鄭警官回報給高層，他一臉不置可否，彷彿這事根本沒機會深究，現在看來，也許k錯怪他了。

這說起來也是許多企業的迷思，環保問題還沒發生就不要處理，等到發生時再處理，否則就會計項目上來說，只會是新增的花費。但這時的損失，有時不只難以計算，很多時候，是企業體以外的人們要集體承擔。

k把姚和亮的話再轉述一遍，只見到眼前兩個調查官眼睛眨也不眨，仔細聽完，表情從頭到尾，毫無變化。

k說完後，望向眼前冷靜自持的林調查官，「請問，現在的調查，是到什麼程度了？」

「嗯，我們在案件偵辦中，不方便透露太多細節。」

「好吧，那你們需要我什麼？」

「主要是要請你針對劉先生的部分提供資訊。」

「我知道的，警方都知道啊。」

「是的，我們也同步請警方提供了，但擔心有所疏漏。」

「好，我沒見過他，只是跟他買一支鋼筆而已。」

林調查官眉毛微微動了一下，臉上表情不變，是cold face。

「是嗎？」

「那支筆在這呀，妳看，滿二十七歲了。」k拿出筆套，從裡頭拿出橘紅色筆身的鋼筆，遞向林調查官。

林調查官伸手接過，看了一眼，便交還k。

「妳可以打開看看，用轉的，是很少見的大筆尖喔，也就只有這支和大仲馬，另外是二〇一八年的荷馬。」

「那你十月十三日下午三點在哪裡？」林調查官的語調很平穩，但感覺是刻意壓抑的。

「欸！這我要看一下行事曆，等我一下。」

不太尋常，對方突然講出一個確切日期的時候，就要留心了，感覺自己現在不是協助辦案，而是關係人了。

k拿出手機，點開裡頭的calendar，他有一個工作總表，好讓不同案子的監製，可以一起編輯，避免會議時間衝突，放在雲端上，大家都可以上去看，好安排工作，同時也能夠快速地協調。

不過，換句話說，k自己的生活，某種程度也是半公開的。

一看，那天是在億載集團，和劉典瑞碰面。

是他半威脅半請託的那天。

「等一下，所以妳說的劉先生，是劉典瑞，不是劉明勳？」k這時才意識到調查局詢問的對象，似乎不是劉明勳。

「是，不好意思，讓你誤會了，那你和劉典瑞先生有什麼關係？」

「沒有啊，我跟他沒什麼關係，就那天他找我，希望我幫他確定劉明勳的下落。」

「你是導演，為什麼他會要你幫忙確定劉明勳的下落？」

「我也很好奇，大家都要我找劉明勳，好像我是徵信社一樣，不過這妳應該問他啊。」

「會，我們也會再跟他確認，那你對劉典瑞有什麼看法？」

「只看一次，能有什麼看法，啊，不是，兩次，有一次，我和李恭慈開會，他過來打斷。」

「還有什麼你可以提供的嗎？」

「我沒有太多可以提供的耶。」k心想，誰想跟那個仗勢欺人的先生有瓜葛呀。

「現在這案子是國安層級了，環保署長已經把案件委由調查局來調查，並需要向高層回報。」

「什麼意思？不是說沒什麼人傷亡？」

「可是對環境的影響很大，連續近二十四小時的濃煙，附近的小學都停課了，高層非常重視。」

看來這次不是億載集團可以像過去一樣，跟地方政府達成協議就能解決的，那種地方派系間的利益可以很快的壓下，但來自中央的關注就不同了，還有媒體一報導，馬上許多環保團體就會關注，給中央政府更大壓力。

「妳是讀什麼科系的？」k突然想到，隨口一問。

「啊？」

「我是問妳的專業，妳應該有相關背景吧？」

「我大學是生物系，研究所是環境生態影響評估，後來在研究機構當過研究員，主要題目是環境生態保育。」

「那妳覺得目前狀況如何？」

「我大學就是在中部念的，他們長期以來對地方居民的影響真的很大，可是又因為經濟需求，大家只好一直隱忍。」

一直沒說話的陳調查官，突然咳了一聲，應該是在提醒林調查官不要多說。林側頭，看了同事一眼，眼神從激動快速安定下來。

k繼續追問：「經濟需求是什麼？就業機會嗎？」

「那當然是一部分，還有就是回饋補償金，許多村里都很需要，不過這部分我就不好多說什麼，只能說，這是個結構。」林調查官果然開始有些保留。

k看這位林調查官欲言又止，大概可以想像後面的利益糾葛，可能也是執法單位長期關注但還無法斷然處理的，也許這是個契機。

林調查官看了看錶，恢復制式化語氣。「總之，我們保持聯絡，若你這邊有進一步的訊息，再麻煩提供給我們，謝謝。」

「那你們先走，我想要吃點東西，看個書。」k對兩人微微一笑。

看著對方一高一低離開的背影，往門外去緩緩消失，k突然想起，這幾天沒有 Sharon 消息，不知道現在狀況如何。

從之前就覺得事件裡的每個人似乎都別有所圖，簡直就是一場小型的戲劇演出競賽。

不，說起來，比較像試鏡。

在一個不完整的環境裡，演員們試著唸出臺詞，但還沒進入狀況，所以表現出的情緒離真實有點距離，那種感覺很相像。

30

離開了咖啡館，想說還是去工作室整理點東西。

車子停好，吹著口哨，散步過去，只是門口有兩個穿黑衣服的年輕男子，面目凶惡，眼神就是那種希望別人跟他對上眼就會別開的那種。

十分招搖。

k不想多理，想從旁邊過，沒想到，兩個人馬上靠過來。

都是這樣的，你越怕他，他越要招惹你。

k想了一下，身上有沒有值錢的東西，沒有，最值錢的應該就是那支海明威鋼筆。

一抬頭，兩個凶神惡煞靠了過來，「肖年欸！」不懷好意的口氣，明明他們自己應該比較年輕。

「哩賀。」k想說伸手不打笑臉人，好聲好氣地回。

「你是那個導演嘛厚？」其中一個平頭胖男問，台語腔。

「有什麼事嗎？」

「有沒有要找人演流氓？」

「暫時沒有這樣的片型耶。」k邊講邊往前走，想說繞過。

「我們家老大想跟你討論一些事情，處理一下。」

「喔，好。欸！老大，你好。」k突然手舉起，指向平頭男後方的巷口。

兩個人馬上跟著k的手勢回頭，k趁機就往門口邁開步伐，想說躲進工作室就沒事，沒想到，那邊也有一個黑衣平頭男，雖然瘦，但看來也是來者不善，糟糕。

還好，腳上穿的是慢跑鞋，九十度轉彎，掉頭，拔腿跑。

後面傳來咒罵聲，「看，哩擱跑！」聲音迴盪在平常安靜的社區裡，十分不搭。

k邊跑邊想，這句話其實很奇怪，需要人家回答：「對，我還在跑」嗎？這種表述當下對方狀態的言語，其實是種浪費。

真正要說的應該是「不要跑」吧，不是嗎？

k一路衝到巷口，轉過去，是人行道，只要一路跑向水門，往水門去，就是k平常的跑步路線，這些流氓平常抽一堆菸，大概沒有辦法跟上吧，真的跟上，就一起跑個五公里呀。

反正是日課。

只是這票人是誰？誰找來的？

邊跑邊想，迎面，一臺黑色箱型車逆向疾駛，擋在面前。門同時打開，又跳下來兩個平頭男，「看，哩擱跑！」衝上來就一個架一邊。

簡直是一種少男團體，髮型一樣，發語詞也一樣。

不一樣的是，k這次被抓住了。

剛估算錯誤了，想說有三個人，用一部車來計算，加上駕駛，頂多是四個人。所以想說只要跑離開一開始的那三個，就只要對付一個，沒想到，箱型車跳下來兩個，表示至少有六個人，那就是要兩部車了。

抓一個毫無威脅性的k，卻要用到兩部車。表示後面的人很重視這件事，出大錢找兄弟，就是要帶k走，好去「處理一下」，但k根本沒東西呀，實在奇怪。

上車後，迎面一位平頭男，但看臉感覺應該是比較資深的平頭，大概比其他幾位多留了十年的平頭，可能是同一位髮型設計師。

「哩賀。」這次k決定先聲奪人，先打招呼，衝著資深平頭男喊。

剛抓人的兩個，一個擠上來後座，一個往前座去，滑門隨即關上，車加速前進，k被往前拋，順勢用手肘打了右邊上來的頭，命中太陽穴，順勢往前到副駕座旁，副駕座的平頭剛好轉過來，k藉慣性用右手掌下緣往他的鼻梁推打，鼻血跟著流出。

「賀啊哦！」一聲大吼，來自旁邊資深的平頭男，k轉頭看，他手上有槍，是克拉克G19。

「拍寫啦，我還沒綁安全帶，車就開了。」k一邊舉手一邊說。

駕駛透過後照鏡看著，眼神剛好跟k從後照鏡裡對到。是驚惶的。

不過，k大概可以判斷對方眼前不會傷害他，因為拿出槍卻沒立刻開，就說明只是嚇阻，或者就只是嚇嚇人而已。

右邊挨打的兩個都在呻吟，前面那個血流得較多，叫得比較大聲。

「看，你們兩個麥擱唉啊，落面！」落面，就是台語的丟臉，資深平頭男臉上的皺紋和坑疤一樣多，凶惡的叫手下安靜。

「我們被拜託要跟你請教一件事。」

「我喜歡喝咖啡。」

「啊？啥小！」

「你們不是要拜託我嗎？」

「看，我是說人家拜託我們，我沒有要拜託你。」

「喔。」

「毋擱有交代，麥有傷，真正有需要，就讓你失蹤。」

本來竊喜對方應該只會大聲恫嚇，不至於出手傷人，沒想到，是說要嘛就好好講，要嘛就整個人消失無影蹤，比起來，這比較可怕，有說服力。

車子繞過一個街區，街上行人熙攘，買著愛吃的食物，輕鬆地逛著喜愛的店家，不知道疾駛而過的車上發生了什麼事，這樣想，就會覺得有很多可怕的事過去在眼前發生過。

「我請教一下，你是代表誰來的？」

「看，我還沒問你，你就在問我，看！」資深平頭男似乎有點不爽。

「我想說互相交流嘛！」

「劉明勳現在人在哪？」

「我不知道啊。」

「看，那你知道的時候跟我講，手機拿過來。」

「你拿我手機要幹嘛。」

資深平頭男隨手就拍了k的後腦勺，「加賴呀。」

「不要打頭啦，我靠這個吃飯。」k出聲抗議，但手還是乖乖地伸入外套口袋，要找手機，卻先翻出罐咖啡，那天外套沒整理，東西都還在裡頭，「這咖啡，啊，是一位小姐跟我換賴換來的……」

資深平頭男一手搶過來，「換賴還可以換咖啡喔，His cafe……他的咖啡喔，現在變我的。」

k好不容易找到手機，才要遞出，資深平頭男搶了過去。

「有密碼嗎？」

「沒有，密碼我會忘記。」

「看吟老師咧！」資深平頭男滑著k的手機，俐落地找到LINE，再拿出自己的手機，掃了條碼。

k在旁邊看，聽著有人一邊罵髒話，一邊滑手機，實在很奇妙呀，最近大家都要跟他換賴，但他明明不喜歡用。

「看，你有二十幾個群組邀請耶，你都沒加入？」資深平頭男嘴裡唸著，手上動作沒停。

「他們都會弄群組，但我說我不要加入，很吵。」

「我的訊息再吵你都要回哦，不然一腳一手。」

「什麼一腳一手？」

「就是要你一隻手一隻腳。」

「好恐怖。」

「會怕就好。」

「啊對，你們知道恐怖分子的事嗎？」k想說順道一問，反正對方擺明著暫時不會動手，對方要的是資訊，不是真的要手腳。

「看，IS喔，很恐怖耶。」

「你有認識的嗎，恐怖分子？」

「你是北七喔，台灣哪有恐怖分子啦？我比較恐怖知不知道，看！」資深平頭男抬頭，隨手把手機丟回給k。

看來對方也不清楚爆炸案有恐怖分子涉入的可能，或許他們是很執行的轉包再轉包的下游單位。

拿過來一看，新增聯絡人「追風傳說～北回歸線以北哥」，還有個貼圖，是愛心小姐在打電話的可愛卡通圖案。

真的很怪，由這麼粗暴的人傳來。

「欸！前面停。」資深平頭男趨前跟駕駛說。

「北哥，可以載我回去嗎？我想跑步。」

「看，我不是北哥啦，叫我阿明仔。」

「明仔大，你咖啡喝看看，好喝再跟我說。」k跟資深平頭男說完，也向前跟駕駛座的平頭男說，「啊，載我回剛剛巷口。」

「看，你就從這裡跑回去，你不是很會跑？」

「啊，對了，明仔大，誰叫你來問我的？」

「看嘮啊咧，你問我就要跟你講膩？我不可能跟你說啦，看，下車啦！」凶神惡煞地指著車外。

車停在敦化北路上，多麼諷刺，這麼高級的路段，發生的事不全然高級。

「賀，謝謝啦。」k身子轉向右邊要下車，看到右邊的平頭男還撫著頭，瞪著他，k點個頭說：「拍寫啦，一人一下，打平，不要放心上。」

車停，車門轟隆地拉開，右邊平頭男下了車，不發一語，瞪著k下車。

k下車後，站定，看著右邊平頭男上車，車門轟隆地又拉上。

窗戶突然被打開，資深平頭男身子壓在右邊平頭男身上，頭探出來，對著k喊，「欸！肖年欸，你惹到好野人啦！」

喊完，車窗關的同時，車就開走了。

敦化北路上，夜色如水，涼涼的，很舒服，都是樹蔭。很叫人安心。

31

前一晚，走回家的路上，想了想，再加上後來跑步五公里想的。應該想出點什麼，但也沒什麼。

也想說要不要問一下鄭警官，不過也沒發生什麼事，動手的還是k自己，想想就算了。

幾乎可以確定，阿明，又號「追風傳說~北回歸線以北」先生，是劉典瑞找的。照他直率的回話反應，不會是外國的恐怖分子委託的，台灣本地的兄弟應該也不會那麼有國際觀。

昨天k在車上，正前方的後照鏡上，掛了個中部地區的宮廟平安護身符晃呀晃的，所以，阿明八成是中部地區的角頭，平常幫劉典瑞恐嚇地方自救會的成員，現在被叫來台北嚇人。表示劉典瑞真的急了。股價真的會讓人跳腳。

今早k想一想，還是應該回到醫院去，感覺那裡還是會有一些線索。而且，總覺得越接近生死那條線，事物的輪廓會更加清楚鮮明，不管是多麼想隱瞞的人，在那裡似乎都會相對地誠實。

搭上高鐵，跑得很快，只輸死神一點點。

黑道兄弟一直在恐嚇人會取人性命，但是病症不恐嚇，他直接取你性命。

出了高鐵站，改搭計程車，排著隊，上車後，一下子就到醫院了。

進醫院前，k就打算去服務臺，印象中那裡會有志願服務的長輩，他們多數清楚職場環境的生態，並且比起高度忙碌的醫護人員，可能更願意花時間跟k聊天，也許比起公關室主任更能經營公共關係。

半圓形的服務臺，有大姐在幫人量血壓，應該是初診的病患吧，看他桌上還有一張白色的表格，k找了旁邊一位頭髮捲燙圓臉笑瞇瞇的大姐，不為什麼，只因為遠遠的，大姐就跟他四眼相對，似乎用眼神在等他過去發問。

「大姐，辛苦啦，來這個給妳喝，拿鐵。」k遞出剛從旁邊的咖啡館買的兩杯咖啡，這是上次從 Sharon 身上學的。

「不好意思啦。」

「你們每天在這裡幫我們大家，很了不起。」

「沒有啦，我退休在家沒事做，也怕失智。」大姐邊說，邊已經打開咖啡杯蓋的開口來，是位不客氣的直爽人。

k一看對方接受了咖啡，趕快順勢，「不好意思，我請問一下，妳知道上禮拜那天在急診室大吐血過世的病患嗎？」

「你說哪個?禮拜幾?」大姐聲量頗大，中氣十足的回答，猛聽有以前當兵的氣息，k心想真活力十足，也可能是常遇到聽力較差的長者來詢問，得好好大聲回答。

「我看一下喔，嗯……」雖然不知道禮拜幾到底有什麼意義，k還是拿出手機，確認一下日期，「啊，是禮拜三。」

圓臉大姐一聽，「我請阿蘭姊過來，禮拜三我不在，她輪二、三、四，我一、四、五。」

大姐拿著另一杯咖啡，走向櫃臺另一側正在幫忙量血壓的另一位志工媽媽，兩人邊講邊走向k。

阿蘭姐是位頭髮都白了的阿姨，體態雖然有點圓潤，走路姿態卻俐落有彈性，大概就六十出頭歲吧。「少年仔，謝謝你的咖啡」，聲音很清晰，有點台灣國語，在k聽來很是親切。

「不會啦，你們辛苦了，請問你知道上週三，有位先生在急診室大吐血過世？」

「我知道啊，大家都嚇一大跳，我後來拜託清潔人員幫忙處理，地上的血好多喔！」

「知道他的身分嗎？」

「好像還不知道，說身上沒證件。」阿蘭姐想了一下。

「像這種的多嗎？」

圓臉阿姨馬上回答：「多啊，兩三個月可能就有一位啊，也是可憐啦，不曉得是沒有家人，還是怎樣，在人生的最後一段路，沒人認得。」

「那這種通常會怎樣？」

「會送到殯儀館冰吧，一段時間後，會火化啦。」圓臉阿姨說。

「那如果跟案子有關的呢？」

「聽說就會一直冰著，等到案子處理好，我上次聽一個警察說的。」這次換阿蘭姊回，兩人一搭一唱，感覺很像是一種相聲組合，應該可以叫做「愛心姐妹花」，k心想。

「那妳那天有遇到他嗎？那位先生。」

「有，剛好那天輪到我站急診服務臺，他一進來，我看他臉色就不對勁，眼神也都有點在飄了，我就有點注意，結果他一開口要說話，一股血就噴出來了，我大叫，請醫生護理師趕快過來處理，他們就馬上急救啊，醫生弄得滿頭大汗，但出血實在太多太快，又送進去用內視鏡打結，可是血好像止不住。」阿蘭姐手腳比劃著，一邊還原現場。

k光聽都頭皮發麻，感覺場面很嚇人，實在佩服這些願意在醫療現場救人的人，要是自己在那一定幫不上忙，說不定還會昏倒，礙事。

「少年仔，你怎麼想要問？」

「不是啦，很奇怪，我朋友手機在他身上，我朋友的家人拜託我幫忙問看看。」k隨口亂說，無論如何，對方身上真的有手機。

「啊。你朋友咧？」

「說失蹤，快一個禮拜了。」

「哎呦，奇怪，這是按怎？」阿蘭姐很關心。

「嘿啊？」圓臉阿姨也一臉憂心。

「不知道耶，我朋友家人也很著急啊！」k想，大概也問不到其他東西了。

「啊，不然你給我 LINE，我遇到護理師或其他人，再問看看。」阿蘭姐很熱心，k想，也應該是因為這種熱心，才會願意來醫院幫忙。

「我也要。」圓臉阿姨也附和。

兩倍的熱心。

k心裡想，會不會每天早上都收到長輩圖呀？

算了，當作是必要成本好了，而且長輩圖也是一種美學風格，雖然自己並不喜歡，可是做為廣告從業人員，必須要忍耐，必須要盡量熟悉並學習各種溝通方式，無論好與壞，能夠溝通的工具就是要了解的工具。

看來，之後每天起床都可以看到蓮花了。長輩圖不知為何都很愛用蓮花，應該是取其出淤泥而不染吧，但我們明明都很染，被汙染。而且加了兩位長輩的 LINE，會不會意味著兩倍的長輩圖？

兩倍的蓮花？

沒想到，蓮花的祝福來得很快。

32

在台中高鐵站上，等著回台北的車，太陽從遠處射過來，月臺上，所有人都鍍上了一層金色，十分美麗，只可惜，遠方有山，綠意盎然但並不清晰，眼前的景物蒙上了一層灰色的濾鏡，濛濛的，看不清細節。

在醫院又晃了一陣子，但就是找不到人幫忙，想找當天值班的醫生，護理師冰冷地說：「不行，他休假；還有，您是哪個單位的？」k語塞。

確實，自己什麼單位都不是。

只好，再到濃情檳榔攤探探，結果，今天的西施不是那天那位，冰冷無情的很，知道k不吃檳榔，就也不理他了。

今天是個冰冷的日子嗎？

今天大概不能跑步了。本來想說，高鐵很快，回到台北，還有時間運動，可是看空氣的樣子，大概沒機會了，身旁的每個人都戴著口罩，似乎已經習慣了。

打開手機，看了一下空氣質量指數，果然，破表，所處的台中是一百二十五，但台北也沒有多好，也有一百〇六，都是不適合戶外運動的狀態。

傷腦筋。

突然，手機震動了。

k平常總是把手機調成靜音震動，因為不喜歡正在做的事被打斷，尤其拍片時更是會嚴重影響在場所有工作人員的節奏，接了電話後再回到現實，總是要花很長時間重新進入狀態，導致工作進度受影響。

思考上，更是會碎片化，無法連貫，被切得碎碎的，而被切碎的當然也包含腦細胞。

不過，現在沒事，可以接。

一看，是剛才服務臺的阿蘭姐，怎麼辦，要不要接？接起來會不會又是長篇大論講不完，高鐵再五分鐘就來了，要是上了車還掛不掉繼續講，會吵到其他人的。怎麼辦，到底要不要接？k有點難以決定。

後來發現，多慮了，自己根本不會上這班高鐵。

看了一眼旁邊穿套裝的美麗小姐，會注意到她，是因為她是少數沒戴口罩的人，一定很少來中部吧，而且對方也正望著他，可能是看到他端詳手中的手機卻沒接的樣子很奇怪吧，對方是不是以為自己不想接女朋友的來電呢？冤枉啊，阿蘭姐雖然條件不差，年齡也不是鴻溝，但確實不是k心中理想的伴侶呀，比起來，妳可能比較合適。

k胡思亂想了一下，算了，還是接起阿蘭姐的來電吧，不就是自己要人家聯絡的嗎？人家真的打來又不理會也不是辦法。

「喂，阿蘭姐妳好。」k瞬間變成有禮貌的好青年，自己真是，太虛偽的電話禮儀。

「欸！導演，我跟你說喔，有位太太來找她先生，我聽她的描述，還有那個時間，我覺得很像是你說的那個吐血的先生。」阿蘭姐聲音到這邊似乎有點悶悶的，大概是用手遮住手機話筒，怕對方聽到吧。

「欸！這樣，那妳有留她的聯絡方式嗎？」

「留什麼留，現在什麼時代，誰會隨便給你聯絡電話。」阿蘭姐回得也很快。

k心想，那妳不是就叫我留了嗎？

「你到台北了嗎？如果還在台中，你要不要現在過來？」

「哦，我在高鐵站，台中的。」

「那你來呀，才十幾二十分鐘，我幫你留住她。」

「不是，阿蘭姐，我已經買好票了，而且我晚一點有事。」

「什麼事？人家是出人命的大事耶，你們年輕人喔……」阿蘭姐的嗓門很大，宛如盛開的花朵，在耳朵裡炸開。

「喔……好好好，我現在過去，等我一下，不好意思。」聽起來阿蘭姐應該會開始唸下去，算了，乾脆就過去醫院一趟好了，高鐵票再買就好了，反正今天也不能跑步了。

既然要去就快，k從月臺跑下，眼角瞄到身旁女子驚訝的神情，但實在沒空解釋了，她這下一定以為自己是要去赴女友約了啦。嗚嗚，阿蘭姐不是我的女友啦！要是妳還比較接近，k邊跑邊想。

從高鐵站月臺下到B1後，跟著人群等著計程車，k越想越覺得阿蘭姐講得沒錯，人家是先生不見了，甚至是可能往生了，自己只是搭高鐵，幾分鐘後又一班，但人要是走了，是再也回不來的。

這樣想，就會覺得難受，這是鏡像神經元在作用，試著去想像另一個處境的人心裡的感受，不是每個人都有餘裕做到，我們多少都需要被提醒，像阿蘭姊這樣每天在醫院做志工，大概看了許多生老病死。也許相對就更加的敏銳吧。

車來了，上車，請司機盡快趕，怕那太太留不住走了，就掉了個線索。

有點累，戴上耳機，聽個音樂好了，隨手按到的是海飛茲演奏的巴哈 Sonata No2, BWV1003 in A Minor I:Grave，弦樂聲傳出，心突然安靜起來。

會是一位太太來找，表示這位太太也不太清楚先生的狀況，那她會知道劉明動的情形嗎？等等也要小心，因為對方也有可能是綁架案的共犯，雖然現在什麼都還不明朗，可是要是劉明勳已經死亡，那她不就變成謀殺案的疑犯了？

小貨車是她開的嗎？

不過，越想越覺得不可能，要是劉明勳被害，而這位太太知情，一定不會公開的找她先生，至少不會願意透露消息給陌生人。

她一定正處在一個混亂的狀態裡，但應該不是一個共犯的狀態吧？

只是相對於劉明勳的家人，她面對的是可以確定先生已經死亡了，那這樣會比較好嗎？

k曾經和協尋失蹤兒童的公益團體社工師聊過，社工師說有些家屬經過了十年還是沒放棄，或者應該說，心還是懸在那裡，因為有一個人下落不明、生死未卜，是非常讓人難以處理的情緒。

社工師說，光是每個月要跟他們聯絡更新狀態，對他自己就是個煎熬，因為對方的情緒儘管再怎麼壓抑，還是失落，而且比起已經確定死亡，更有種說不出的沉重，因為不確定，就無法接受，就無法啟動悲傷的機制，就無法平復走出來，那更像是種牢籠，難以掙脫。

所以自己要去成為那個讓對方確定自己丈夫死訊的人嗎？

這也太巨大了。

不知道是不是因為心裡有事，回醫院的路上，速度變快，一下子就到了，想到一個多小時前才從這離開，熟悉的場景，意義卻變得不一樣。

一進急診室，就看到服務臺旁，阿蘭姊正跟一位女子說著話，女子背對著k，看不太到臉，也因為她頭上戴著頂小遮陽帽，阿蘭姐眼睛一對到k，便微微一笑。

那女子轉過身來，年紀大約五十多歲，略平凡長相，臉上有點日晒的深色痕跡，似乎也有些風霜，上衣是簡單的POLO衫，包著略顯瘦的身軀，下半身深色咖啡色，似乎是類似登山戶外用的休閒褲。

讓人容易遺忘的長相，眼神疲憊，望著k，k勉強微笑，突然覺得腳步有點重，幾乎難以前行。

「妳好，我是k。」k一出聲，就覺得自己的聲音過度爽朗，實在太奇怪了。夜裡的醫院大廳，人稀稀落落，有種寂寥感，聲音變得很不真實。

「你好，聽說你有我先生的消息。」女子聲音有點沙啞。

「嗯，我不確定，妳方便先幫我看看嗎？」k從口袋拿出手機，找到當初鄭警官給的照片，遞出。

那位太太看了一眼，眼眶馬上紅了起來，眼淚落下的同時，阿蘭姐俐落地遞過衛生紙，k呆站著，有點不知所措。

阿蘭姐彎下腰來，抱住那位太太，這應該是常在醫院看到死別訓練出的良好反應，也是一種人性的美好一面吧！

阿蘭姐從太太手上拿過手機，遞給k，k接回後想，這不是自己能夠處理的場面，還是飄走好了。

但該去哪好呢？好想喝杯咖啡。

站在落地玻璃看著外頭的暮色漸漸消消失，夜色籠罩著這個城市，忙碌的人們快速地穿行著，急著趕回家中，正是下班時間，也是空氣最不好的時候。

每天這時間千萬不能跑步，就有位國小老師作息正常，每天六點起床，十點睡覺，不菸不酒，她就是傍晚下班時分在學校跑步，三十多歲就得了肺腺癌。

k看著窗外，看看錶，過了快半小時，想說要不要飄往一旁去買杯咖啡，順便買點吃的給她們時，阿蘭姐走了過來。

「她說，她有話想要跟你說，我剛借了一個會議室，你們談吧！」阿蘭姐習慣給人溫暖的樣子。

「喔，好，謝謝，她還好嗎？」k有點驚訝，看來對方似乎很想找人傾訴，k不知道自己能不能處理得來。

「先生走了能好到哪裡去？等一下，你們聊，我要去安親班接我孫子了。」阿蘭姐說完就邁步走開，k趕緊跟上。

轉過一個角落，迎面是個白色的半身雕像，戴著眼鏡，認不出來是誰，大概是創辦人還是什麼捐贈者之類的吧，阿蘭姐繼續往前走，腳步很急，可能怕來不及接小孩吧。

到了一間米色毫無特色的門前，阿蘭姐示意要k進去，「你們走的時候把燈關掉就好。」

「喔，好，謝謝。」k趕緊回。

讓太太先進去後，阿蘭姐突然面色凝重，在門外拉住k，認真地看著他說：「我跟你說，我猜厚，這裡面有一些事，我們不能多知道，但是我提醒你，人家先生剛走，你要體諒一點。」

「我知道了，我也只是要聽她說。」這時的k還沒有想到，自己接下來會聽到那麼恐怖的故事。

33

「不好意思，先生，你方便聽我說嗎？你有時間嗎，可能會花一點時間？」一進門，女子抬頭，看向k，就焦急地說。

她臉上戴著口罩，是剛剛走過來時戴上的嗎？巨大的白色遮蔽了她近三分之二的臉，只看得見眼睛。她的眼睛發著紅，腫脹著。

房間小小的，平常大概也是護理人員休息、吃便當用的。不知道為什麼，k突然想到那次在台北的殯儀館，旁邊那供法醫休息的小房間。

一個是救人命的醫院，一個是送人往生的殯儀館，竟如此相像。

k點點頭，在女子對面坐下。那是一張公家機關慣常採購的鐵椅，樣式不太好看，坐起來也不舒服，中間的桌子也是那種折疊鐵桌，米色的桌面，醜得要命。

「剛剛那位阿蘭姐說你是導演，拍些跟社會公益有關的片子，也有寫書，雖然我不認識你，但她說，你應該會願意聽，她說，你在關心劉明動的事，所以來問她，咳……」

她突然咳了兩聲，從身旁拿出一個保溫瓶，摘下口罩，喝了兩口，又戴上口罩。不知道為什麼，不是已經在室內了？還是因為在醫院，擔心被感染？

她的眼神明顯有點飄動，彷彿隨時就會昏倒，不知道是長期睡眠不足，還是生病，總之，不是多健康的樣子，看起來身上背著巨大的東西，遠超過她那瘦小的身軀所能負荷。

k不發一語，只是安靜地等著，頭上的空調葉片旋轉聲有點大，規律的噪音，讓尷尬的氣氛稍稍不那麼明顯。

k不好意思一直盯著對方看，從隨身的小包裡拿出筆記本和海明威鋼筆，轉開黑色的筆蓋，在紙上畫了兩道，因為不知道要幹嘛。

「我先生說如果他出什麼事，叫我要想辦法找人把事情講出去，我們只剩下這個可以做了。」太太說話時一臉哀戚，眼睛紅腫，但眼光厲了起來，似乎有股強烈的意念支撐著。有一些些恐怖，是不是那種討命的厲鬼感？

k點點頭，不知道對方要說什麼，也不知道自己做好準備了沒。

「我先生叫黃明文，他是我們明西村自救會的理事長，雖然說是自救會，但也沒剩幾個人要救了。」

「不好意思，請問妳叫什麼名字？」

「我叫陳淑淨。」

k在紙上緩緩寫下兩人的姓名，黃太太低頭看，k趕緊把本子轉個方向，給對方看。

「對，沒錯，我先生的名字沒錯，我的淨是乾淨的淨。你字好漂亮，果然是讀書人。」

「沒有啦，不好意思，怎麼稱呼妳，淑淨姐？」

「叫我黃媽媽就好了，我被叫快二十年的黃媽媽了。」她靦腆地笑，就是那種不好意思被人關注的平凡人模樣，讓k想起自己的媽媽。

「喔，所以你們小孩多大了，現在讀大學？」

「如果還在的話，今年大二。」

k一聽，心裡突然一陣難受，所以眼前的女子失去了孩子，現在又失去丈夫。

「不好意思，我不知道。」

「沒關係。」黃太太嘴裡說沒關係，但臉色表情卻悲悽的讓人看了難受。

「是兒子，還是女兒？」

「兒子。」黃太太拿出一個邊緣已經磨損厲害的小錢包，掏出一張照片，大小應該是證件照，「你看。」

k手接過來看，是畢業照。「哦，帥哥呢！」應該是高中畢業。

「對啊，他會一直這麼帥。」黃太太明顯地捨不得。

「他怎麼了，車禍嗎？」這年紀的孩子，若有事先走，通常都是因為交通意外，尤其是騎機車。

「沒有啦，他還沒駕照，是生病，肺腺癌。」

「才十八歲，肺腺癌？」k很驚訝，一般來說，肺腺癌都是六十歲以上，就算這幾年因為空汙變得年輕化，也都是在中年之後，畢竟要形成惡性腫瘤，印象中通常需要時間。

「嗯！」

「怎麼會這樣？」

「空氣啊！」黃太太突然激動地指著天空，手勢激烈的像是在控訴，「你知道我們村子裡得癌症的有多少？他兩個姑姑也是肺癌走掉的。」

並沒有預期會聽到這麼悲慘的故事，一個家接連被癌症奪走那麼多條人命，如果再加上黃先生，這家裡就有四位癌症往生的了。

「那家工廠的人說我們家基因不好。我說，拜託，那為什麼搬走的就都沒事，而且我們家就算了，我們鄰居一個阿嬤，沒抽菸也得肺癌，她給我看她身上手術的那條疤，你知道有多長，這麼長！」她手在自己身上比劃著，從腋下一路直達腰，真的有那麼長的傷疤嗎？那不是幾乎把身子都給剖開來了！也太可怕了。

「不好意思，哪個工廠的人？」

「就是旺工呀，他們有一個人來跟自救會的人談，說我們家自己身體不好，不能亂歸咎責任。」

原來他們和劉明勳的關係，是從這裡發生的。k心裡想著，所以後來有了綁架案嗎？是為了報復？

「那有賠償嗎？」

「他說他們平常就有給地方補償金，叫我們自己去跟鄉長要。怎麼可能呀？鄉長說我們那是特殊案例，補償金是給全鄉的，不可以單單給我們家。問題是，我們要的也不是錢啊！」

「那你們要什麼？」

「命啊！我要我的兒子活回來。」黃太太滿是怨氣，k突然聯想到，也許口罩是拿來稍稍擋住她的怨念的。

黃太太突然想到什麼，問道：「你知道我們村子裡的鎖匠改行做什麼嗎？」

「啊，什麼？」

「因為大家都家破人亡，要不就是趕快搬出去，村裡已沒什麼人住了，所以鎖匠沒生意，只好改行。你知道他改行做什麼？」

感覺上，這件事黃太太常跟人提，剛剛那種內向的神情消失，反而是一種慷慨激昂。

「嗯，殯葬業嗎？」

「有點接近，你知道鎖匠是做什麼的？」黃太太問的方式，有種憤慨。

「開鎖、打鑰匙。」

「跟門戶有關，所以他後來改行做的還是跟門戶有關。」

k想了一下，想不太出來。

「他改行做靈骨塔的管理員。」黃太太說完看著k，眼中只有控訴。

k愣住，坐在那，這也太駭人聽聞了吧，而且沒想到是發生在現代的台灣，這根本就是落後國家才會這樣吧，才會這麼不在乎人命。

「我們那邊有個阿伯，多我個十來歲，他說，親像小時候我們玩遊戲，數著數著，數到的就當鬼，去投胎。」

黃太太這時突然語調低落下來，「我很想聽到我兒子的聲音，結果就真的聽到了。」她緊抱著手中保溫瓶，彷彿要靠它來支撐自己孱弱的身體。

「我兒子來託夢，來我夢裡，叫我們要走，說不走，我們就會跟他一樣。」

「什麼意思？」

「我先生跟我也都有肝硬化，我先生，還得了肝癌。」

怎麼這麼恐怖，這個家是被詛咒了嗎！

「我們前面兩戶人家，家裡也三個人罹癌。我去跟他們說，要搬走啦，他們說能搬去哪裡，現在到處都糟啊。我先生說，就去空氣好的地方。」

「我先生把發財車改一改，把床放上去，鍋碗瓢盆擺著，我們就住車上。」黃太太邊說邊拿出手機，「你看，我們就去住溪頭、杉林溪，找森林裡，空氣好的地方。」

手機裡的照片，黃先生站在藍色小貨車前面，一旁是茂密的森林，直挺挺的樹枝，看起來是在台灣高海拔的地方。

「啊，睡車上，很冷耶！我以前有一次在山上拍片，晚上都快被凍死了。」k邊說邊把手機遞還給黃太太。

「我們晚上就穿羽絨衣睡，沒辦法，為了還有命。」

為了還有命。

34

「我先生這個月把我送到山下，說他要處理一些事情。我說你要幹嘛，他說他要找億載集團的人談。」

「所以他就去找劉明勳嗎？他認識劉明勳嗎？」k趕快問，感覺要講到事件的重點了。

「劉明勳以前來過我們家，那時候我兒子生病，劉明勳跟我們說以後有什麼事他都可以幫忙，他說很不好意思，他爸以前做的決定害死一堆人，他會想辦法改變，只是他們家族還有些老一輩的，他需要溝通。」

所以黃明文認識劉明勳，這樣就有機會把他帶走了。k一直在想大白天的要綁架一個男人，其實很有難度，但如果彼此認識就不一樣了。

「他還說，想到他以前出國讀書用到的錢是別人家人命換來的，他現在就覺得很拍謝。」黃太太看著k一字一字地說：「他還說他現在有小孩了，他不只是董事長，也是人家的爸爸。我先生一開始很討厭他，都想打他，後來他來過兩次，我先生知道以前設工廠跟他無關，才願意讓他進家門。」

「那妳知道劉明動現在人在哪裡嗎？」

「我不知道，阿文只說這件事我不要管，他自己時間不知道剩多少，他要替大家做點事，就把我送回山下，那是上禮拜的事。」

k看著黃太太，她臉上的表情沒有過分誇大，看起來不像是演的，而且她的眼神沒有飄忽，不逃避k的注視，這不是一般非經過專業訓練的演員做得來的。

「中間妳有跟他聯絡過嗎？」

「有，他之前還會回，說在忙。後來，打電話，沒人接，再來，就沒通了。」

k鬆了一口氣，所以眼前這個瘦弱明顯身體也有問題的女子，至少不會是刑案涉嫌者，只是個喪子喪夫的可憐人。

但這樣有比較好嗎？

「阿文還說，我們自己的小孩不見了，別人也有小孩，要替別人的小孩做點事。」黃太太看著牆上空無一物、只有沒擦乾淨痕跡的白板，喃喃地說著。

突然一陣震動聲，k發現是自己的手機，是監製小鳥的來電，通常小鳥都是傳訊息，真的打來大概都是急事，「不好意思，我接一下。」k跟黃太太致歉。

黃太太起身，「那我去洗手間一下。」

「好。」k點開手機接起，「喂，小鳥，怎麼了？」

「導演，我跟你說一下，Sharon 那邊希望約明天早上十點在他們基金會談偏鄉教育的片子，她說他們資料準備好了，想跟你 brief，並且談一下簽約細節，我說時間比較靠近，我先跟你確認一下。」

「好啊，我應該可以，我現在在台中。」

「喔，好。他們蠻認真的，說希望可以借助你讓一些教育問題被看見。」

「喔，好。」

「另外，週六要拍的那支片，週五我們早上八點半去你家接你，我們先到旗山勘景，和那邊的主任還有社工見面，然後再到台南文化中心勘景，路上拍空景，傍晚和表演團體的負責人討論，晚上沒事就住台南，隔天拍片。」

「好。」k 對小鳥他們製作團隊所安排的行程都非常放心，專業人士就是在前面做專業的準備。

「rundown 我再傳給你，你幫我看一下。」

「好，謝謝喔。」

掛上電話，Rundown 傳來，k 趕緊打開，認真看，因為他知道對方一定也正在電腦前等著自己確認，之後才能趕快聯絡其他所有工作人員和協力廠商，自己要是拖了，就會拖到後面幾十個人的工作時間，也會影響幾十個家庭的作息。

Rundown 就是拍片的順序，通常會以場景和日光時序來拆，不一定會照原始故事的順序，這樣在執行上會比較順，避免跑到A地再到B地，又到A地，增加過程裡的裝卸機器，還有交通時間，但也因此，Rundown 就很重要，排得好的話，可以省下時間和金錢。

但有時也要考慮製作團隊和演員的情緒，必須跟戲能配合，有時候，同個場景裡，但故事已經推展到下一個情節了，演員就必須要能夠在短時間裡調整好；也就是說，可能在這場戲裡先是難過，但可能拍完這場，五分鐘後，演員就要是開心愉快的心情，這就很考驗演員入戲的能力。同時也是導演必須要在事前從 Rundown 裡去思考，如何讓演員有較好的發揮空間。

有時候，為了讓演員可以完全釋放，不會又哭又笑，也會改變順序，先拍故事最後的圓滿大結局，先讓演員從較輕鬆愉快的情緒開始表演，做出快樂的效果後，再請演員休息，到旁邊醞釀情緒，到一個情緒的高點時，再來做悲傷難過到極點的戲，通常這場戲也會放在拍攝的最後一個，讓演員可以用盡全力表演，毫無保留，也就是俗稱的大魔王，把所有劇組的力量，在最後灌注到底，拍完就可以收工。

心理上，就像跑步的最後終點前衝刺，手臂要用力大幅度的擺動，這時就不必再管調勻呼吸了，而是眼睛緊盯著目標，把所有的精力用上去，沒有明天的放開來，什麼事都跑完再說，跑步是這樣，表演有時也是這樣。

那在精神上和體力上都是種巨大的挑戰，不是每個人都做得到，所以，k 一直很尊敬演員，也一直很認真要替演員爭取較好的工作環境。

因為多數時候好的作品，來自演員的奮不顧身。

k整個看完後，閉上眼想一想，應該沒有太大問題，就傳了個OK給製片，剛剛工作的緊張感稍稍舒緩下來，他想起了黃家人，這一家是再也無法團聚了，那種開心大結局是怎樣也不會屬於他們家的了。

拍片可以調換拍攝順序，可以調整故事結構，也可以在後面用剪接的方式，改變故事結局的悲喜。

可是眼前黃家這一家人也太悲慘了吧，那也不是裡面的角色認真就能扭轉的，他們都已經奮不顧身了，而且他們要的也不是什麼榮華富貴，只是平安的一家人在一起，卻連這都很難。這樣黃太太不就是最後一個了？最後一個要把所有悲傷扛在肩膀上的人。獨自面對大魔王的人。

k曾經和一位金鐘影后合作，請她扮演失智症患者，在拍片現場驚訝地發現她的細微動作都做得超像，那種困惑和對自己的挫折不耐，都在舉手投足裡展現，尤其是眼神，那個空洞迷茫非常到位，跟真正的失智症患者一模一樣。

喊cut之後，k特地過去感謝致意，並且好奇地詢問，為什麼影后的表演可以這麼好。

「因為我家有三個失智症，我爸爸、我公公，後來我婆婆。」

k驚訝地望著她，張大嘴說不出話來，那是多麼辛苦且悲傷的事啊。

「所以我是失智症協會的終身義工。」

對了，跟剛剛黃太太最後的表情有點相像，一種空洞迷茫，不知道自己該去哪裡的模樣。

等一下，不對，講電話還有看 Rundown 的時間不短，黃太太去上廁所也早該回來了。

k打開會議室門，一看，確定了。

桌上的保溫瓶不見了。

那個她一直握在手上的金屬保溫瓶。

黃太太不告而別了。

這故事的結局要變成怎樣呢？k邊跑邊想，在醫院周圍來回奔跑了一圈，看不到黃太太身影。一個人要是決定離開，十分鐘一定可以到別人視線到不了的地方。

想了一想，也不能報警，畢竟這不是什麼失蹤案，自己也不是黃太太的親屬，沒有資格報案。而且說不定反而給黃太太添了麻煩。

悻悻然的，只好回台北，折騰了老半天，到高鐵站時，已經是晚上九點多，月臺上人不多，寂寥安靜的，一如k的心情。

到底誰會為了賺錢，讓別人家破人亡？那種錢是有多少，花起來會開心嗎？

高鐵到站時，廣播的女聲，音調悠揚，不因為已經是晚上了，仍舊充滿了陽光般的正面積極，和k低落的心情很不搭。

k很想跟那廣播聲說，有人死了耶，而且不只一個。

說起來，空汙造成的癌症不就是連續殺人嗎？而且還是無差別殺人，沒有任何原因理由的，殺人。

毫無理由的殺人，應該比較冷酷殘忍吧。

黑色的車窗玻璃，反映出自己的臉，進入隧道時，變得更加清晰，顯露出臉上的疲憊，好累的一天。

不過至少自己還可以感受到累，死去的人不行，而肩負著死去的人，應該更累吧，他無法想像黃太太的今晚，恐怕將難以成眠。

突然想起，來不及問黃太太關於爆炸案恐怖分子涉入的程度，究竟有沒有外國勢力？

他開始想，那劉明動呢？

還有另一個共犯，在黃明文意外過世後，會選擇怎麼處理劉明動？要是過度害怕，會不會失手就把整件事埋起來，然後消失？

窗外，一片漆黑，深不可測。

黑暗裡，偶爾會出現一整片田亮著光，突然出現時，真的很讓人驚奇。

希望接著會出現。

35

隔天，k起床後，看空氣質量指數還可以，就趕快出去跑步。

第一公里很開心，身體自己會說話，因為昨天沒得跑，現在可以自由地伸展，前進著，很愉快。到了第三公里時，疲累開始上門，右邊大腿感到緊緊的，抬高時會微微痛，應該說，不想抬高。

來到最後一公里，有種算了不想跑了的衝動，這時就要自己說服自己，「跑步就是為了跑最後一公里」、「不必太用力，就輕鬆地跑完就好」、「腳不用跑，手臂跑就好」，類似這樣的話，一次一次講，一次一次騙自己，讓自己撐過去。

反正不要停下來就好，就一定可以跑完。

昨夜睡前傳訊息給 Sharon，大意是說明遇見黃明文老婆，知道了這一家人的苦處，Sharon 只回了簡單一句：「辛苦了，明天說。」

k突然想到，死去的人無法跑，那個十八歲就癌症過世的男孩，應該也是個愛活動的人吧，在那年紀，應該是停不下來坐不住，卻要被病痛給綁住，躺在床上，那一定比病痛本身更難熬吧。

這樣想時，自己還可以跑，能夠跑，不就應該好好跑，連不能跑的人的分都要跑，這樣才對得起他們，也對得起可以跑的自己。

可是還是很累，很不想跑，只想停下來，當腳很累時，就假裝不是用腳跑，是手在跑，除了催眠自己外，這其實也是一種正確的跑步方式，因為身體是協調平衡的，當手臂擺動時，就會自然帶動腳步的動作，而當手臂擺動幅度加大，自然步伐也會加大，非常有趣，當然這裡的有趣，不是跑步時的有趣，跑的時候一點也不有趣，都是結束後才有力氣覺得有趣。

k一邊想著還要給自己什麼奇怪的字句好繼續下去，一邊又覺得今天這幾公里怎麼特別遠，可能是昨天身體和心理的負擔太大了，每次遇到生命死去，都會覺得活著好難，但死去又好可惜，人真是矛盾的生物。

到底還要多遠才會到，k心想著。不過，活著也是這樣，你其實不太知道死期，只好繼續著，繼續擺爛，繼續抱怨，但要是知道死期，又可能會開始埋怨，開始悲傷，怎麼都好像無法正面積極，但也許就是知道是這樣，卻還繼續活著，就是正面積極了吧。

好不容易，耳機裡響起完成里程數的提醒聲，k按下停止鍵，腳也馬上想完全停住，但不行，要繼續緩跑，否則容易受傷。

邊喘邊想，人生真的好難。

至少自己還可以喘。

而且是自己讓自己喘的。

k換了音樂，跑完步可以挑比較和緩的音樂，選的是海飛茲小提琴演奏西貝流士的 Violin Concerto in D minor Op. 47: I. Allegro moderato，是跟倫敦愛樂合作的版本，按下音樂播放鍵，不知道為何，就有那麼點冬天感，可能因為西貝流士所處的芬蘭，地處北國有關吧。

一邊慢慢往前走，一邊試著調勻呼吸，陽光從眼睛的前方灑下，讓人無法直視，卻又萬分感謝，畢竟是冬天的太陽，像這種沒下雨又空氣好的日子，在冬天越來越少見，簡直就跟中獎一樣。

要趕快回家洗澡了，等等要去基金會跟 Sharon 開會。

走到家門口，看到一臺大車，Defender 停在他家門口。

海飛茲的小提琴拉到一半突然停住，手機鈴聲響起，是不常打電話都傳訊息的監製小鳥，他趕緊接起。

「喂，導演，他們說早上在基金會的會議先取消，說他們執行長臨時有事。」

k看著眼前的 Defender，回：「好，謝謝喔。」有事，應該是來找k吧。

手機剛按掉，Sharon 打開車門，下了車，臉上是鏡片巨大的黑色雷朋飛行墨鏡，她順手把眼鏡摘下，甩動的頭髮在風裡飄動，美得像在拍廣告，比許多線上的女演員更迷人。k有點看傻了。

不過k絕對不會說出口的，關於 Sharon 有多好看。

因為當你這樣說的時候，對方會覺得你只是看到我的外表，只稱讚我的外在，要嘛你覺得我的內在不怎麼樣，要嘛你根本不願意花時間了解我的內在。

k自己就是這樣，並不討厭對方讚美外表，但會覺得這種事有什麼好提的。

「你在聽什麼？」Sharon 一副習慣別人對她目瞪口呆的樣子，蠻不在意地問。

「啊，海飛茲的西貝流士。」k一開始反應不過來，想到自己頭上戴著大耳機，一邊按下停止鍵，同時覺得自己一身汗，很狼狽。

「你洗澡要多久？」Sharon 開口問。

「呃，加吹頭髮，大概半小時。」

應該從來沒被女生問過這問題吧，上一次跟洗澡時間有關的問題，應該是k當兵時。

「那給你二十分鐘。」

「要幹嘛？」

「去看醫生。」

「妳生病嗎？」

「不是，快一點去，你還有十九分鐘。」話一說完，Sharon 自己先上了車，車門俐落地關上。

k從車前方走過時，再看一眼 Defender，前陣子新款的 Defender 發表了，經過停產了好幾年後，許多人都引頸期待，沒想到，出來後的設計，讓死忠派的車友有點失望，因為線條變得圓潤，陽剛氣味少了許多，車頭部分也少了原本工作用的簡潔和氣勢，柔和的外觀讓不少人覺得可惜。

還是舊款的好看。k心想。

啊，不對，要快一點了，應該剩十八分鐘了吧。

雖然知道 Sharon 特地跑來是為了找他，不會時間到就離開，但是被一個女生等，然後還被嫌慢，面子有點掛不住。

當兵退伍後，已經很久沒洗戰鬥澡了，洗澡除了清潔外，幾乎也是k思考的時間，所以都是盡情揮霍。

突然要洗快，還真有點不習慣，不過，Sharon 說要看醫生，是為了什麼，k越想越納悶，動作更加快了許多，因為想找她問個清楚。

一上車，還沒坐定，k就發問：「要去看什麼科的醫生？」

「公衛學院。」

「妳怎麼了？」

「不是說不是我生病嗎？不要讓我重複說。」

聽起來 Sharon 今天脾氣不太好，不知道是為什麼。

「那是為什麼？」

「你對空汙了解多少？」

「不多，知道會導致肺腺癌。」

「對，其實還會導致肝癌、眼部黃斑區病變。」

說完之後，Sharon 安靜了下來，一時之間，k找不出什麼話題，於是鉅細靡遺地把跟黃太太見面過程講過一遍，Sharon 只是聽，沒有太多反應。

「你覺得劉明勳還活著的機會多大？」

突如其來的問題，讓 k 一下子答不出來。

「我是說，要是綁匪死亡，肉票生還的機會有多大？」

「我不知道。」

「不高於百分之三十。」Sharon 的聲音沒什麼溫度。

「喔。」

「所以你說黃太太很可憐，那劉太太也是。」

「嗯。」k也不知道該回答什麼。

所以 Sharon 情緒不佳的原因是因為劉明勳可能生死未卜，不，劉家少一個人的機會可能很高。

「你為什麼沒有留住那個黃太太？」Sharon的語氣質問多於詢問。

「我不知道她會走呀。」

其實，k知道。

因為黃太太在講完那段話後，臉上表情明顯和緩下來，就像剛完成一件重要的事，k沒有錯過這個情緒從眼前閃過，只是那當下覺得她太可憐、太悲傷了，心裡頭甚至會有種想站在她這一邊的心情。

雞蛋的那一邊。

村上春樹說，在面對高牆和雞蛋，他會選擇站在脆弱而易毀的雞蛋這一邊，人真的會想為弱者做點什麼，尤其當強弱差距激烈時。

k想起對黃太太的最後一眼，現在回想起來，很像小動物，那種雨天在車下會看到的那種，在逃離前看你一眼，不是求你憐憫，但求你高抬貴手的那種。

不是沒想到她會逃離，而是覺得既然她都失去一切了，那她想做些什麼不都可以諒解嗎？就像小動物，安靜地在角落裡舔拭自己的傷口，不打擾不是我們可以給的溫柔嗎？

不過，要是她有參與呢？甚至她假如知道劉明勳的下落呢？嗯，當然也有可能，只是心軟的自己覺得不會的。

反過來說，自己也不可能去限制對方想要去哪裡，那是妨害自由罪呀。心裡胡亂冒出的念頭，一個又一個，從昨晚就一直來回翻騰。

轉頭，看到 Sharon 臉上一片冷酷，彷彿極地圈，讓人不想靠近。緊握著方向盤的手指泛白，Sharons 喃喃說著，好像不是要講給 k 聽的：

「我想知道，空汙到底有多嚴重，讓人會想殺人。」

36

窄小的研究室裡，勉強在書堆間挪出三個位子，狹小的木椅，透過高高疊起的資料，眼前是個瘦高帶著金邊眼鏡的醫生。

他的醫師袍掛在門邊，背後窗外可以看到教學研究大樓底下的人車，快速來回流動。

剛進門，看到前門外一個小小的銅座名牌：李岳訓教授，M.D.-Ph.D. LEE。不起眼，但k心想，這幾個字，要花多少年的努力才能放上門？就經濟上的回收，又足夠嗎？

李博士人很好。

k這樣說的意思，是因為他煮了水洗耶加雪菲，巫里處理廠 19/SP01 批次的咖啡，說是世界冠軍客製化的。

小小的房間，滿是濃郁的咖啡香。從昨天到現在，這是第一次k感到幸福。

心裡暗想著懂得用咖啡妝點生活的，大概不會是多可怕的人吧，雖然嚴肅的醫生看起來高度理性，比較像個科學家，臉上目前為止都還沒出現笑容，只有在喝咖啡時，線條和緩一點。

k端坐在一旁，細細觀察 Sharon 的提問，李博士緩緩的不帶情緒地回答。

「我們花了五年的時間，驗證出當地居民罹患肺腺癌的機率遠高於台灣其他地區。」

「多高？」

「將近兩倍。」

「那會造成肝癌嗎？」

「理論上會，應該說是高度相關，因為 PM2.5 的關係，具金屬物的空汙確實也跟肝病變有直接相關。」

「那年紀輕的人會因此肺線癌死亡嗎？」

「請問是幾歲？」

「十八歲死亡。」

李博士挑了挑眉，說道：「沒看到個案資料我沒辦法判斷，但是這樣說好了，一般來說，癌症的形成是有進程的，所以好發年齡是五、六十歲，而十八歲就罹患肺腺癌死亡的案例，真的運氣很不好。」

「李博士，那你知道那個居民組成的自救會嗎？」

「我知道，他們找我去開過幾次會。」

「你認識黃明文嗎？」

「我知道他。」

「那你知道他家發生的事嗎？」

「嗯，一家有四個人得癌症，而且都是在壯年之前罹癌。」

「你覺得跟空汙有關嗎？」

「這我不會隨便下判斷，但是你很難要人們不這樣思考，我遇過很多癌友家屬，他們常會先檢視自己，懷疑自己的基因和生活方式，但以當地的例子而言，確實無法排除環境的因素。」

「可是別人家有這樣嗎？他為什麼就可以認定是空汙造成的，還有空汙難道就一定是億載集團造成的嗎？」Sharon 口氣難得有點強硬，讓 k 感到有些詫異。

「妳所謂的別人家，若是指他們村子裡的話，像我一開始說的，他們那個地區的罹癌率確實偏高，目前醫界普遍認定原因是空汙造成，至於空汙的來源，通常會認為有三分之一是境外汙染，三分之二是本地汙染，包含工業以及交通工具。」

「對呀，那他憑什麼怪罪億載集團？有三分之一來自境外汙染，不是應該要向境外的對象抗議嗎？」

「妳說得也沒錯，日本和北韓政府其實每年都針對空汙問題向中國政府提出抗議，韓國職棒曾因空汙停賽事件，一度造成兩國外交關係緊繃。」李博士摸著手上馬克杯的握把，好像在感受上面的溫度。

看著那握把，彷彿出神，他又繼續帶著理性的態度說：「不過回到個人家庭，他們確實只能尋求向當地廠商提出訴求吧？你們知道嗎？全台灣最貧窮的縣市，就是那裡，在二十年前，為了尋求工作機會，而讓企業過去設廠，這是貧窮地區的宿命，可是二十年後，他們仍舊是全國平均收入最低的縣市，唯一上升的，只有罹癌率。

這從公共衛生的角度來看，就是我們通稱的經濟貧弱者無力抗拒環境汙染。最讓人難受的是，當罹患癌症時，我們一般家庭可能有幾種選擇方案，可是經濟弱勢者的選擇更少，對家庭的衝擊更劇烈。簡單說，為了賺錢，我們犧牲相對弱勢者的生活環境，讓他們暴露在罹癌相對高風險中。可是當他們生病時，他們又最付不出高昂的醫療費用。還有他們家庭可能就這樣破碎、無法復原，因為經濟支柱倒下去了。」李博士慢慢地說了一長串，語氣收斂，彷彿在課堂上講課，「經濟和環保，本來就是一個角力賽，只是在過程裡，承受不起、受傷最深的，都是底層的人。」

聽了這一段話，Sharon 原本激動的情緒，似乎稍稍安靜下來。

她看著手上的咖啡，深色的液體，從 k 的角度看，分量似乎一點也沒有減少。

「可是也不能殺人呀。」Sharon 小小聲地說，但有點像喃喃自語。

「當然不應該殺人。二〇一八年，衛生福利部的報告顯示，國人十大死因第一名是癌症，癌症死亡第一名是肺癌，而這已經連續十年了，平均每五十七分鐘，就一個人因肺癌死亡，五年存活率不到兩成，為十大癌症中最低，到晚期更低於百分之五。如果要討論死亡的話，肺癌可能是台灣殺人最多的連續殺人犯，且連續犯案達十多年之久，目前還在繼續犯案中，無人能夠阻止。」

李博士把手裡的咖啡杯拿起，一飲而盡，最後好像還抿抿嘴脣，似乎在品嘗餘味。

「我認識一個案例，他知道我愛喝咖啡，常寄上來給我，他說咖啡會喝完，但感情不會。他還說，十年前賺的錢會花掉，再不然，二十年前賺錢的一定不會在，但癌細胞不會，它會留在人身上，因為它本來就是人類的細胞，只是變質了。他去年底走了，是個老闆，小孩都讀國小而已。」

他放下杯子，眼神銳利看著 Sharon。「我支持經濟發展，但要留意比例原則，不要失去太多，留下太少，我們都會過去，但做的事會留下來。」

「你跟我說也沒用，我不是負責企業營運的人，要找就找負責的！」Sharon 毫不客氣的頂回去，一臉漲紅的神情，似乎非常憤怒。

她突然放大的音量，在狹小的研究室裡迴盪，k嚇了一大跳，李博士倒是安安靜靜地轉身，整理桌上的報告，隨手倒了些水到自己的咖啡杯，彷彿什麼都沒發生一般。

「我以為你來找我是想知道劉明動的事。」李博士淡淡地說。

37

校園裡，學生們人來人往，臉上溢著各式各樣的光采，陽光洒下來，透過綠葉，彷彿一切美好到不行。

坐在人行道旁的石椅上，k看 Sharon 從研究室出來後，似乎仍在情緒裡，k一時之間也不知道該說些什麼。

突然想到要回一個片子的剪接，k趕緊拿出手機來，在螢幕上仔細看片子。看過一次後，再看一次前，把鋼筆海明威拿出，翻開筆記本，準備寫上剪接意見。這是k的習慣，把剪接想法用筆寫下來，然後傳給剪接師，等對方讀過後，再打電話過去溝通，在電話裡討論可行性，也比較好把自己真正的企圖，想要的敘事邏輯說清楚。

當然，還有影片的情緒轉折更是要好好跟剪接師討論，聽看看對方的意見，那絕對不是導演自己想怎樣就怎樣，尊重專業的意思，就是真的尊重，所以k不喜歡坐在剪接師旁邊緊盯著，因為他覺得那是一種不尊重對方的做法。

換作是你，你想要有人坐在旁邊盯著你做每個動作嗎？又不是在駕訓班，而你也知道駕訓班的意思，表示對方對你的專業技術認定程度不夠。

多年來，他和剪接師梁師傅培養出一種默契，就是剪接只透過對話討論，他們倆個一年合作幾十支片，但只見過一兩次面，那通常是年底尾牙吃飯聊天。

因為每個專業人士的工作習慣不同，像梁師傅習慣深夜一個人在家面對剪接工作，安靜能讓他思考更清楚的人性，讓他剪出最打動人的作品。

可是k是個白天人，基本上太陽下山後，就進入腦死狀態，只能從事休閒活動，完全無法進行工作。

真要把兩人湊在一起，也不是不行，只是可能都不會是最百分之百的好表現，那麼在這個講求作品的產業裡，當然應該拋掉各種傳統，就不需要用那些規矩假裝尊重了，情感是假不來的，作品才是王。

k認為，一個片子首先要找到專業人士，要是你給專業人士足夠的時間工作，那麼你再修改的機會就會大幅減少。

當然，你也可以從一開始剪接時就坐在他旁邊給他壓力，然後一路盯到尾。不過，因此你也會看到許多粗糙、不成熟、還沒深思熟慮的版本。

而你這時一定會忍不住提出你的真知灼見，只是這時候，不管你再怎麼在言語上修飾，對方一定不會感到愉快。

啊，他自己也知道還不夠完整、完美呀，你會去跟正在雕大衛像第一天的米開朗基羅說：「欸！我覺得他的臉不像耶？」哪有臉啦，那只是輪廓，而且可能只是大略的大略，比加拿大安大略還大略。

你讓對方愉快自在地把片子做到最好，當然就可以節省許多時間。

不過，一定有人會提出異議。比方說，這樣子，如果導演和剪接師沒有一起在剪接室裡頭剪，要等到剪接師晚上在家裡剪好，然後給導演看，再修改，不就勢必會需要多一個晚上嗎？

嗯，這樣說好了，若這情境成立，那請問作品只差一個晚上有差嗎？

或者用另種問法，差一個晚上就可以拿到好作品，你要不要？

當然也有人會提出說：「這樣子，很趕的案子，不就不行了嗎？」

那就不要做很趕的案子，很趕的案子很容易是很糟的作品，為了明哲保身，免得一年後後悔，還是少做為妙。

因為一年後，當時賺的錢會花掉，但作品還在，而且是個爛作品，那很可怕。你自己看得見。

都找到專業的人了，為什麼不給專業的時間呢？

k常覺得廣告業也許是個新穎的行業，但只要跟作品有關的事，那就是手藝活，那就得花心思花時間，好好琢磨，你可以稍稍做快一點，但不可能快到哪去，因為很快，就只會跑到爛作品那邊去。

他一個字一個字把想法寫下，一點一點琢磨話語本身，避免因為字句上的誤會，讓剪接師得到錯誤的訊息，同時要保留足夠的空間，讓剪接師可以揮灑，簡單說，就是給方向，但不是給確切的動作指令，那是和專業人士工作的專業態度。

花了十幾、二十分鐘，整段時間裡，他是從現實環境裡抽離的，他是被放進影片裡的空間的，聽不太到周圍的聲音，身旁的人群只是經過的影子，所在的地方也顯得模糊不清，毫無所感，出神、著迷，那是對於作品基本的態度。

所以當他整個弄好時，才發現 Sharon 正側著身緊盯著他，他也有點不好意思地趕緊說：「不好意思，再等我一下。」他快快地用手機拍下剛寫在本子上的文字，用訊息傳給剪接師。

順手，又傳出了一個從昨天就該傳的訊息。

確認梁師傅已經收到訊息閱讀後，k才撥電話過去。

「梁師傅你好，我覺得片子結構很好、很完整，只希望結尾時，可能加一張黑底白字，把他們的機制寫清楚，買五杯就捐五元給公益團體，然後再以孩子的笑聲收尾……對，就小小微調，好，辛苦你了，謝謝，再見。」

接著，把手機、筆、本子收起，k轉身，面對一直在看著他的 Sharon。

「我覺得妳演技很好。」k看著 Sharon，緩緩地說。

「啊，什麼？」Sharon 一臉驚訝。

「要不要去喝咖啡？啊，我們剛喝過了，那算了。我是說，妳剛在李博士那邊的演技很好。」

Sharon 原本驚訝的臉變成微笑，「怎麼說？」

「我今天覺得很奇怪，妳在車上的情緒不佳，然後到了研究室，又對李博士提出很多挑戰，妳似乎完全不清楚億載集團在環境上的衝擊，可是我記得妳應該知道部分啊。同時妳一直以一種帶攻擊性的字眼，語氣也不太友善，我感到納悶，因為不是為了了解空汙才來找李博士的嗎？這種語氣，不太像要得到資訊呀？」k稍停了一下，留意 Sharon 臉上表情。

「當然，也可能妳是為了要讓對方講給不熟悉空汙的我聽，可是這無法解釋妳的態度問題。後來，我有點意識到，也許妳要得到的資訊不單是空汙對環境的影響，妳還要別的資訊。」

Sharon 笑了笑：「然後呢？」

「然後我認為，妳是在表演。我發現，妳的臉有漲紅，但是妳的呼吸並沒有變得急促，可能是運動員的訓練吧，我想妳心率也沒有增加，我記得妳之前說妳呼吸頻次本來就不高吧。」

k看微笑的 Sharon 沒有回應的意思，就繼續說下去。

「所以我認為妳是在表演，妳在車上情緒不佳是為了醞釀情緒，還有妳這麼做的原因是……」k頓了一下，好讓接著提出的問題清楚。

「妳懷疑李博士和劉明勳失蹤案有關？妳認為他是共犯嗎？」

38

Sharon 手上玩著一個大銀幣，上面有老鷹的圖案，印象中，應該是美國的錢幣，但不知道是五十分還是多少。

「以前我在美國上過一門課，講師是ＦＢＩ的顧問，他教你如何從對方的眼神表情判斷他的企圖。」Sharon 緩緩地說。

「妳怎麼會去受這種訓練？」k問。

「因為我練空手道，對戰時很多時候不是在比技術本身，而是解讀比賽，解讀對手的意圖，你早一步意識到這個衝擊是佯攻，後面接上的迴旋踢才是真正的攻勢，那你就多一點機會閃躲，並且創造反擊。」

k從沒忘記 Sharon 是空手道黑帶的世界級選手，但沒想到當一個運動員，還會接受運動心理學相關的訓練，難怪美國前五百大企業的執行長幾乎都有運動員背景，因為他們從小就得不斷地解讀比賽，並且提出對策，當面對商業世界時，那些養成經驗可能比許多商學院課程來的有實戰價值。

「好酷喔，那妳解讀的結果是……」k好奇地問。

「李博士他關注億載集團的環境問題，周邊的環境團體成員，他可能也有所認識，但他應該沒有參與綁架案。」

「妳怎麼知道？」

「他的反應很冷靜，比較像是把他知道的資訊完全提供出來，不帶個人情感，因為沒有什麼好隱瞞的，還有……」Sharon 表情像在回想，「他後來倒水時，手沒有抖，沒有任何晃動，當我大聲嗆他的時候，他並沒有任何情感動搖。」

「對，妳那時超大聲的，我都嚇到了，你們是不是比賽時都要叫很大聲？」

「那個叫做喊聲，因為力量從丹田出來，才有力道。」

「難怪，真的超大聲的，但李博士都沒被嚇到，我還在想他是不是機器人。我猜，李博士是同情那個地區的人，他應該是在研究過程裡，心被打動。」

「所以你也就知道，為什麼我們基金會要做更多，畢竟我們的母體企業，真的有一些不太OK的部分。不過，現在換我想請教你，接著你要怎麼做？」

「我剛有傳訊給一個該知道的人，應該等等他就會來找我們了。」

「誰？」

「鄭警官。」

「喔。」Sharon 一副不滿意的樣子，「你知道，我不是那麼信任警方……」

「為什麼？」

「沒有為什麼，難道你很信任他們嗎？」

「也不是啦，我覺得他們的素質很高，雖然是在體制裡，但裡面也有一些好人，也有聰明人，而且我又沒有公權力，很多要調查的還是要回到他們身上呀。」

「我知道，可是……」

「可是什麼？」k立刻追問，這是讓Sharon把狀況說清楚的機會。

「可是，劉典瑞說不定跟警方有一些關係？」

果然，藉由Sharon的口，似乎這部分許多人都有疑慮。

「這部分，我覺得還好，在尋找劉明勳這件事上，目前警方跟我們的方向是接近的，至少算是同向的。而且我猜，刑事局長也是個老狐狸，很懂政治，他不會隨便把自己的個人職業生涯壓在一個可能的犯罪事件上，那風險太大了。欸！我有跟你說嗎？調查局的正在調查劉典瑞在億載工安事件裡的角色，我覺得，我要是刑事局長，現在一定是最要小心謹慎的時候。」

Sharon臉上的表情，就是個不置可否，似乎在想其他對策。

k看著她思索的樣子，覺得真是好看，充滿了知性，要是事件解決了，一定要問她要不要幫偏鄉的孩子拍個影片，一定可以讓更多人看到議題，現在人們都想看到故事，而故事需要好的人物來說。

「我的想法是，劉明勳現在生死未卜，我還是希望他有機會，所以要是可以早一步找出那個共犯或者黃太太，那就多點機會，可是找人，這應該是要靠公機關的力量比較快。」k繼續說：「其他，就當作是為了達到這個目的，必須要忍受的困擾吧。」k慢慢地結尾。不過，要是他知道後來會遇到的事，一定不會說得這樣志得意滿的。

Sharon嘆了一口氣說道：「好吧，隨便你，但我不想碰到警察，至少不是主動去，我要回基金會了，你慢慢等那個鄭警官。不過，我提醒你，萬事小心，不是每個人都像你想得那麼好，也不是每個人都像你想得那麼清楚。」

真的，後來，都印證了。

k看Sharon在校園裡遠去的背影，其實看起來跟一般大學生也沒兩樣，看看手錶，已經中午了，不然去大學的餐廳吃飯吧。

幾次去不同的城市玩，k都會找當地大學的學生餐廳吃飯，像東京大學、早稻田大學、武藏野藝術大學，雖然都在東京都內，但是，風格就都很不一樣，而且學生餐廳的東西，雖然不會超好吃，但通常也不會太難吃，因為太難吃的話，大學生們馬上就會反映，很快就會得到改善的。

最重要的是，學生餐廳裡通常會有很多海報，當下校園裡的議題、演講、展覽，幾乎都可以看到，這是得到當下時代生活情報最快速的方法。

做廣告的，很多時候，說話對象都是大學生年紀上下五歲的人，要是你都不去靠近他們，甚至整天把自己關在辦公室裡，那怎麼可能了解他們呢？

剛愎自用，以為自己年輕過，就不去理解年輕人，那才是這職業最大的威脅。

就算是一起生活在這個城市，你不靠近，就無法知道對方的苦痛和擔憂。

走在滿是綠樹的大道上，他們有的臉上有愁容，快速踩踏著腳踏車，似乎趕著要到下個地方去，有的面無表情，背著背包思索著事情，眼光發散，當然更多的是堆著笑和同學聊著天，開心恣意綻放青春。

k漫步走著，卻突然意識到，眼前沒有幾個學生戴上口罩，所以自己才看得見他們臉上的表情。

k打開APP再查看一次，現在台北的空氣還可以，AQI四十九，但整個中部以南，全都是紅色，到一百多。

簡直一個台灣兩個世界。

k點了碗麵，端著托盤，找了個位置坐下，一旁的學生們，大概有一半的人在聊天，另一半在看手機。

說年輕人只會滑手機，其實也不公平，看手機的年輕人，其實也是在探索世界，跟世界溝通，那是他們的生命方式，因為他們出生就是純網路住民，人生中的網路經驗是百分之百，在識字前就已經會上網了。

最可怕的是，所謂的大人們。

大人們的人生習慣裡，知識大量的來自書本，而使用網路的生命長度大約二十多年，充其量只有人生的百分之五十，甚至更少。

可是當大人現在不看書，那就立刻比一般年輕人少了百分之五十的資訊接收可能了。

這也是為什麼比起不看書的年輕人，不看書的大人更加可怕，因為年輕人至少會從網路上得到各種知識，而且他們嫻熟於接收不同的管道，而大人們卻只有習慣、狹窄且單調的少數幾種媒體，於是不對稱的資訊風險便會集中在大人們身上。

而大人們又正好掌握世界的資源分配方式，這真是個當代的大麻煩。

旁邊的同學，一邊吃著飯，一邊自在地說著老師的閒話和同學的壞話，或者兩項對調也可以，老師的壞話和同學的閒話。

聽著聽著，讓k覺得很輕鬆舒服，每個年紀都有自己的煩惱，有些在那當下真的巨大到不行，但事過境遷後，又覺得其實，甜蜜的可以。

突然間，想起黃同學，那個十八歲就肺腺癌過世的孩子，他是不是就沒有機會去想要填哪間學校哪個科系了，是不是就沒有機會，像眼前的這些大學生，擔心著學分，在意著戀愛，考慮著要不要表白，苦惱著要不要 say byebye 分手？

低頭，看到桌下自己的腳，想起早上跑步留下微微的酸痛感，還在小腿上。

想著黃同學，是不是就不能像自己一樣跑步，想著要不要放棄回家洗澡了，想著再跑一公里就好，想著不必跑很快，只要把今天的五公里跑完就好？

青春很麻煩，但沒有了青春，會不會也太慘？

39

看著窗外的綠意，各種不同的綠，校園裡，滿是樹木，配上乾淨的藍天，讓人覺得有種平和感。

你知道SDGs嗎？

k想起，有一次和一家廣告代理商合作，要去爭取一個極大的企業品牌形象廣告，這個企業的基金會平常投身公益，同時有好幾個跟兒童有關的活動項目持續在推動著。

k的角色比較特別，不算是廣告代理商，比較像是外部人員，所以他提出的意見比較不是從傳統廣告代理商的策略分析推導而來，而是從整個大環境趨勢，加上觀察這個企業過去幾年的傳播走向，他建議原本的企業形象主軸改成談企業的SDGs，也就是 Sustainable Development Goals——永續發展目標。

二〇一五年，由聯合國提出，共有十七項目標，做為世界各國和各個企業努力的目標，主要是為了讓這個地球有機會繼續，而不致滅亡，包括終結貧窮、終結肌餓、健全生活品質、優質教育、性別平權、潔淨水資源、人人可負擔的永續能源、良好工作及經濟成長、工業化創新及基礎建設、消弭不平等、永續城鄉、負責任的生產消費循環、氣候變遷對策、海洋生態、陸域生態、公平正義與和平、全球夥伴關係。

只是廣告代理商裡的策略夥伴有點擔心，覺得這些都是相對屬於公益範圍，比較不是企業的業務，而且企業去談自己做SDGs感覺是在自誇，也像在尋求回報。

k的想法有點不同，理由很簡單，這品牌的企業形象片，已經是在做SDGs。探討偏鄉小學的小運動員如何克服困難，面對自己家庭的不完整，但定睛在自己可以做的事情上努力地練習，無血緣的孩子彼此可以是家人互相依靠，也可以依靠教練，球隊成了孩子真正的家。最重要的是，現代的消費者不在乎企業的商品功能，比較在乎的是企業為我的世界改善了什麼。

SDGs本來就是聯合國提出希望各會員國以及世界各企業能夠努力的目標，當你講出你的目標是這樣，是有意義的，人們就算不加入你，至少會認同你。

你就算提出來，也沒有人會覺得你自滿，因為你根本無法完全解決其中任何一項，你只是在路上，參與其中，所以應該不至於會有自誇的問題，除非你講得很滿。

k在會議上慷慨激昂地講著，就是希望人們知道改善環境，永續發展不只是一件好事，而是一件對你自己也有好處的事，那種傳統只講付出不求回報的慈善事業，是窄化的，而且讓許多慈善變成只有錢人可以做的消遣，人們會覺得沒有任何好處，要等到自己有經濟餘裕後再說，但事實上，任何事都只有每個人都參與，才有機會改變，應該要讓人們知道利人利己，才是真正的樣貌。

而且是現在就要去做，不是等到以後，因為沒有以後，以後只是個藉口，力量大的做多一點，時間少的做少一點，不應該有人置身事外，留給以後的自己。

k心想，也許 Sharon 他們基金會，某種程度也在做一樣的事，就是努力地做社會公益，好改善人類的環境，雖然母企業因為業務的關係侵害了環境，但就如同碳足跡一樣，是有機會盡量中和的。只是人命跟碳足跡不一樣，失去了，就回不來了。

若以贖罪的概念來想的話，可能也有點太過單純，但或許由劉明勳的妻子李恭慈和 Sharon 主導的基金會，至少不是那麼認同空氣汙染所造成的惡果。

經濟和環保的拉扯本來就很困難，也不會是一天兩天就能解決的。那目前疑雲重重的爆炸案，說不定是國外的環保團體主導的恐怖攻擊。也不是沒有這種可能。

而當空汙受害者家屬找上大企業，怎麼看，都是力有未逮，處於談判的下風，難怪會有疑似綁架案的出現，這應該就是人家說窮途末路、狗急跳牆的下下策吧。

只是這難題，目前的事態是有點難收拾了，當綁匪死亡，很可能被害人也已經遇害，就算有其他共犯，也只會在發現拿不到什麼好處後，驚慌地消聲匿跡。

k其實有點為難，要是沒有淌入這渾水，應該心情不會這麼鬱悶吧。

因為雖然看似別人家的事，多少都會看到自己的影子。

自己從事的行業也是高耗能的產業，耗費的資源也不少，不管是金錢或者能源，甚至是年輕人的時間，熬夜加班過勞，都是這業界常有且目前無解的問題。自己還待在這產業，是因為覺得要是自己不在這位置上，還是有許多行銷資源被大量地浪費，那還不如拿來做些跟人類永續有關的作品。

每個廣告的行銷期間，都要用到許多工具，可是最後達成的效果，不只有限，甚至很多時候是無人聞問。

若是廣告真的很有效的狀況時，又不免會有幫助大型財團大賺庶民百姓錢的嫌疑，心中也有些不安。

k想出的方法是，讓財團企業們做跟公共利益有關的主張訴求，好倡議對人們有意義的價值觀，雖然一開始不知道有多少效果，但總比講買一送一好。

目前結果也還算差強人意，一來人們因此接收到提醒並且願意關注社會議題，另一個是對企業的好感度也增加許多，不再把企業廣告當做無物，也少些對企業的仇恨。

就是一種如果自己不做這個，那別人做可能更加徒然浪費的心情。

用這種方式說服自己，也是一種生存方式吧。

跟Sharon分開後，k一直在想劉明勳若是死亡的話，到底對這世界有怎樣的影響？

如果黃明文是凶手，但因為已經身亡，所以最後會是不起訴。而黃太太若是共犯，那會被通緝，成為一個喪夫喪子的通緝犯。

那億載集團呢？應該就是叔父劉典瑞會完全掌權吧。

那麼億載集團應該就只會依照舊的營利方式，不會有任何往環境保護方向修正挪移的可能。那對台灣其他人來說，是個壞消息。

至少對於k來說就是，因為空汙就沒得跑步。

等一下，若照這樣想，劉明勳死亡，最大的受益者會是劉典瑞呀，他可以完全掌控億載集團，未來企業就會照他的意志，繼續發展缺乏環境觀念但高獲利的經營模式。

而且黃太太說黃明文只是要去找劉明勳談，並不確定劉明勳是被黃明文帶走，若是這一切都是劉典瑞規劃操盤的，那黃明文說不定也只是個誤入的插曲。

不，說不定，連黃明文的死都會被劉典瑞拿來利用的，這樣案子就會以兇手已死亡而結案，不會追查到他身上。

那如果這樣，他之前為什麼還要找k探問劉明勳的下落，還是他只是想要掌握k的進度？

對，因為k是突然冒出來的，並不在他的計畫裡，k因為買鋼筆才意外捲入。他可以掌握警方的進度，但不清楚k這個程咬金到底會捅出些什麼來。

k走出校園，車流量不小，是首善之都尋常的下午。

天龍國的人們，在乎天空嗎？是不是覺得天空碧藍無塵，是理所當然的，無需珍惜？

迎面一臺警車，緩緩靠近，停下。

k心想著，若真的警方和劉典瑞有檯面下的合作，那，還要過去嗎？

40

車窗玻璃搖下來，是鄭警官，他從後面乘客座往外揮手，看到k就微笑，「導演，我們來接你囉！」一邊正往車裡讓位要給k坐。

「我剛想到還有事，我想說我知道的，都在簡訊裡跟你們說了，應該不需要我了吧！」k想要找方式搪塞過去。

鄭警官笑一笑說：「哦，導演還有什麼事嗎？應該一下子就好，我跟你說，是局長要找你。」

靠！還真的是那個像暴力犯的刑事局長，要說警方有誰跟劉典瑞有掛勾的，一定是他，還真的是他要找k。

k考慮著要不要上車，他站在車旁說話，遲遲不肯上車，逼得鄭警官只好下車來。

「局長說，不管怎樣都要把你請進去，說你太厲害了，竟然找到黃先生的太太，應該說，我們現在才知道那個男屍是黃明文，我跟你說，要是你是警察，記一大功一定跑不了啦。」

「可是我又不是警察。」

「好啦，那你算是幫我立大功，快，上車啦，局長什麼都好，就是耐性不好。」鄭警官一臉微笑，「我今天有帶一支冠軍豆哦，衣索比亞的牡丹，香氣很特別，日晒的，你要不要試試看？說要用攝氏九十五度沖。」

「喔，好啦，但不能太久，我晚點有事。」k不知為何聽到咖啡，身體就自己移動了，上車時瞄到前座，是個年輕的男警察，身上穿著制服。

「我跟你說，上次那位法醫也很想喝這支豆子，叫我去找他喝，我說，不要好了，每次找他就是有人要解剖，感覺不好，好像這咖啡就得配命案。我叫他下午有空過來，一起喝。」

鄭警官感覺上聊咖啡多過聊案件，真是個奇妙的人，很少遇見這樣的高階警官。

車子緩緩往前開，駕駛的技術很好，感覺不太出油門的收放。

「不過，我有個小小的提醒，刑事局長有點，嗯，怎麼說呢？不太高興。」鄭警官表情帶著點莫測高深的笑容。

他似乎在字彙庫裡搜尋了一下，繼續講：「應該說，因為這個線索是由你這邊找到，他把我們罵了一頓，我們今天整個早上人仰馬翻，趕快調人口資料卡，要搞清楚這個黃明文和他老婆陳淑淨的背景，忙死了。比較可惜的是，你讓她離開了。」

「我哪有讓她離開，是她不告而別，而且拜託，我又不是警察，我憑什麼限制人家自由，人家老公過世，很可憐耶！」

「對啦，對啦。不過局長一定不會這樣想嘛，他一定會說犯罪嫌疑人就這樣消失在我們眼前，雖然我心裡想說，我們根本就不知道這號人物，要不是你，我們現在還在想辦法查那無名屍。」

「我覺得很奇怪，你們為什麼沒有辦法從屍體找出個人資料？不是可以從指紋認嗎？」

「他要是沒有犯罪過，在我們的指紋資料就不會有紀錄，應該就無法比對到。」

「喔，原來是這樣，不過，我不覺得黃太太是犯罪嫌疑人耶，她說她先生要去找劉明動談，後來就沒有再跟她聯絡了，她也不知道到底發生什麼事！」

「導演，我跟你說，你待會兒這句話少一點在局長面前講，他會說，要是都聽罪犯的，那我們還來幹嘛。你知道，從現在的狀況來看，就是綁架案主謀死亡，被害人不確定下落，共犯畏罪逃逸。」

k心想也太斬釘截鐵了吧，不過，也許從警察的角度，在偵辦案件時，就不能隨便放過一點不法的線索，否則之後可能會有被檢討的可能。

車行流暢快速，一下子就到了刑事警察局，車子在大門口停下。

「來，我們這邊下車，上去比較快。」鄭警官催促著k。

k走進大樓時，想到小時候看到警察就怕，現在竟然那麼常跟警察打交道，這實在是太怪異了。

「你等一下忍耐一點，局長吃軟不吃硬，你好好跟他說，我們這個會才開得快，不然，他那個開關一打開，有時候，停不下來。」鄭警官一邊按電梯一邊說。

「什麼開關？」

「bark!」

「爸？」

「不是啦，bark，英文啦，吠叫。」

k哈哈大笑，笑到電梯都有點晃動了，「你好幽默。」

「沒有啦，這是我們的暗號，局長英文不好不會聽懂。」鄭警官緊跟著說：「要到了，不能笑了哦，一定要外表嚴肅內心輕鬆，局長最討厭人家嘻皮笑臉的。」

出電梯後，左轉走廊幾步後，是個大會議室，還沒走到，就可以聽到刑事局長的聲音：「誰說那個導演已經來的，到底你們掌握狀況的能力怎麼會那麼差？」

感覺上，BARK的開關已經被開啟了呀。

走在鄭警官身後，k發現他的白頭髮也不少，只是剛好都在後面，應該是平常花不少腦力吧，還要面對有情緒管理障礙的上司，實在也挺辛苦的。但這是他的工作呀，又不是自己的工作，幹嘛自己現在要出現在這啦。想一想就想烙跑。

「記住，忍耐。」進門前，鄭警官頭沒有回地冒出這句話，音量剛好只有k聽得到。

不過，到底是不是跟k說的？說不定是在跟他自己說呢。

很多上班族要進去會議室跟老闆開會時，也會這樣自我加油打氣。

「報告局長，導演來了。」

「哎呦，導演你好呀。」局長坐在會議室裡的大長桌中段，一看到k突然堆起笑容，一掃之前囟神惡煞罵人的樣子，但是他的笑，看起來更恐怖。真的就是恐怖片，你知道那種很囟惡的人對你淡淡一笑的樣子吧？很駭人！

「局長，你好。」k壓低姿態，乖巧地問好。

「導演，你真好呀，搶了我們的風頭，竟然查出那具無名屍是誰，還和犯罪嫌疑人聯絡，你知道嗎？要是別人這樣，我早就辦了！」停了一下後，局長突然大吼：「包庇人犯！」

最後一句，簡直是用吼的，現場警官們紛紛低下頭。

「報告局長，你言重了，我是運氣好啦，而且我沒有跟別人說，馬上就通知你們了呀，因為只有你們的專業，才能進一步釐清案情，我身為一個小市民，只是盡我的義務而已，我更不敢窩藏人犯，因為我不確定對方有沒有犯罪事實，只是聽她說，沒想到，被她給走了，不過，我也沒有能力限制她啊，我只是……」

局長立刻搶斷，「小市民？你真會說，我們檢察總長可不是這樣說的，他說多虧有你，案情才有點眉目，還要我們跟你多多學習。」

原來是檢察總長也知道了，可能也小小的噹了下刑事局長，讓他現在那麼不爽。k想一想，還是不要回話好了，這段話本來就不是需要回的。

這是多年來在和企業的會議裡學習到的，並不是每句話都要回應，就跟打者面對壞球不必出棒一樣，要懂得選球啊，有時候光只是選球都可以上壘。

「不過，我也不是說你不對，熱心公益關心案情，也是好公民的表現，只是拜託，你下次去，可不可以從我們這邊挑一兩個像樣的跟你去，不然我很沒面子耶。你知道今天早上要國安彙報，幸好我收到鄭警官的訊息，會議上還可以講個兩句，不然一直沒進展，我坐在那也很糗。」

k看鄭警官臉上笑笑的，應該是意識到警報解除了。

「所以還是謝謝你啦，有了嫌犯身分，我們往下走，就會很快，讓你看看我們台灣警察的實力。」說到這，刑事局長那張宛如鬥牛犬的臉，又露出嚇人的微笑。

「然後，你們其他人，給我用力查，不要讓業餘的看我們笑話，我們的訓練在全亞洲也都數一數二。」鬥牛犬突然又變成咆哮的臉，看著幾位會議桌上低頭的警察，大聲的BARK。

「另外，那個鄭警官……」局長轉頭，看向k身旁的鄭警官。

「報告，是。」鄭警官立刻雙腳一靠，立正站好，雙眼定定看著局長。

「我給你個任務，等一下，請導演喝杯好咖啡，算我的。然後，之後，麻煩你跟著他，每天請他喝好咖啡之外，也請你趕快幫忙把案情釐清，這是這個月最重要的案子了。」

「是，局長。」鄭警官點了個十五度的頭。

局長又看向k，銳利的眼神，像狗緊盯著食物。「導演，如果你覺得黃太太沒有涉案，那你就幫忙把她找出來，證明她沒罪，我們是講求證據的，把案子弄個水落石出，才是真的幫她。」

「導演，麻煩了，不過我看你好像也不太怕麻煩。」刑事局長說完起身，跨大步從k身邊走過，離開會議室。

他有力的步伐，濃重的呼吸聲，搭配兩倍於k的身體厚度，就是隻放大版的鬥牛犬呀，k趕緊點頭致意，不敢多說什麼。

k想起上次聽說，局長以前是柔道選手，拿過全國冠軍，還代表台灣出國比賽，拿了兩個金牌。

他的耳朵是扁型的，應該就是人家說的柔道耳，因為長年練習，耳朵在地板上被壓迫變形。這種運動員出身的，你千萬不要懷疑他們的意志力，他們可以忍受場下經年累月千篇一律不為人知的練習，還有不斷累積的身體疼痛，更不要懷疑他們的腦力，能夠應付場上層出不窮改變的戰況，沒有一個運動員會是笨蛋。

只是，辛苦的是，當這種人當上你的主管時，你一定得達成他的目標。

因為他一輩子都在達成目標。

在他眼裡，你也只是他的目標之一。

41

「那我先走了喔。」k看刑事局長的身影消失在電梯，馬上回頭跟鄭警官說。

「你要去哪裡？局長叫我請你喝咖啡呀，而且我們要找黃太太，等等中部地區的聯合打擊犯罪小組就會回報新的情資了，還有法醫也要來喝咖啡呀。」鄭警官很懂k會被什麼引誘，咖啡香，還有充滿人生故事的法醫。

不過今天不行，「那你等那個情資呀，我要去準備東西，晚上有讀書會。」k邊說邊緩緩往門外移動，一出門後就加速逃逸，眼看著再幾步就可以抵達電梯。

沒想到，鄭警官腳程奇快，馬上跟上來。「讀書會不錯，我也可以一起參加，免得人家以為我們警察不讀書。」

k來回按了幾下電梯按鈕，奇怪，就是這種時候，電梯都會特別慢。

「我是要講推理小說耶，你應該沒興趣吧，職業倦怠。」k仍試圖要甩掉鄭警官。

「不瞞你說，我也是推理小說迷。」電梯門打開，鄭警官示意k先進去，動作優雅，彷彿都已經排練好的流暢。

殯儀館上方，藍天白雲。

晚上的讀書會在個書店，附近是殯儀館。傍晚四點多，天空還亮著，跟中部地區不一樣，天空是乾淨的。

k望著窗外，覺得好諷刺，死去的人們，不再需要擔心空氣品質，卻有藍天白雲，而活著的人，被迫得在霧霾裡吸氣吐氣。

鄭警官一直在落地窗外講電話，不過眼睛倒是從沒離開在裡頭的k身上，想必他不想重蹈k的覆轍，隨便讓人給走掉。

k在書店一樓的咖啡館，奮力地和眼前的文字搏鬥著，每次整理東西，都是一場戰鬥，只是平常習慣私密獨自工作的自己，第一次遇到旁邊一直有人緊盯著。

鄭警官發現k正望著他，還揮揮手，繼續講著電話，透過玻璃，像一種默劇表演。仔細想，原來以前舊時代那種被監控，就是這種感覺呀。

他讓你看著他在看著你。

這算是種怪異的迴文嗎？

k低頭準備著晚上的讀書會，其實比較像是把之前看書時心裡的感受給記下來，松本清張的《日本之黑霧》，一開始的設定十分離奇，國鐵總裁被發現輾斃在鐵道上，等到讀下去才發現談的全是真實案件，不是虛構的小說情節，當下馬上全身不寒而慄，那種巨大的組織，在處理渺小的個體時，竟可以如此殘虐，且詭異的讓人不敢多加談論。

傳統的犯罪案件，總是會想要多加隱瞞，不讓人知曉，可是也有種犯罪，是刻意張揚，就是讓人們覺得很怪異，並且因此害怕得不敢直視，好遂行他壓迫的目的。

身為一個小小的讀者，看到同樣也只是一個孤單的作者，敢於揭發或者對話這樣的巨大議題，你真的會感到佩服，就是個雞蛋呀，怎麼敢去抗衡高大堅固難以撼動的巨牆呢？

當晚，沒想到，鄭警官居然就一路陪著k，進行讀書會。k原本以為他會起身發言，討論警方辦案方式，沒想到，他就只是一整晚微笑，聽其他人發表想法，直到結束。

九點半，k和最後一位讀書會參與成員聊完，k看到，從大廳深處，鄭警官緩緩走近，整個晚上，不發一語的他，臉上似乎有些疲累，還有些情緒，只是埋在雲霧裡，不太容易判讀。

「導演，很精采。」

「謝謝。」

「你明天行程如何？」

「我，喔，你等一下，我看一下。」

k打開手機裡的網路硬碟，可以看到自己的總表，不同案子區分欄位的，好處是方便其他案子的負責監製好填入各種工作行程，避免會議衝突，算是網路時代的一種便利，壞處是，自己的行蹤被看光光。

因此k自己加了一個欄位，寫著私人行程，好隨時填入自己個人想做的活動。

「明天還好，沒有會議。」

「那我們下去台中一趟，有黃太太的地址了。」

「你是說他們家？」

「對。」

「她會在那邊嗎？」k心想，黃太太現在應該不想被人找到吧，不然很早就會出面來認黃明文了。

「轄區的去看過，在門口喊，好像沒人。不過就算她不在，我想說也可以看看有什麼線索。」

「可是，我們可以隨便進去嗎？」

「不行，所以我們今天都在請檢察官申請搜索票，剛確定拿到了。」

「可以你們去就好嗎？我有點累。」

「沒問題啊，我是想說，說不定你會有興趣，你不是覺得黃太太應該沒有涉入？」

「嗯。」

「沒關係，我等等請同事送你回家，你想到什麼再跟我說。」

「喔，沒關係，我自己回家就可以了。」沒想到，鄭警官這麼容易就鬆口，k有點訝異。

「好，那我先走了，辛苦啦，還有我也認同國家機器有時太過巨大，沒有看見個人的感受。」鄭警官轉身離去時，留下這段話，似乎在替一整天做總結。

返家的路上，夜色清清淡淡的，整個城市都有一種筋疲力盡後的安定感，彷彿無力前行，無處可去。

k到家後，突然感到一種疲憊後的好精神，反而有點無法立刻休息，找了Mils Davis的Flamenco Sketches，多麼適合深夜。

靜靜的，小喇叭的音色像水一般流過，心裡的不痛快，開始湧出來。

k開了支紅酒，塞上貓頭鷹造型的紅酒塞，避免自己忍不住一個晚上就喝掉，那有點太多，今天已經太多了，太多情緒。

想起黃太太就覺得人真的很無奈，身為尋常百姓，你不能選擇你的出身，你無力去和巨大財團抗衡，當你所在的縣市，是全國最窮的縣時，你的選擇變少了，周圍人們的選擇必然會以經濟為優先，而人命就被放在後面一點的順序考慮了。

不，如果照建廠當時的說法，那本來會是一個很乾淨的工廠，比許多人家裡的廚房還乾淨的，至少當時億載集團是這樣宣告的，才會有許多縣民開心地去歡迎。

也許，後來發生的，並不如人們所預期。

也許就連財團本身，也不清楚自己到底做了什麼。

k猜，這大概也是劉明勳會去黃家探望的原因，那是贖罪吧。在贖罪前搞清楚自己到底犯了什麼罪。

還有Sharon時不時臉上會浮現一種異樣的表情，就是一種無能為力、感到抱歉的表情。

k記得有一次也看到過，在一場足球比賽裡，一個新成立的小學球隊被另個全國強隊海灌了十分，幾個小朋友在又被攻門破網後，聚在一起哭了。

而一個媽媽也哭了，雖然她是坐在強隊的加油區，雖然她是領先隊伍的家長，但沒有人會想看到弱者被欺負得那麼慘，毫無反抗能力。

那不是運動最美好的部分。

k同樣坐在領先隊伍裡，來看朋友的孩子踢球，k完全理解這位媽媽心裡的不捨。

而那至少還是場公平的比賽，可是就現代貧富差距如此激烈懸殊的狀態，個人與財團，那個量體的差距實在太大。

而財團中的個人，如Sharon，只怕就會有更多像那位媽媽一樣的心情。

如果她跟一般人一樣，是個人的話。

現在警方應該很急著想要從黃太太那邊去找出劉明勳可能的下落，k當然也理解，只是就會覺得好像不該逼她逼得太緊。

雖然這樣可能有另一個風險。

k想過，如果自己是黃太太，現在會怎樣。

不怎麼樣。

不能怎麼樣。

你只能接受，你不能跟任何人再討求什麼。

她會自殺嗎？拜託，不要。

能求的也許，頂多是黃明文的名聲吧，洗刷掉綁架案嫌犯的惡名。

不過，要是自己，就也不太在乎了，都家破人亡了，不是嗎？

那個劉典瑞現在擔心股價一直下跌，因為劉明勳的下落不明，影響了股市，聽個財經分析的朋友說過，任何消息都是好消息，都可以讓人有股票操作的題材。

唯一的壞消息，是混沌不明。

劉典瑞大概現在也急著想讓這事件落幕吧，不管他自己是不是就是幕後黑手，一定很希望趕快給大眾一個答案，好讓他可以好好處理集團事務。

如果照這樣子想，那他的方向，跟警方也是一樣的，就是找出真相。或者說，是讓大家接受他所要的答案。

劉明勳被黃明文綁架，黃明文意外身亡，全案不起訴。所以很可能，這幾天，就會出現劉明勳的屍體？並且是在一個無法追查任何痕跡的狀態。

算了。

不管了，這個爛事情，希望趕快落幕。

每個家庭都無奈，每個人都苦得要命，也許整個事件裡，每個人都落到負數那一邊。

唯一是正數的，在增加的，是PM2.5。

k想著明天要什麼都不做，好好在家，喘息，呼吸新鮮空氣。

沒想到，隔天，k還是下去中部了。

42

高鐵上，k望向窗外快速往後飛逝的山林，天空從藍色越變越濁，山色也從翠綠，色彩越來越少，直到完全進入雲霧般的深灰，就到中部了。

簡直像電腦上調色用的灰階，越往中部，色調越重。

比起前幾天下來，似乎更灰了。心情也跟那灰階一樣，越來越重。

「黃太太的遺體被發現在家中。」

拜託不要。

一夜惡夢，可能是睡前想到黃太太可能尋短，夢裡就一直出現她嬌小瘦弱的身軀，躺在法醫的解剖臺上，鄭警官轉過身來，笑著說：「都是你害的，要喝咖啡嗎？」

就這樣驚醒後又睡去，來來回回，睡不成眠。

起床後，看到手機上有個訊息通知，來自鄭警官，打開前，k心裡一直祈禱，千萬不要是發現了黃太太，而且千萬不要是遺體。

打開看，幸好，不是。

大意是，警方發現黃家空無一人，但有些疑點，希望k也到現場幫忙看看，協助調查。發現黃太太沒事，不，應該說暫時沒有壞消息，k鬆了好大一口氣。也許是想到，要是黃太太也走了，而且是永遠的走了，離開人世，自己多少也有點責任，沒有把她留住，尋求心理諮詢的幫助。

不知為何，k突然想去看看黃家，也許看看孩子的房間，也許看看這個曾經一家和樂的地方，是怎麼變成這樣的，也許，還可以找到黃太太的下落，試著幫上一點忙。

k答應了。

於是鄭警官要前一天載k去刑事局的陳警官，和k相約在高鐵站，一同南下。昨天k在車後座看不清對方五官，今天才看清楚陳警官長相，是位長相斯文、戴無框眼鏡的年輕警察，沉默寡言，只說了句「我是陳警官，這邊請。」正合k的心情，不想和陌生人多說話。

上車前，在月臺，k傳了個訊息給 Sharon，說自己今天會到雲林黃家去。也不知道為什麼要跟她報備，也許是因為跟國家機器打交道，總希望世界上還有一個人知道自己的下落。

車子開出後，前十分鐘都還在地下，暗黑中，記得以前讀過一個小說《羊毛記》，因為沙塵暴太過嚴重，人們只好轉而住到地下，住在地下一百層的地堡中，k心想，也許一百多年後的帝寶，就長那樣。

從地底穿出後，窗外的風景，陽光灑入，但霧霾迷濛，像加上了濾鏡，又藍又灰的，跟心情一樣，說不上漂亮，但看不清楚真相。

要是連台北的空氣都這樣，中部一定更誇張。

鬱悶。

「你會想說，原來他們是這樣在欺負我們這些渺小的人，那我們那麼認真努力工作，到頭來只是幫人累積財富，幫自己被剝奪，幫自己拉大差距。」昨晚有位年長近五十歲上下的讀者在讀書會上說。

當下k也只能靜靜地聽著，答不出話。

「雲林站到了，到雲林站的旅客請準備下車。」打斷思緒的，是聽起來禮貌但有距離感的提醒話語，簡直就是我們在社會裡的樣態展現，我很有禮貌，但我其實不在乎你死活。

寬闊的田地，蒼茫的空氣，出了太陽，但太陽又被雲霧籠罩，放不出迷人光芒，一切都霧霧的。一種壓抑。

一部警車，已經在出口等候，k跟著陳警官，坐進車後座。

這種配發的警車，雖然不是什麼名牌，不過，多數都整理得很乾淨，應該也算是勤務中的一部分，台灣的警察水準在設備維護、內務整理上都很不錯。

路上無言，陳警官大概是也沒有被上級允許提供資訊給k，k乾脆專注地看窗外的變化。台灣這麼小，卻沒有來過雲林幾次，更別提是這個鄉了。不過，道路兩旁的風光，和宜蘭縣真的沒有太多差別，農田、散落的民戶、店家和兩線的縣道，大概台灣許多縣的鄉鎮都很相像吧。

終於到了，是個外觀看來大概二十多年的獨棟單層平房，水泥構築的，毫不起眼，跟旁邊的建築幾乎都是一樣風格，感覺上就是大概同個時期的產物。

外頭兩部有標示的警車，三、四個鄰居聚在稍遠的地方，望向這邊，交頭接耳著。

k跟著表明身分的陳警官走進去後，發現客廳裡有藤椅、略長的木桌占去了客廳的一半、木製的長沙發椅，桌上還有支已經氧化的鐵製茶壺。旁邊是整套泡茶器具，看來有段時間沒用了，上面有些灰塵，不厚。但大概很久沒見到主人了。

「導演，你來了，不好意思，辛苦你。」鄭警官從客廳深處暗黑的長廊走過來，他頭上戴著像浴帽的東西，聲音有點疲倦。k突然有種荒謬的感覺，好像鄭警官剛從浴室洗澡出來。

「不會，你們比較辛苦，有發現什麼嗎？」k問。

「感覺是好一段時間沒人住了，不過，你看……」鄭警官舉手示意，一位著鑑識人員字樣服裝的遞出一個證物袋，袋裡可以看到是個麵包的包裝，透明塑料，k伸手接過證物袋，看了一下。

「我們在廚房的垃圾桶找到的。」鄭警官補充說。

「保存期限到昨天，這種麵包保存時間都很短，大概兩三天而已，所以……」k抬頭看向鄭警官，「黃太太這兩天有回來？」

鄭警官點點頭回答：「鄰居說沒看到，不過，應該是吧，除非還有其他關係人住在這裡。」

「我裡面看一下。」k想看看黃家的生活痕跡，尤其是那個早逝的少年。

「好，但保險起見，還是要麻煩你。」鄭警官一揮手，旁邊的鑑識人員拿出鞋套、手套，還有個像浴帽的套子。

k接過來，「沒問題，我們拍片去參觀麵包工廠也要穿這樣。」

穿戴好後，沿著暗黑的走廊走進去，可以看到兩間房間，木板隔間，那種淡米色的夾板，大概也沒什麼隔音效果。

第一間應該是主臥室，黃先生黃太太的房間，一張雙人床，旁邊有個大的五斗櫃，舊式的梳妝臺。k探頭看一眼後，先退出來，想看孩子的房間。

第二間，房間很小，單人床，旁邊就是書桌臨著窗，牆上有些明星海報，k不認得，大概是韓國明星吧，進門的牆邊一個單人衣櫃，旁邊是個立鏡。立鏡後面靠牆有個長型的大紙箱和堆起來的雜物、旅行袋。

k走到書桌前，坐下，桌上收拾得很乾淨，最左側是一落課本，疊得很整齊。木頭書桌上面有些經年使用過的痕跡，右下角有卡通圖案的蓋章，應該是比較小的時候。左邊則有小刀刻過的字跡，有點扭曲，不太好讀，看了一會兒，應該是「黃信翔 飛翔」，一個愛心符號，「黃信翔」和「飛翔」之間，所以是「黃信翔愛飛翔」的意思？不想去翻他的抽屜，那應該是最起碼對個青少年的尊重吧。

k起身，再看一眼，房間不大，可是不知道哪裡讓他覺得怪怪的。

k走出房間，再到第一個房間，裡面的警察正好走出來，鄭警官在客廳講著電話，對象大概是刑事局長。

主臥室裡，看起來也是簡樸，五斗櫃上有幾張照片，大多是全家福。床鋪收拾得很乾淨，應該說，沒有什麼睡過的痕跡。枕頭棉被都沒有在床上，要嘛在櫃子裡，要嘛就是不在這個家了，黃太太說過，他們住到貨車上。

牆上有一些掛鉤，用的是傳統黏膠式的，看起來也有個十年左右的痕跡了，連上面的圖案都泛黃褪色。

k突然想到一件事，把門關上。試著躺上床。門後，也是同樣樣式的掛鉤，掛了三條獎牌。一個是那種圓形，兩個是梅花型的。

k躺在床上看，那金黃色，亮閃閃的，從床上看，很顯眼。跳下床過去看，到底是什麼？

冠軍，一〇四學年度，一千五百公尺男子組。

冠軍，一〇五學年度，三千公尺男子組。

冠軍，一〇七學年度，一萬公尺男子組。

看來，應該是兒子跑步比賽得名的，總不會是黃明文吧。這就是黃明文夫妻每天睡前看到的風景，孩子跑步的姿態。

k跳起身，跑向兒子房間，確認心裡的想法。再跑回爸媽房間，站在五斗櫃前，戴著手套的手，伸出，仔細看了看。

當他從房間走出，迎面看到鄭警官正站在黃家的大門口，仰頭望著外頭的天空，應該是剛跟局長講完電話，k過去就說：「我有個理論，要不要聽看看？」

「什麼？」

「來，我帶你去看。」

43

k先帶鄭警官到黃家爸媽房間，把門闔上，要他看門後的獎牌，「你看！」

「喔，我們剛剛沒看到，有這個啊。」鄭警官把那幾面獎牌拿起，端詳了一下，獎牌在塑膠手套上閃著光，很奇妙。

然後，k又開門，帶著鄭警官到兒子房間，「你覺得那裡怪怪的？」

鄭警官站在門口，朝房內看，「怪怪的？嗯……」

「你不覺得很奇怪嗎？床沒有置中啊，以這房間來說，就是床比較靠左邊，右邊空出來了。」

「喔，因為他旁邊有書桌呀。」

「可是，床是比較靠近書桌這一邊，也就是左邊，床的右邊空出一個很大的走道。」

平常拍片，常常需要從鏡頭裡去 check 畫面是否平衡，也就是左右有沒有標齊對正，因為在鏡頭裡會很明顯，很突兀，看的人會覺得怪怪的，但說不上來。

「我剛就在想，到底這個床和牆壁間為什麼會留一個這樣的大的走道？」k指著那空出的空間。

「為什麼？可能就比較好進出，好上床呀。」鄭警官隨口回，不是很懂k想說什麼。

「當然也有可能是這樣啦，可是左邊實在太擠了，床都已經快靠到書桌邊的椅子了，也太不平衡了吧。」

「嗯。」

「後來，我想到，應該是為了擺東西。」

「擺東西？可是沒有啊。」

k帶著鄭警官到床的右邊，蹲下，一看，地上有些灰塵，可以看出有一個長形的範圍，比起周圍，灰塵少了許多。

k指向立鏡的方向，鄭警官嘿咻一聲自床邊起身，「喔，你的意思是，這裡原來有擺東西，那是什麼東西？」

k走過去，指著立鏡後堆的那堆空盒和雜物，「鏡子？可是，大小不對啊。」

「是跑步機，那裡本來擺的是一臺跑步機。」

立鏡後那巨大的盒子，上面有跑步機的圖像，藍色的紙盒包裝上，一部黑色的跑步機，上面一個金髮碧眼的男子，一邊跑著，一邊露出燦爛的微笑。

k自己跑步時從來就沒有這樣燦笑過，都是喘得要死，且面目猙獰，才不會笑得這麼花枝亂顫呢。

k繼續說：「我猜，他兒子有跑步的習慣，你知道，有跑步習慣的，一天不跑會很不舒服，我是不知道他兒子罹癌後的生活方式，不過，因為空氣不好，有可能黃先生就買了臺跑步機，好讓兒子在家可以運動，不必去外面吸品質不佳的空氣，所以把床往左邊移，好讓跑步機有位置擺。」

鄭警官聽了直點頭，「可是跑步機呢？」

「對，我也在想，那跑步機呢？一般來說，有人往生後，家屬對於遺物可能會整批清理掉，避免睹物思人，看來黃家並沒有，他們把孩子的東西像課本那些，都留下來了，應該是捨不得。」

k停了一下，心裡有點難受，這麼年輕的孩子離開，白髮人送黑髮人真的很悲傷，「問題又回來了，所以孩子可能最後最常使用，也讓家人最記得的跑步機呢？」

k心裡想像著，小小房間裡，十幾歲的黃信翔，在跑步機上慢跑著喘著，而父母親不動聲色地從房門外偷看，偷聽著裡頭傳來的跑步機運轉聲和孩子的喘氣聲，譜成一條曲子，一段生命的終章。

「我不覺得他們會送人，別人可能也會覺得怪怪的用亡者的東西運動，因為黃信翔算是年輕早逝的，許多人會有忌諱，最重要的是，那是他們孩子最愛的運動，也可能是他們和孩子最重要的一個連結之一。跑步機，應該還是留在家裡，但我們沒看到。」

鄭警官點點頭，表示自己有跟上。

k繼續說：「不過，我倒是想到，家的延伸。你記得，黃太太說，他們夫妻因為兒子託夢，所以搬到貨車上，住到山上好空氣的地方。所以有可能他們在山上有一個可以寄居的地方，他們把跑步機搬過去了。」

鄭警官臉上一副恍然大悟的神情，緊跟著又想到「可是跑步機就算在山上又如何呢？我們現在要找黃太太呀。」

「我跟你想法有點不一樣，我們不是要找黃太太。」k看著鄭警官說：「我們是要找劉明動。欸！你有咖啡嗎？」

「是沒錯啦，我們是要找劉明動，所以要先找到黃太太才知道。我有咖啡啊，去外面喝吧。」

鄭警官領著k走到黃家外面，圍觀的居民已經散去了一些，鄭警官打開一臺廂型車的門，拿出他平常背的背包，拿出保溫瓶，變魔術般地又從袋裡拿出登山用的小口杯，隨著他倒咖啡的動作，咖啡香立刻四溢出來。

「來，肯亞AB，小圓豆，這支處理得不錯，果酸很強烈，適合幫我們提神醒腦。」

k接過那杯咖啡，快快地喝了一口，今天還沒享受到好咖啡，「好，我先順著我的思路說給你聽，我剛是在想，為什麼要把跑步機帶到山上去？黃明文有在跑步嗎？好，假設有的話，那他為什麼不要在山上跑就好了，山上的空氣很清新呀，跑步機是因為外面的空氣糟才需要的。喜歡跑步的人，多數都喜歡在外面跑呀，除非沒辦法。」

「然後我就在想，那喜歡跑步但又沒辦法跑的人，是誰？」

鄭警官說：「誰？」

「劉明勳呀，你忘記他失蹤前就是早上去跑步，而且他每天都跑十公里，這種人，一天不跑會很難受的。」

「所以你的意思是，黃明文把跑步機帶到山上去給被他綁架的劉明勳用？」

「也許。」

「就算是這樣，台灣的山區那麼大，我們就算整個大搜山，也找不到呀。」

「所以我說，測試一下我的理論。」

k又喝一口肯亞AB，這支咖啡有點烏梅汁的味道，很特別。

「你有看到他們房間的全家福照片？在櫃子上面。」k問。

「有，很多張。」

「你有發現，他是按照時間，從小朋友小時候到他一路長大，最後一張是在山上。」

鄭警官一聽，轉身，就往黃家裡頭走，直往爸媽房間去，k跟在他後面。

兩人來到櫃子前，櫃上擺的照片，幾乎都是爸媽圍繞著孩子，有國小園遊會的，有國中運動會的，跑道旁一家三口在大太陽底下，三張笑臉，眼睛都瞇瞇的，有高中運動會，已經長得比爸爸還高的黃信翔，帥氣地拿著金牌，爸媽分別站在他兩邊，略矮胖的黃爸爸，嬌小的黃媽媽，彷彿成了他的配角。

父母好像就是這樣圍繞著孩子，把孩子的生活，都當成自己生活的中心，環繞著旋轉，不斷地在四處奔波，但眼光都還是放在孩子的身上，當孩子長大，父母也跟著長大，變成更老的父母。

那當那宇宙的中心，突然間消失了呢？

最後一張全家福，是一家三口在一個森林步道前的合照，應該也是時間最靠近現在的一張照片。

k拿起照片給鄭警官看，鄭警官把眼鏡摘下來，拿得稍稍遠一點，瞇著眼睛仔細看，「你看，這應該是杉木，因為是針葉林，所以海拔應該是在一千五百公尺以上，還有，你看後面有個告示牌，有看到嗎？台大實驗林什麼的。然後，遠景，你看到，是不是有個牌子，上面寫什麼？第一個字是林，第三個字是快。」

k看鄭警官看得很辛苦，乾脆把照片遞給他，繼續說：「我剛上網查了一下，發現我看反了，或者告示牌寫反了，現在我們到底橫書是由右而左，還是由左而右？算了，不重要，反正，我猜，那應該是叫「快活林」的地方，我們要不要去那邊看看？因為網路上提到這，就說空氣非常清新，芬多精很多……」

鄭警官放下照片，抬頭，看著還在繼續說著的k，臉上出現了微笑。

44

鄭警官立刻開始打電話，看他站在門口，神情激動的，應該是要調動大批人馬吧。

背景是青綠色的農田，在灰茫的天空底下，鄭警官和周遭形成的構圖，像一幅畫，一幅水墨畫。

只是裡面有死亡的氣息。

電話響，是製片老鼠打來的，不知道為什麼大家都要取些奇怪的名字，感覺比較可愛嗎？在這個辛苦的世界裡。

老鼠還是位可愛的女生，雖說相貌清秀，但聽說刺青的表面積可能多過沒刺青的地方。

「導演，那支片客戶那邊內部看過了，沒問題，他們很滿意，還要我轉達說謝謝導演，導演辛苦了。」

「不會啦，他們自己比較辛苦。」

「那我們就繼續往下做，聲音微調，後期特效上字喔！」

「等一下，可以麻煩客戶他們也給個案看一下嗎？我想說，還是尊重一下爺爺，看他有沒有什麼意見，我們盡量做周全一點。」

這裡說的客戶其實是個跟癌症照顧服務有關的協會，他們最近提出一個議題，k自己之前也沒想過，就是偏鄉的癌友。

癌症在台灣現代有許多種治療方式，其中除了開刀、化療、放療還有電療，不過不管是哪種治療，幾乎都必須到醫院回診，就算是療程結束，也得要定期回診，可是台灣有許多偏鄉，交通不太方便，距離帶來的車資也不便宜，許多癌友因為這因素就只好放棄進一步治療。

為了突顯這個普遍發生的問題，k請一位女演員開車上車帶一位老爺爺下山到醫院回診，沿途記錄她和爺爺的對話，把家庭背景和其中的難處，用話語自然說出，讓這個過去比較少有人意識到的議題，被人看見。

雖然本來就被告知，拍攝的過程裡，才真的意識到，路途遙遠的意思。是遠得要命，而且那要命，真的會要命。

爺爺必須要搭上早上七點半的車下山，然後到平地後，再轉車，順利的話，兩個小時多才能到醫院。回程得搭上下午三點半的車返回山上，要是因為醫院治療過程有所耽擱，就會有點小麻煩。

問爺爺是什麼小麻煩？他說，會沒有位子坐。

他說，我們算短程的，位子要給比較遠的。

女演員納悶地問，可是你說短程的，不是至少要一個半小時以上嗎？

爺爺笑著說，雖然是一個半小時，可是人家梨山的更遠，要三小時啊，位子當然要讓給人家坐。

女演員問說，可是你不是剛做完化療嗎？很虛弱的，還要用站的？

爺爺笑笑，沒有說什麼。

拍攝時，k躲在車子後座，不能出聲音，因為同時在收音，可是每每都想要出聲回應，「也太辛苦了吧。」

上山的路上，遇到救護車響著警笛，超過他們，往山上衝去，k和攝影師轉頭對望。因為他們是從最近的醫院出發，一路開到這地方的，一座大橋，橫在山谷之間，光到這，都還沒到山上部落，都已經一個小時多了，換句話說，救護車就算從眼前這個點，往醫院開，最快也要一個小時才能到，更別提，病患可是還在山上，路程還要近一個小時。

「這樣來得及嗎？」k脫口而出。

後來，交片時，k把這疑問丟出問客戶，客戶說，他們會接力。什麼意思呢？什麼叫救護車接力？

山上的消防隊派出救護車去部落接病患時，會同步請平地上醫院的救護車出動，然後雙方會在路途上保持聯繫，當山上的救護車接到病患往下衝時，山下的救護車也往山上衝，兩部救護車在山的中間相會，把病患轉送給山下的救護車，山下的救護車再調頭衝向醫院，山上的救護車返回山上待命。

這樣才能減少就醫時間，也避免山上的救護車長途跋涉往平地的醫院去，單趟最少三、四小時，要是在這段時間山上居民，再有誰出狀況就糟了，沒有救護車可以搶救。

k聽完，恍然大悟。

原來，再小的地方，都有人發揮創意在解決問題。

但我們多數人是不太有機會知道的。

也許有人會說，那把所有人都集中到城市好了。這樣不就解決了偏鄉醫療的問題？

也許是，但勢必會有其他問題。

城市生活有城市生活的痛苦，前陣子讀到篇報導，城市裡的經濟弱勢族群，痛苦指數更是高得不得了，那種貧富差距帶來的壓力和焦慮感，常常逼使人走上更糟的歧路。

爺爺平常的工作是在田裡幫忙，之前年輕時是爬樹採樹苗，給大學裡的教授們做研究，這幾種專業工作技能，在城市裡想必是無用武之地的。

反過來說，城市裡人們會的技能，在辦公室裡，會議室裡的高談闊論，在山上恐怕也是無用的。

你硬是要其中一方遷居是困難的，更別提我們還是需要有人種菜，有人保育森林，好讓我們有好的蔬食可吃、有好的空氣可呼吸。

同樣的問題，在世界各地應該也正在發生上演，人類真的有足夠的智慧讓每個人平安地活下去嗎？

想到眼前，這塊位處中部的貧困鄉鎮，這塊土地不也困在這難題裡嗎？

原本多數是務農為主的人們，因為貧困，接受了重工業進駐鄉里，以為能增加許多工作機會，也確實增加了，只是人口卻繼續外流，外流的原因不單是因為出外工作，更可能是為了活下去，父母不想要自己的孩子在被汙染的環境裡長大。

值得嗎？

尋常的人家又能分配到多少？

那到底創造的經濟利益有多少？

從隨身的布包裡把書翻出，k獨自在客廳裡的角落，一張長靠背的讀書椅上，看著書。

膝蓋上的書是《莫斯科紳士》，一位在共產革命後被要求終身不能離開飯店的俄羅斯貴族，如何試著優雅地活下去，被囚禁的結果，是他得繼續發揮想像力，或者說，更務實的生活，有意識的生活，讓自己凌駕環境，而不是被環境所駕馭。

外面的人聲，越來越淡，越來越遠。

就緩緩地睡去了。

在人家家裡。

沒有家人的家，還是家嗎？

醒來時，看看手錶，竟睡了近一個小時，可是感覺好沉，不知為何，這個已然破敗的家，竟帶給他一種說不上來的安全感。

而且，身上多了件外套，是件羽絨且有 GORE-TEX 防水外層的外套，樣式很簡單，可是很輕、很保暖，正想著是誰的，旁邊一個爽朗女聲傳來，「聽說你們要上山，我猜你應該沒有帶外套。」

回頭看，是 Sharon。

「這是我以前滑雪用的，比較大，你穿應該差不多。」Sharon 自己也是一副戶外活動的裝扮，k 完全忘記，這個季節山上大概只有攝氏十度不到，要是只穿自己身上的衣物上山，應該會失溫吧。

「所以，你也要去？」k 問。

「鄭警官希望我去，因為我們一直表達希望能夠早一些知道狀況。」

k 猜，李恭慈應該是委交給 Sharon 協助，因為接著要面對的，可能不會是太好的狀況。不過，還是有點不懂，可以委請公司同事嗎？還以為一定得是親屬才能夠。

鄭警官走過來，「我們在浴室的垃圾桶裡找到一把拋棄式的刮鬍刀，上面有殘留毛髮痕跡。」眼神銳利，表情嚴肅，似乎也是感到拖宕許久的案件將有巨大轉折。

大概是黃先生有回來家裡過吧，看鄭警官一臉仍是有精神的樣子，儘管應該也是一大早就出門了，這大概就是專業態度吧，k剛都累得不知睡到哪去了。

「我們十五分鐘後出發，和中部地區的特種勤務攻堅小組，已經約好會合地點，可能待會路上再讓兩位用點簡單食物，不好意思。」

「沒問題，我開自己的車，再麻煩給我地點，反正我跟你們的車，也會聽你們指揮，不會妨礙你們做事。」Sharon點頭說。

「好，再拜託你們務必配合，現場有可能有突發狀況，所以請你們務必待在警戒線外，原本標準程序應該是你們在山下等待，等都確認清楚了再讓你們過去現場。但我想說，為了節省時間，讓你們一起上山，再請多多幫忙。」鄭警官工作時的認真態度，和品嘗咖啡時的輕鬆享受，完全不一樣，語氣中也有種讓人無法拒絕的權威。

一行人，兩臺偵防車，一部廂型車，再加上Sharon和k開的那部Defender，便一起往山區前進。

灰霧迷茫裡，k回頭，看看那個被遺留下的家，不知為何，覺得那棟房子，很像一隻老狗，呆坐在路邊，看著遠方，等著主人回來。

但會有人回來嗎？

45

車子上了高速公路，一路往北，轉向南投。

從高速公路下去後，一段長長的公路，路況非常好，下交流道後，車不多，人們散走在路上，風景很美，只是包上一層薄霧，太陽灑下時，就變成一整個金黃色的圖畫，每個人都像是被撒上了金粉，若不在乎空氣品質帶來的傷害，其實這種柔焦效果，對有點醜的建築，等於有點美化的效果。

時間流逝著，也許人命也是，如果到了山上，只是善後，也是沒有辦法的事，k很想這樣告訴專注開著車的 Sharon。

放在車後座的滑雪外套，應該是專業等級的，Sharon 應該也是很習慣戶外生活的人，k突然想到，為什麼 Sharon 那麼快就到了，自己也才睡去一個小時左右，為什麼 Sharon 就從台北開到中部了？會不會，她跟鄭警官也有聯繫？所以調查局說的億載集團和警方有所關聯，也有可能指的是 Sharon 與鄭警官。

亂七八糟的思緒流動著，快活林這名字真有趣，可是如果是個殘破的家庭住在快活林，那感覺是有點反諷的意味。

對呀，人生真的需要快活，但是我們都得到很後來才意識到這才是該追逐的方向，不過，在前面的三、四十年，卻只能隨波逐流，跟著時代的要求，被迫做自己不擅長也不喜愛的事，等到意識到不對勁時，卻也常不知道那能怎麼辦。

k記得，攝影師在宜蘭家的隔壁鄰居是位世界最大製造業的前廠長，雖說是高科技業，但其實最高的應該是工時，有一天發現身體不行出狀況了，趕緊退休，到鄉間種田養雞鴨，也養自己身體。

但多數人可沒有這個選項，所得只夠眼前的生活所需，沒有突然大轉彎的可能性。

當然，也可能因為感覺上沒有大轉彎的迫切性，就只會在原來的軌道上負重苦行。黃家夫妻不也是因為孩子生病過世來託夢，才願意離開習慣的家嗎？

身體健康很重要，但都要到身體不健康才能感受到，可是知道時，有很多時候來不及了。

這應該是當代最常被提出的陳腔濫調。

也許就在現在，台北市的捷運站、家裡的飯桌、上班族下班後的聚餐，都正在講同樣的事情。

快活林，在當代，大概已經是桃花源的同義詞了。

Sharon 線條分明的側臉，在不笑時其實有點凶，讓人不敢輕易靠近。

「妳開車很快？」k 想著話題。

「如果不載人的話。」

k 勉強的搭話，沒想到，Sharon 回的話挺硬的。讓他覺得自己有點蠢，不過也沒辦法，在比你還酷的人面前，不酷只是正常發揮嘛。

「聽說你推論出跑步機應該在山上。」Sharon 問。

「沒有啦，只是推論，只是一種可能，需要印證。」

「劉明勳也是在山上？」

「也只是推論。」

「你從以前觀察力就很強嗎？」

「沒有，我只是愛亂看，然後去想像對方的生活。多數時候錯得離譜，對的時候，才大肆宣傳。」

「很多人不太在乎別人的生活。」

k 沒有答話，幾次和 Sharon 對話，都會發現她似乎對於財團過分的掠奪不以為然，但矛盾的是，自己又待在財團的基金會裡。幾乎跟 k 一樣，覺得廣告業不夠環保，卻又還待在廣告業裡。

不過，Sharon 一定有跟自己不一樣的理由。

自己多少有點不自量力，以為可以稍稍改善整個業界，Sharon 目前為止看不出到底是為什麼，但k問不出口。

「請問你如果不認同，為什麼還願意待在現在的公司？」這問題問世界上任何一個上班族都很失禮吧。答案不就是沒辦法嗎？

k正想著，Sharon 丟出問題：「我有一個疑問，跑步機不是需要插電？可是黃姓夫妻不是住在車上嗎？」

「我想他們本來是住車上，但劉明勳上去時，應該不是住車上，空間太小了，我猜可能有個類似廢棄工寮的地方，電的話，也許他們有自己的小發電機，像我們拍片到山上也是會帶自己的電車。」

這裡說的電車，不是一般大眾交通工具的電車，是載著發電機的車。拍片要耗很大量的電，主要是燈具，燈耗的電很驚人，尤其有些大型的，像2K的燈，所以通常會自己準備發的發電機，調度比較方便，隨時可以配合，無論在什麼地方什麼時間。

發發電機，唸起來有點好笑，不過，真正的意思是，發通告給發電機，事實上，應該也是發通告給負責掌管發電機的電工技師啦。

發電機用的是油，大概也是會造成環境負擔，k想到這就不敢想下去，自己也算是環境破壞的幫兇，沒什麼資格大力批評別人。

但，誰又不是呢？在這島上。

k之前就提醒鄭警官尋求當地山友的協助，甚至也許找台大實驗林場的研究人員，因為他們最清楚山上的狀況，哪裡可能會有廢棄的工寮，他們一定最清楚。

但也要小心，不能打草驚蛇，有可能黃家夫妻在那也有一定的人脈關係了，要是被通風報信，也是個難題。

據說，當年槍擊要犯張錫銘在台南東山的山上藏匿時，警方搜山很多次都無所獲，並不是他多會躲，而是每次警方有所動作，山上的居民都會通知張，因為張雖然在外犯下多起大案，可是卻捐錢給鄉里，修路修廟，在當地有一定的人士感謝他。

不過，黃家夫妻狀況不同，說起來他們還是外地人，頂多到快活林兩三年，應該不至於有通風報信的可能。

k出發前把自己的推論丟給鄭警官，希望多少幫上忙。

隨著陽光越來越弱，山路也慢慢多了彎，一路上山的路上，車越來越少，在山上，天色是可以瞬間暗去的。

果然，又過了兩個彎，山林間一片黑暗，只見到 Defender 的車燈照在前方黑色路上，Sharon 應該也稍稍拉開了和前車的距離，避免急煞造成意外。

今天就會有些進展了吧。k想。

突然前面的廂型車，打了方向燈，緊跟著，脫離主幹道，往旁邊的小支線進去，車道的寬度就變成只有一部車的寬度，完全無法會車，k看得有點心驚，Sharon 開車的神情倒是沒有改變，眼看著樹枝不斷地劃過車身邊緣，k想應該，就要到了吧。

沒想到，這樣又開了二十分鐘，前方的車，才停下。

已經有三四部廂型車停在前面，有兩部是特殊作戰外型的攻堅用裝甲車，k心想，調這個上來，會不會太誇張？對方又沒有持大型槍械的跡象，後來想到，可能是要為了要滿足山地需求，而調這種全地形車款來。

鄭警官手上拿著手電筒，迎面走來，「這裡算是前線指揮所，請兩位不要離開這邊，接著我們會徒步搜索這附近的工寮。」

「這裡有幾個工寮？」

「實驗林場的人說，沒人使用的，應該有三個，但散布距離蠻寬的，我們希望盡量在今晚可以搜索完成。」

眼前全是高聳入天的杉樹，白天看一定很美很壯觀，但現在看到像是瀰漫著不祥氣息的參天墓碑，一座一座又一座。

夜裡的森林，就是陰森。

一個著俐落戰鬥服的特勤人員，拿了兩三包乾糧過來，跟k點個頭，不發一語，轉身回到黑暗裡。

就著鄭警官的手電筒，才發現漆黑的森林裡，原來有個小空地。

鄭警官從身後拿出一個黑色物體給k，是無線電對講機，「請你們在車上待著，有什麼狀況我會通知，但請盡量保持無線電靜默。」

「你們頻道都定好了喔？我不用調？」k問。

拍片時，也很常使用無線電對講機，k並不陌生，轉開開關，隨手放到大腿旁口袋裡。

鄭警官點點頭，轉身，離去，只看到他手上的那道光閃動著，如鬼火，搖搖晃晃，越晃越遠，突然，熄掉。

完全的漆黑，不同的黑，直條狀的，應該是樹木，濃淡程度不同，只能大略看出輪廓，細節難以辨識。

Sharon依然坐在駕駛座上，不發一語，透過車窗，看著外面。

肅殺的氣氛。

k想著，夜裡的森林，就是陰森。

46

警方人聲淡去後，感覺到周圍的安靜。

安靜，在黑暗中，變得很巨大。

車內兩人，沒有說話，玻璃開始起著淡淡的霧氣，k忍不住，就想在上面寫字、畫圖。

山上的溫度在日落後下降得快，一下子就到了十度左右，身上穿著外套，感覺很溫暖，還有淡淡的 Sharon 的香味，那是什麼呢，茉莉花香嗎？

才在想著這味道，不知為何，開始聽得見喧囂。

原來，夜裡的森林，是那麼的吵雜，有細瑣的風聲，有樹枝掉落的聲音，有蟲的叫聲，還有應該是貓頭鷹的叫聲，遠遠的，還有細細淡淡的，類似野獸的叫聲，那會是什麼呢？

手開始覺得冷，是一陣子後的事。

夜裡，感覺越來越冷，而且不動時，更冷。

看看手錶，夜裡，手上冷光的刻度，指針顯示也不過近九點。

突然好想去找那臺跑步機，在上面跑一跑，這樣至少身體會溫暖起來，這時就懂，為什麼黃明文會把跑步機帶到山上來，至少可以讓人打發時間。

轉頭看 Sharon，她眼睛閉著，似乎在養神，看起來像種比賽前的狀態。k也不好打擾她。

自己輕輕打開車門，下了車，再小聲地闔上。

突然傳來聲音，讓k嚇了一大跳，「A點清除，沒有跡象，OVER。」

應該是鄭警官的聲音吧，而且前面沒有聽到其他小隊的聲音，所以這個頻道只有k和鄭警官使用，應該也是怕攻堅過程裡，指令眾多，不需要k這個外行人參與吧。

k又打開車門，把對講機放到座椅上。

突然想上廁所，順便走走，暖暖身子，帶著這個硬硬有點重量的東西，有點麻煩，留給 Sharon，也免得她一個人。

自己往樹林裡走了一小段，應該沒有人會看到了，才拉開拉鍊，其實，剛剛就想上，只是 Sharon 在旁邊，有點不好意思，實在忍不住了。

尿在樹幹上，希望這些水分成為養分，心裡還是有點過意不去，但這附近應該不可能有廁所吧，對不起，杉樹爺爺，請把我當成一隻鹿吧，我只是把一些養分交還給大地，請原諒我，k心裡這樣說著。

黑暗裡，感覺好像被注視著，回頭看，又沒看到，奇怪的感覺。

結果，一轉頭回來，就發現糟糕，哎呦，尿在一旁較低的矮樹葉片上，濺到鞋子邊緣了啦，k一邊往後跳，一邊覺得自己好白痴。

然後就被地上的東西給絆倒了。

不知道是不是地上的樹幹，總之，就是雙手揮舞著，往後倒，倒下去時只能祈禱手不要摸到地上自己的尿。

張著眼，仰著頭，要是從旁邊看，應該很像卡通裡的人物吧，一邊想著，後腦勺就接觸到了一堆矮叢，緊跟著，一陣天旋地轉，是個坡嗎？連續滾了好幾圈，總算停下來。

雪特，幾根樹枝連續刺到頭上背上，好痛。

想爬起來，可是右腳又好像被什麼給纏住，應該是樹枝還是樹洞之類的，要拉又拉不出來。躺在地上，摸了一下全身上下，應該沒有流血。

應該要拿手電筒的，Sharon 車上一定有。

啊，有手機呀，手機有手電筒，他想到後，伸手進褲子口袋，試著要掏出來。欸！左邊沒有？右邊也沒有，左大腿的大口袋也沒有，右大腿的大口袋也沒有，雪特，怎麼會這樣，正所謂書到用時方恨少，要用手機手電筒功能，手機也不見，什麼鬼啦。

這時，遠遠地，從下方兩道光，蜿蜒，沿著彎道上來。

應該是車，是誰？這麼晚了，還上山？

那兩道光，轉過兩個彎後，開始聽得到柴油引擎聲，越靠越近，來到眼前十幾公尺外，原來自己往山下跌，但離道路還蠻近的。

光越來越近，糟糕，感覺下個彎進來，光可能會照到自己。

嗯，車燈卻突然熄掉了，聽聲音，車子好像也停在原地了。

對方看到自己了嗎？剛剛應該沒有被光掃到呀？有嗎？對方是不是看到前面停的幾部車了？是不是黃明文的同伴，從山下回來？黃明文有一臺小貨車呀，怎麼辦？

Sharon 在上面的平臺，應該看不到這邊，在車裡隔著車身的她，可能也聽不太到這引擎聲，怎麼辦？要是這部車上去，會不會對她怎樣？

算了，應該不會，她是空手道冠軍，應該可以保護自己。

還是先擔心自己吧。

這時候更不敢輕舉妄動了，怕被對方發現，總不能說自己是個登山客，剛好尿尿的時候跌倒在這吧？

以前就聽攝影師阿力講過，柴油引擎比較省油，但是噪音大，現在森林裡安靜的很，那引擎聲就顯得很清楚。

欸！有催油門的聲音，又有淡一點的引擎聲，感覺是在前進後退，前進後退……，嗯？他是不是在調頭？

因為山路很窄，之前進來時，就發現頂多一個 Defender 的車身，必須要到上面那塊空地才能調頭，小貨車的車身雖然短，有可能在這麼窄的山路上迴轉嗎？

車子前進後退的聲音響著，煞車燈在黑暗裡泛出鮮明的紅光，還有那種金屬的煞車聲，在山林裡迴盪，這麼大聲，大家當沒聽到嗎？拜託，快點來呀。

怎麼辦？感覺對方已經幾乎快轉過去了，應該，只要再倒一次，他就可以往山下去了，那大隊人馬在山上搜也沒用了。

算了，不要管他好了，可能只是一般遊客。不對，誰會在晚上沒有任何燈光時上山，現在也不可能爬山呀，更不可能紮營。

還是，是山老鼠？要趁著夜色，沒有人可以看到，上山偷砍樹去賣？所以，看到警車就嚇得要趕快下山？

但這要怎麼確認？

以前曾聽過一個說法，動機在破案過程裡不是那麼重要，因為你只要抓住凶手再問他就好了。

現在唯一可以確認對方是不是黃明文的同夥的方法，就是抓住他，問他到底來幹嘛？說不定，只是台大實驗林場的技工。

不，不對，若是的話，他們應該會本著這是他們的管轄範圍，一路上去詢問現場的警察才對。更別提警方到現場應該通知過他們，跟他們請教過工寮所在了。

那車子應該快轉過去了。

算了，不管了，反正自己的腳，也卡住了。

不是不想追上去，是因為腳卡住了，而且要是沒有下來尿尿，要是沒有因為要閃尿，結果跌倒滾下這山坡，也不會遇到這臺小貨車，換句話說，就當作不知道吧，這不在計畫內。

可是這從頭到尾都不在計畫裡呀，只是個臭拍片的，為什麼現在會在高山上，還差點被自己的尿給殺死，要是一路滾下去，或者滾錯邊，會不會掉到懸崖下？今天早上也沒想過現在會在這裡呀。

車子又發出一個煞車聲，車尾的煞車燈亮起，完全朝向自己這邊，表示他的車頭應該已經完全轉向山下了。感覺要換前進檔了。

欸！k發現自己的右腳可以動了，難道是剛才在翻找手機時，反而鬆開了樹枝？

不管了，就拼一下，衝上去。

車尾煞車燈的紅光熄掉了，換檔聲響起。

k起身後，連兩步都差點踩空，地上超多不知道什麼東西的，好不容易踩穩，一邊往車尾方向跑，一邊想，對方油門要踩下去了，自己的油門也要踩下去了。

雙手用力擺動，好帶動雙腳膝蓋抬起，每次這樣跑就會想到湯姆克魯斯在《不可能的任務》裡，應該說不同的任務裡都這樣跑著，追機車，追火車，追汽車，追直升機，追飛機……

如果不是壞人，就去山下的超商買一杯咖啡喝好了，反正，冷死了。

如果是壞人呢？嗯，再說好了。

好喘，好喘，平常不是有在跑步嗎？好喘，好喘，可是不是像這樣衝刺跑啊。

好喘，好喘，到馬路了，好喘，好喘，差兩步了，車子速度隨著引擎聲加快了，一伸手，剛好抓到車斗的最後頭，手用力抓，腳趕快用力蹬，跟著跨上去。

不好意思，我搭個便車喔，雖然我身上有尿。

47

車開得很快，第一個彎道時，k差點被甩出去，還想說會不會被發現了，才刻意加速，轉彎又轉得很猛，那一下，幸好手有抓穩，不然搞不好又要再掉到山坡一次，這次搞不好運氣就不一定那麼好了。

兩隻手抓著車斗的邊緣，有點痛，但還是得忍著，腳踩在橫桿上，怎麼樣都不安定。還好，車在下了一個坡道後，車速變慢一些，可能也意識到沒開大燈在山路狂飆，跟自殺沒兩樣吧。

想打開後車斗的門，可是這種門必須整個往上推，掀起時，幾乎要把k自己給弄飛出去，整個身體呈現一個很不自然的姿態，想一想，應該要蹲下身，抓著那手把，用力往上甩，才有可能。可是因為車子晃得很厲害，只靠單手抓車斗邊緣，實在有點抓不住。

來回弄了好多次，在安穩的地上做很簡單的動作，在重心不斷改變的狀態下，變得很難。

k想起之前去上核心訓練的課，老師就是不斷在創造類似這樣情境，讓不平衡的狀態，逼得你不能單用四肢的力量，而要用到核心的力量，下次應該跟老師說，在行進間的車後斗開門，也是不錯的鍛鍊方式。

車子突然停了下來，應該說變慢許多，不知道是為什麼，不過管他的，就是要趕快趁這機會把門打開呀，手把一轉，往上一掀，再用力，往內推，門整個往內收了，哇哈哈。

門一開，k就順勢翻進去，抬頭，黑暗裡看不太清楚什麼，只覺得自己怎麼好像掉到網子裡，怎麼推都推不開。

糟糕，是掉進陷阱嗎？對方知道他會從車後頭進來，設了個捕獸網的陷阱？

怎麼都弄不掉的時候，決定先不動，等眼睛適應車裡的黑暗再說。

車子又繼續往前行，似乎是穩定平常的速度，車燈突然打開，k趕緊再伏低身子，但也有限，因為在網子裡，只能希望開車的人不要往後看。

透過前方玻璃的間隙，是個黑色的剪影，戴棒球帽，短髮，應該是男的，但看不清長相。

藉著那車前的光，現在才看得清楚裡頭，有點驚呆。是個房間呀。

原來以為是網子的東西，結果是大型的蚊帳，蚊帳裡正中央是張床墊，左邊有幾個櫃子，擺滿了家用的雜物，有幾個湯鍋、炒菜鍋，最突兀的是正上方還有個巨大的像一般人家客廳會擺的圓形時鐘。

感覺好像突然闖進人家家裡，「不好意思，打擾了。」他在心裡這樣說。

所以這可能是黃明文改裝的行動家，看起來一應俱全，算是另一種型態的露營車吧，台灣人真的很有創意巧思，這應該可以上節目介紹了。

車外的風聲咻咻叫，想一想，可能要把車門給關上，免得這聲音傳到前面去，雖然會少了車外透入的光，但總比被發現好。

他起身，用雙手推著正在天篷的車門，車子搖晃得厲害，軌道有點卡卡的，好不容易往前推開，手指卻同時不知道被什麼東西劃到，流血了。

強忍著痛，還是用力把門再往下拉，關上，瞬間又變回黑暗。

還好，眼睛慢慢的可以適應，就著前面透進來的微光，看到旁邊櫃子裡有包抽取式面紙，趕快抽了幾張，壓住手上的傷口。

接著要幹嘛呢，車子繼續開著，晃呀晃的，看到那張床，反正都得等，不如鑽進去那張床好了。

找了一下蚊帳的拉鍊，在左下方，鑽進去後再拉上，以前當兵時最喜歡這個動作了，因為接著就能好好睡覺，而且很像自己的小小天地，超好玩的。

床跟想像中的一樣軟，雖然不是什麼席夢思，應該就是最普通的便宜床墊吧，可是在這寒冷的冬夜，簡直比國王宮殿裡的龍床更美好，最棒的是，還有棉被、枕頭，怎麼那麼舒適啦。

脫掉外套後，突然感到一種久違的放鬆，裹在棉被裡，車子晃呀晃的，其實很像在坐船，手指痛痛的，但也越來越不痛，血應該止住了。他不斷自我提醒，要充滿警覺，車子隨時會停，說不定那人還會棄車逃逸，一定要跟上。

車子晃呀晃，算了，應該不會，他現在還開著車，至少要到有人的地方吧。車子晃呀晃，沒那麼快，好歹也要一個小時多吧。

車子晃呀晃，閉著眼睛養神好了，像 Sharon 那樣，那種武功高手都知道養精蓄銳，反正這麼黑，睜開眼睛也看不到什麼。

車子晃呀晃，車子晃呀晃。一定要保持警覺。

車子晃呀晃，車子晃呀晃。一定要保持警覺。

醒過來時，車子沒有在晃。一定要保持警覺。

看不出時間，是早上了嗎？有日光透進來，看看錶，是五點五十五分，天啊，自己就這樣睡過夜了。那，那個人呢？

趕快爬起身，起身到一半，突然想到這個動作會不會太大，要是被聽到就不好了，趕快又煞住，慢慢地抬頭，駕駛座有個人影，沒有動，仔細聽，有呼聲，淡淡的，規律的聲音，透過縫隙傳過來。

那現在呢？怎麼辦，要通知鄭警官，可是手機昨天在森林裡弄丟了，怎麼辦？

還是去前座跟那人借，說不好意思，我手機掉了，方便借個電話嗎？說不定，他人很好，會借我。

算了，怎麼可能，對方可是可能殺死劉明勳的人，你又不是Sharon會空手道，你連自己都保護不了。

還是下車去找看看附近有沒有居民，趕快聯絡警方才對，或者至少去刷牙，昨天晚上沒刷牙就睡覺，感覺很奇怪。

白天就比較看得清楚內部，蚊帳外兩旁的櫃子，堆滿了東西，可是看得出來都是經過巧思，用各種不同的方法整理，像立面就掛了各式各樣的工具，應該花了一些時間，利用這極小的空間創造出這樣魔術般的居家，也算黃明文厲害。

要不是孩子早逝，他們一家應該會很快樂吧。

這時眼角才瞄到，昨晚太暗沒注意到的角落，是張全家福，跟家裡那張在快活林拍的應該是同一天，服裝一樣，但表情場景有點不同，還是森林裡，一家三口笑得很開心，感覺世界上沒有任何事可以擊倒這家人。

多麼諷刺。

小心翼翼地拉開蚊帳，避免發出聲音，鑽出來後，伸手推門，嗯？卡住了。

這種門，裡面沒有握把，但應該往外推就可以掀起來了呀，奇怪，再推一下，還是文風不動。卡住了。

不會吧，被卡住了嗎？

什麼啦，跟綁架嫌疑犯被卡在同一部車裡，怎麼那麼瞎啦？

哎呦喂。

看了看四周，會不會有鑰匙？可是不對，他這個鎖頭是在外面，是從外面鎖起來的。那從裡面怎麼開？

突然覺得自己像動物被關在籠子裡，感覺很差，以後一定不要養任何東西把它關在籠子裡。想完又覺得怎麼在想這麼無聊的事，現在應該想怎麼出去，不然真的等到對方醒了，不知道會怎麼樣？

再仔細看看四周，一定有可以用的東西。

碗，現在應該要吃早餐了，筷子，現在應該要吃早餐了，湯瓢，早餐吃粥好不好，卡式爐，嗯，可以煮麻油雞，在這麼冷的冬天，安全帽，對戴著安全帽，保你安全，防蚊液，要不要噴呢？算了冬天蚊子少，頭燈，欸，昨晚應該拿起來戴的。

要是用卡式爐燒一個洞呢？把貨車後面的帆布棚架用卡式爐燒一個洞，然後鑽出去？

可是這種塑膠布，是不是很易燃，會不會還沒燒出一個洞，就直接火燒車？然後，會不會把自己給燒死？「貨車不明起火自燃，後車廂一男屍」，新聞標題會是這樣嗎？

欸，最角落有個紅色的東西，不會吧，k趕快爬過去，撥開上面的雜物，是滅火器，小小的，應該是便於攜帶用的，和一般尺寸不太一樣。

那如果用卡式爐燒一個洞，再趕快用滅火器滅火呢？

來得及嗎？

要賭一把嗎？

這時，發現滅火器旁邊有把水電工在用的大型的美工刀，橘色的造型，搶眼又現代，是時尚青年如k值得擁有入手的夢幻美物，搭配街頭服裝造型，插在腰際，一定很適合街拍。

沒有啦，趕快割開帆布再說。

48

k找了最旁邊的位置下刀，想說這樣割破，也不會太難看，畢竟這是黃家的財產，一邊劃就會想到黃太太悲淒的臉，希望這件事不要結束得太難看。

結果，第一刀下去，滑掉，這帆布也太厚了，仔細看，刀鋒都鏽了，傷腦筋，只好來回在布上磨擦，原來沒有自己想像得那麼簡單，搞得自己滿頭汗，低著頭弄了老半天，而且因為布是垂直的，不太好使力，好不容易有了個小缺口，用手扯也扯不動，還是得用刀一下一下的往下劃。

終於有了十幾公分的缺口，接著應該往旁邊劃，比較容易鑽出去。可是往旁邊去的又更困難，因為跟布的編織方向不同，實在麻煩，比剛剛又多花了些力氣。

抬頭起來用手臂擦汗，突然覺得怪怪的，好像被什麼東西注視著。轉頭一看，剛好跟一雙眼睛對上。隔著玻璃，在時鐘和雜物的隙縫間，可以看到一對眼睛睜大大的，望著k。

糟糕，可能是自己剛剛來回割的聲音太大，或者動作太大讓車子搖晃，把前座的男人給吵醒了。

戴著棒球帽和口罩的對方看著k，k也看著對方，兩人都定住不動。

思索著，怎麼辦？

他會來後車廂嗎？那就不用割了。可以休息，請他幫忙開門了。

不，不對，如果他要開門，他應該，現在就會下車來了。

不，看他望著k的神情，應該也在納悶k是誰，為什麼在他車後座？

他會不會發動引擎，把車開走？

不對，開走也沒用，k在車上啊，他一定會想要擺脫k的，看他的表情，就是一個為什麼有陌生人在這裡的樣子。

他接著一定會跑掉，或者，來把k幹掉。

跑掉或幹掉，哪一種呢？

自己手上有什麼？美工刀，不太利的，但因為生鏽所以被割到很容易有破傷風，感染的危險，嗯，待會兒這樣跟他說。

還有什麼？卡式爐。

點火以後，把卡式爐丟向他。感覺是個很嚇人的動作。

可是把人燒傷，感覺很痛，有必要這樣嗎？另外就是，要是對方閃開，就沒用了。

還有，滅火器。

記得是看哪部動作片，主角把滅火器拋向敵人，再開槍打滅火器，就爆炸了。

但自己現在只能做到第一種，拋滅火器。要是對方閃開就沒用了。

想了幾樣，自己實在沒勝算，這時又覺得，是不是應該把自己鎖在裡面，不要讓對方打開好了，這樣才能保護自己。

完了，對方眼神有變化，轉頭，開車門，對方下車了。

對方會不會過來？

透過後座髒汙的玻璃和擋風玻璃，看起來那人影是往前面的遠方去，太好了。

沒有過來。

不對，k這樣一整晚這麼辛苦在幹嘛，就是想搞清楚對方是誰呀，更何況這臺車應該就是黃明文的車，他一定知道劉明勳的下落。

一這樣想就低頭趕快用力割，現在車上沒人，不必怕吵醒誰，趕快用力，割開，丟掉刀子，鑽出去，跳下後車廂。

外面陽光很刺眼，一下子看不出來是哪裡。轉身看，那身影在前面大概二十幾公尺，趕快，跟上去。

別的k沒自信，但是跑步應該有機會，今天要是全台灣的導演比賽跑步，自己一定不會是最後一名。

距離有點縮短，也比較搞清楚這裡是哪裡了，車子停在停車場裡，旁邊是個河濱的步道，綠油油的草地，遠一點有河流流過，遠方有些人在騎腳踏車。

等一下，這裡不是台北嗎？這裡是大佳河濱公園啊，什麼鬼啦，前面那不是大直橋嗎？再過去那個黃色屋頂的中式建築，就是圓山飯店啊，這是自己平常跑步的路線呀，從水門進來一路跑向圓山再跑回來。

怎麼跑回台北來了？原來自己睡這麼久。

距離縮到大概快十八公尺，k穿的長褲本來就適合戶外活動，寬鬆無比，大腿很容易伸展，只是要是換成跑步的短褲就更好了，越跑越熱，乾脆把長袖上衣脫掉，感覺還要跑一陣子，隨手丟在旁邊草地上。

還好，平常就穿跑步鞋，至少腳是舒服的，而且今天也還沒跑，剛好。

可是越追越怪，怎麼辦，追上了以後呢？自己對自己的格鬥技沒什麼信心，而且要是對方有刀或槍，不就慘了？啊，剛才的美工刀，丟在車上了。

那現在的策略呢？就跟著他，先跟著他。

越來越近，現在可以看得清楚，大概是四十多歲上下的男子，中等身材，戴著棒球帽，短髮，腿上穿的是寬鬆的運動長褲，上衣是T恤，穿慢跑鞋，這雙k知道，是馬拉松世界紀錄保持人上次在破二時穿的。

破二，指的是全程馬拉松四十二點一五公里，在兩小時內跑完，雖然破二的那次，不被世界田徑總會認同，因為是他一個人獨跑，沒有其他競爭者，前方有前導車，後方有交通管制，同時還有好幾位俗稱「兔子」的配速員陪跑，所以不被承認為正式比賽紀錄，可是透過全球媒體轉播，仍舊非常令人興奮，用k自己的說法，就是跟人類登上月球一樣，值得慶祝。

會穿這雙跑鞋，所以也是位跑友？

k有個感覺，這個跑步，可能不會很快結束，應該來好好調勻自己的呼吸節奏，吸吸呼，吸吸呼。

越靠越近了，但是也不能太近，要是對方有武器，就麻煩了，也要預留距離，要是對方轉過身來，反過來追自己，也要有足夠的空間逃走。

對方一定有感覺到，可是不知為何，從剛剛就感覺怪怪的，對方只是往前跑，卻有些動作不自然……

想了一下，對了，就是他都不回頭看，通常，我們要是被追，不是都會轉頭看對方在哪裡嗎？對方怎麼都沒有？

為什麼？有什麼理由都不回頭呢？

k邊跑邊想，除非，除非，自己見過他。

可是，剛剛那對眼睛，隔著玻璃，雖然有點模糊，但不是自己熟識的，怎麼想都想不起見過這個人。

雖然自己的記性差，認人的能力也有限，可是，怎麼會毫無印象？

可惡，這傢伙戴口罩，還這麼能跑。是功夫炫風兒嗎？

不，這個推論，應該改成，這個人不想被看到臉，也許比較貼切。

剛失策，沒有先打開跑步軟體，不知道跑多久了，應該有五分鐘吧，粗略算，也有一公里，對，印象中，到前面這個位置，差不多一公里多。

要是從旁邊人的視角看，應該只是看到一前一後，有兩個人在跑步吧。

k再用點力氣，距離縮到十公尺左右，大概四大步，這個距離，應該是舒服的，不會讓對方或自己感到壓迫。

怎麼會這樣想呢？又不是真的在晨起運動，可是又要怎樣想？自己就沒有能力限制對方自由啊，只能一直跟著。

這時，就想到山上的鄭警官和 Sharon，他們找不到自己，會不會很著急？現在的搜山，會不會改成在找k呢？

過大直橋就差不多兩公里了，看到幾個老人在散步，有的坐在那聊天，總不能叫他們幫忙抓吧，要是老人受傷就更糟了，似乎只能繼續跑下去。

怎麼辦呢？也不能亂刺激對方，要是他拿刀抓一個路人當人質就糟了。

到底要怎樣？雖然跑步很開心，可是這樣跟著人家跑，好像也不是辦法。

跑上橋，過了河，應該快三公里了，眼看著對方往較無人煙的方向，這邊是新生高架橋下嗎？總之是圓山吧，這邊k自己就沒跑過，算了，還是試著確認看看。

「先生，欸，先生……」k試著朝前方喊，「那個，我手機掉了。」

49

結果，對方跑得更快了，k只好用力跟上，呼吸節奏也要調整，改成吸呼、吸呼。

「先生，先生……」k又再喊一次。

對方應該意識到，後面的傢伙，很煩，很難纏，知道不能假裝沒聽到。

對方突然，停下腳步。

k也趕緊跟著停下，要預留安全距離，避免被刀刺。但喘著，吸呼吸呼，不行，還是要原地跑，不然會受傷。

對方突然又拔腿，往橋下的涵洞跑，k又趕緊追上去。保持著八到十公尺的距離。

可是，有點累，這樣算間歇訓練吧，忽快忽慢的，還好以前在田徑隊有練過，但這傢伙也真夠煩的了。

眼看著就要跑出涵洞，一條小路往山上去，噁，都是階梯，光看就想吐。

拜託，不要往那邊去，拜託。

然後，對方就往那邊去了。

要是有禱告的反指標，k自己一定可以得世界大獎。

這種跑山，也是長跑訓練的方式之一，可以快速提升心肺功能，當然大腿肌的肌力強化也是，嗚，好硬啊今天。

呼呼呼，現在已經不必管呼吸了，只要管繼續下去。

其實不繼續，也不會怎樣，沒有人知道的。

每次冒出這個念頭，都是跑到最後一公里，通常自己也會很高興，因為來到最後一公里了。這時候就會自己安慰自己，沒關係，已經來到最後一公里了，不用跑很快，只要跑完就好，就輕鬆地跑完就好。（其實根本沒有輕鬆這回事）

兩邊滿是樹木構成的綠意，現在吸入肺裡的，應該都是芬多精吧。那為什麼我這麼喘？

跑步，其實是為了跑最後一公里，前面跑的只是為了讓身體累，讓身體可以去承受最後一公里，有時候都會想，那不能直接跑最後一公里嗎？

不行，因為沒有前面的，你這就是第一公里，不是最後一公里。

每次跑到很累的時候，就是奇怪的自我對話的開始，那可以讓疲勞鈍化，因為還在自我辯證時，就有機會機械式的、不知不覺的跑完。

但現在的問題是，這是那最後一公里嗎？

沒有終點線的跑步才是最累的，因為看不到終點，身體就會退縮地想保留體力，就不想盡全力，就會覺得沒力。

沒力跑下去。

好。就跑到階梯最上面，就不跑了。

k這樣跟自己說，就跑完就好，就算了。

而且對方搞不好也沒力了。

對方的腳步已經消失在樓梯的最上端了，沒關係，不管他，這是自己的跑步，只要跑上去就好了。

驅動腹肌，驅動大腿肌，驅動手臂，就跑上去。

突然衝上平臺時，有種空氣稀薄的假象，一下子喘不過來。

對方也停下來了，在一棵大樹下，撐著膝蓋喘著，臉上依舊戴著口罩。

k繼續跑過去，「先生……」喘著氣說：「先不要停下來比較好。」

對方抬頭，微笑，是個四十多歲的臉，有些鬍渣在臉上，蠻性格的。

對方也跟著k，原地小跑起來。怎麼看，都像兩個跑友的聚會。

「先生，那個我手機掉了，你可以借我嗎？」k問。

對方表情猶豫，考慮了一下，仍舊從口袋拿出手機，然後遞給k。

「謝謝！」k接過手機，按了電話號碼，等著接通。

「喂，小鳥啊，對，我手機掉了，你可以幫個忙，幫我找刑事局一位鄭警官，跟他說我沒事，回到台北了，喔，你沒有他電話？對喔，你不認識他，啊對了，那你幫我打給 Sharon，幫我跟她說，她應該跟鄭警官在一起。喔，你說癌症基金會那支片？交過了啊，那很好啊，希望趕快上，趕快幫他們。」k喘著氣，一邊說，一邊觀察對方。

k把對方手機放進自己口袋，對方馬上露出驚訝表情。

「你最近都在幹嘛？」k小心翼翼地問。

「手機還我。」對方出聲要求。

「等一下。」

對方臉上表情有點木然，「你拿我手機做什麼？」

「沒有，我只想知道我不知道的，我不是真的要拿你的手機，我只是怕你又跑掉，我不想再跑了。還是要換我跑，你來追？」

對方笑了出來，原本緊張的氣氛緩和了許多。

「我來說我猜的，你看對不對，然後你再告訴我，我不知道的。」k繼續說。

「我猜，你認識黃明文，那是當然，因為你開的車應該就是他的，然後我就在想，為什麼你會有他的車，表示你跟他是一起的，當然，也有可能是你拿了他的車，在他到醫院吐血身亡後，最直接的聯想，就是你送他去醫院的，所以車當然是你開的。下一個，如果是你們策劃綁架劉明動，在黃明文過世後，你會怎麼做？繼續勒索，拿到你們要的。可是你沒有繼續提出要求，至少我沒有聽說。這表示，你可能放棄了，那劉明動呢？可能在這之前就被你們做掉了。」

電話突然響，是k口袋裡的手機，k拿起，接聽。對方望著k，感到有點納悶。

「Sharon，嗨，有找到跑步機啊……好，辛苦了，對，我在台北，等你們回來再說……不好意思，我想到有些事就先回來了，幫我跟鄭警官說不好意思，對，請他不用在山上搜索了，回來我會給他一個解釋，謝謝，掰掰。」k掛上電話，定定地看著對方。

「我們坐著聊好不好，這邊視野不錯，可以看到整個台北，你應該不會傷害我吧？」k自顧自地走到旁邊一個石椅，坐下。對方也跟著坐下，大約隔了一個人的距離。

「剛講到哪，喔，對，我猜之前關劉明動的地方，應該是在山上，我是從黃家的全家福想到的，應該是在快活林那附近，因為黃明文之前和家人曾到那附近，後來因為兒子託夢，要他們住到空氣好的山上，可能在那邊發現了一個廢棄工寮。」

k發現講到兒子託夢時，對方表情有點變化。

「這中間，我有一些想不懂的地方，如果說黃明文綁架劉明動的目的是為了錢，那錢是要拿來幹嘛，而且那時李恭慈就說過，黃明文要的不是錢。然後億載集團的旺工，若照幾個不同來源的說法，幾乎可以確定造成了空氣汙染，那這個因為空氣汙染造成的綁架案，不就應該是要解決空汙嗎？那你和他合作的利益會是什麼？難道你也是空汙的受害者家屬？

「另外，億載集團的劉典瑞，也是我有點在意的。我本來也想過，會不會是他綁架自己的姪子，然後嫁禍給黃明文，畢竟死人不會說話，最好背黑鍋。可是他又很奇怪的，還找人問我劉明勳的下落，感覺也不像故布疑陣，所以我猜，他是真的很在意劉明勳的失蹤，造成他集團股價下跌。

「再來，那個旺工的爆炸案，到底是不是人為的？為什麼之前會有恐怖分子策劃的傳言？我覺得，這些都很像霧霾，讓人看不清楚。

「我也感到奇怪的是，Sharon 和李恭慈的態度，李恭慈第一次來找我時，非常焦急，但後來態度似乎有些轉變，或者說，我就幾乎沒有再見到她，都是由 Sharon 和我聯絡，而 Sharon 給我的感覺，又有點難捉摸，她對於空氣汙染造成的影響很在意，中間去找公衛學院的教授，看起來是要排除對方的共犯可能，又好像是要教育我環境資訊，彷彿她在基金會的角色，就是一個要補償當地汙染的。

「總之，我就覺得，這個案件裡面，許多人都是在一個無奈裡，黃明文組自救會，但無奈兒子還是死了，託夢的結果，只好住到山上，想找億載集團談，卻又壯志未酬，連那個刑事局長都讓我覺得奇怪，好像也帶著點無奈，或者說無力。因為綁匪沒有進一步要求，這跟過去刑事局的經驗不一致，有點使不上力的感覺。Sharon 更是，讓我不太懂。

「後來我想，這不是一個典型的綁架案，要的不是錢，死的也不是劉明勳一個人，而是空氣汙染造成肺腺癌奪走許多條人命的邊際效應。

「然後我一邊跑一邊想，我到底為什麼在這裡，我不就只是跟劉明勳買支鋼筆海明威嗎？我連劉明勳都沒見過耶。然後我就想到一個可能，這可能有點瞎，也很好驗證，我只要現在上網查。」k從口袋拿出那支手機。

k邊說邊在手機上快速的輸入幾個字，看了螢幕一眼後，他笑了出來。轉頭看向對方，問：「你方便請我吃早餐嗎？我餓了。」

50

下山前，k把自己到目前對事件的猜想，跟對方說，也問了些不知道的細節。對方盡量回答了。

算是一種善意的表現吧。

兩個人走到附近的早餐店，點了厚片吐司、蛋餅、紅茶，非常台灣味，運動後的早餐再豐盛，都不會有罪惡感。

兩人沒有太多交談，只是安靜地吃著。

吃東西的時候，對方取下了口罩。

果然還是會拿下口罩的呀，剛k心裡還在想說，不拿下來怎麼吃。

看到對方跟自己一樣，習慣早上邊吃早餐邊看報紙，看對方仔細地一個字一個字的讀著，k也知道對方這時候大概不希望被打擾，所以也閉著嘴，享受這悠閒的時光。

「呃，不好意思，要麻煩你幫忙買單，我沒帶錢包。那方便再跟你借三百元嗎？我要坐計程車回家，下午要不要去億載集團的基金會，我請 Sharon 把人約一約，大家聊一聊。」k跟素昧平生的人借錢，卻毫不臉紅。

「好，不好意思，那手機可以先給我嗎？九點了。」對方一口答應，彷彿也知道會是這樣發展。

k心想，但早上九點代表什麼，邊想邊還是把手機交給對方。

「昨天環保署對億載集團開出一個天價罰款，臺幣兩億元。」對方指著手上的報紙。

「欸！真的嗎？很多耶！」k接過報紙仔細看，若是昨天傍晚發布的消息，應該是他們上山搜索時，那時都沒什麼注意手機。兩億元的罰款，應該是史上最多的一次裁罰吧，可能是連續罰。無論如何，這對台灣的企業應該是很清楚的訊息，環保是當今世界的重大議題了。畢竟，過去每次出事都只罰那個幾十萬的，一點感覺都沒有。

「所以今天開盤，應該會跌停，可能連整個台股都會受波及，不過這也是改變的開始，賺錢也該跟著時代進步，把人擺前面一點。」對方一邊看著手機上的股市大盤，一邊緩緩陳述。

「我在網路上讀到一句話：『再怎麼愛錢，愛還是在錢前面。』」k跟著回應。

k看著對方，對方仔細看盤的臉上沒有太多喜悅，只有平淡的表情。那是一種久候之後終於有結果的樣子。

對方緊跟著打了個電話，就在k面前，似乎毫不避諱，「喂，是我，對，好，就是現在，買進。」

k恍然大悟，所以這一切都是為了要改變。

包括劉典瑞都沒有察覺到，原來這一切，還是跟企業有關，也對，企業造成的結，當然還是得靠企業主體去改變，體制外的手段都只是用來刺激的，要進步，還是得從企業本身下手。

「我終於知道為什麼要花這些時間了，時間不只是真相的女兒，也許也是正義的父親，啊，不對，只能是母親，嗯……也不對，現在是個開放的時代了。」k起身，「好啦，那我先走，回家洗個澡，我們三點見哦。」帥氣走出店門口。

留下對方獨自在桌前看著報紙，k從外頭經過落地窗前，從外面用兩隻手指，在眉尾敬禮致意，謝謝他的早餐。

沒想到，一會兒，k又再度走回，對方驚訝地抬頭看著又來到桌邊的k。

「呃，不好意思，剛說要跟你借的三百塊……方便嗎？」

「啊，抱歉，抱歉。」對方笑出來，馬上遞出一張一千元。

「謝謝你哦，下午就還你。你看，錢雖不是萬能，但沒錢萬萬不能。」k甩甩手上的一千元，「但有錢也很可能，失能，至少容易失衡。」

對方笑笑。有點苦。

看著對方那有點苦的笑容，k順勢提出一個請求，應該說是建議，一開始，對方似乎還有點猶豫考慮，後來，想了想，就接受了。

畢竟，這可以同時解決不少人的問題。

k坐在計程車上，看著窗外，對向滿滿的車潮，正是上班時間，機車騎士臉上都是嚴肅，沒有人有笑臉的，連汽車看起來都垂頭喪氣的，無法動彈。自己的前進方向，剛好跟要往內湖科學園區的人們相反方向，好像比較不會塞，可是人生方向呢？

我們會不會都一樣塞在路上？塞在犧牲眼前幸福、渴望未來富裕的路上，這條路，到頭來，會不會唯一確定且扎實的，只有犧牲？

感覺昨晚在山上好像做了一場夢，不，自己確實也做了一場夢，睡了一覺，雖然有點累，至少現在是清醒的，運動後的那種思緒澄明，感覺很好，儘管一身臭汗，但至少活著。至少可以呼吸。

回家前，先聯絡 Sharon，決定由她來聯繫相關人員，畢竟她代表家屬，而且協調能力較佳。

她提出的要求是，為了保護劉家的權益，讓劉家的委任律師也能參與，並視情況在之後跟警方溝通，並且把會議時間提前到兩點，好增加公關部門的反應時間，k當然沒有反對的理由，畢竟大企業做事就是不一樣。

k猜，劉家也意識到目前的情勢難以掌握，可能想進一步從法律的層面提供更多支援，畢竟走到最後，還是要靠法律上的攻防。

回到家門口，摸摸身上，連同計程車司機找的錢，剩下七百五十元，走到附近的超商，想買個豆皮壽司。

不是因為肚子餓，只是因為昨晚在山上烏漆嘛黑的，有種脫離了城市生活的虛無感，現在就很想重回都市的懷抱，而超商似乎是最立刻的象徵。

手上冰冰的豆皮壽司，竟意外的代表城市，這在符號學裡應該也是特例吧？

甚至連進店門時那個叮咚聲，都讓人感到懷念，到底怎麼回事，不就才去山上幾個小時而已，為什麼自己如此緬懷城市裡的一切？

這時，突然又想到黃家夫妻，原本也是生活在平地，雖然不是超級大城市，可是也是完整生活機能的城鎮，卻為了孩子託的夢，搬到山上去住，一開始一定也不習慣吧，會不會也像k一樣，很想念超商呢？

漫步在民生社區的巷弄，人們像往常一樣的生活，絲毫不知道某些人的家庭因為空汙整個天翻地覆了，台北的天空，確實值得寫一首歌，因為台灣西部的其他地方在冬天，可都沒有那麼乾淨呢。

可是最可笑的是，這些在其他縣市生產並造成汙染的大企業，公司設立通常登記在台北市，也就是說，所有的稅收都會歸於台北市，當地的縣市政府一毛都拿不到，若照某些自救會成員說的，當地的人民除了些補償金外，大概就剩一些洗衣粉、米粉可以領。

k心想，要是自己才不要去領呢，根本是種侮辱，侮辱生命，侮辱自己寶貴的生命。那樣平實、無華且枯燥的贈品，真是生命最好的反諷。

k心裡其實對這事件還有一點不確定，可能要等到現場所有關係人到了之後才能釐清，究竟真相如何，但就像許多偵探說過，有時候，動機不一定重要，只要抓到凶手時，再問他就好了。

k想說，到時問他，就算他不肯答也沒關係，至少他接受了k的建議。如果他是真的接受的話。

走到門口的時候，k摸了摸身上，還好鑰匙還在，不然又要找開鎖的了。這時，又想起黃家那村落裡的鎖匠，竟然因為癌症肆虐村裡人去樓空，只好改行當靈骨塔管理員，這算是什麼現代的黑色笑話？

笑一笑，就要哭出來了。

進了家門，直接到浴室，就著蓮蓬頭噴出來的熱水，k打從心裡感激，感激自己的父母，給自己健康的身體，也給自己一個健康的環境長大。

上次，聽到一位作者在一個新書發表會上說，感謝自身的幸運，他還說「每個平安長大的孩子，都不容易，都是劫後餘生。」

那時不夠懂，只是模模糊糊地感到奇怪，那作者自己都坐在輪椅上，卻能夠那麼樂觀地感激，不是很奇怪嗎？

現在稍稍懂了。

原來生命就算有那麼點殘缺，至少還是有生命。

有的人可是連有生命這個選項，都被剝奪了。

雖然多少猜到了大部分的事件，不過，k終究只是小小的一個北七，不知道大財團盤根錯結的結構底下，究竟什麼才是真正的意志？

個人的意志還有意義嗎？

你看看黃家，家破人亡的黃家，你要怎麼告訴他們世界是公平的？

蓮蓬頭灑在身上的熱水很燙，把背上的疲憊感帶走，但很難帶走悲傷。

51

一點五十分，k開著二十年的老車，緩緩到基金會的大門，其實過個橋就到了，也可以用跑的過來，但今天已經跑夠了。

警衛問說要跟誰開會，k報上 Sharon 的名字，同時想到，之後應該還會常來，因為偏鄉的案子都還沒正式開始討論腳本。

在大廳換證時，遇到調查局的那位女調查官，旁邊一位明顯層級再更高的男人，看到k，露出略帶保留、謹慎的微笑，k想著，對方到底是誰？

也許是臉上露出困惑，男人自己介紹了起來，名片遞出，「導演，你好，我是調查局副局長，我姓林，這個案子謝謝你幫忙。」

名片上，燙金字，閃閃發亮。

「喔，我沒有幫什麼忙。」k趕快回，碰見這種神祕的人物，讓人有些不安，儘管大廳明亮，陽光透入，一旁白色的藝術品，此刻都讓人有點害怕。

對方也只是笑笑，沒有再進一步說什麼，安靜地等待著。

電梯門開，是位笑容可掬的小姐，穿著套裝，迎面而來，「各位好，麻煩這邊請。」

k讓調查局的兩人先行，感覺比較安全。雖然只是自以為。

電梯裡，一陣靜默，沒有人出聲。

一會兒，電梯門開，那位小姐說著：「導演，你先請，右轉，直走。」

k趕緊往前，算算時間，Sharon 應該早就到了，不知道她一路上會不會累，不過，印象中，住過美國的，好像都很習慣長途開車。

會議開始前，想過去看看她，但又好像怪怪的，感覺像要勾串些什麼的，算了，等開完會再說。

總覺得跟一個女生說自己是因為去尿尿，然後因為差點被尿濺到然後跌倒摔下黑夜裡的山坡，才搞清楚發生了什麼，這種話私下講，有點遜，尤其是對有好感的女生。

要說就要在大家面前說。

k從小就相信，蠢事，在一個人面前叫丟臉，在一群人面前叫勇氣。

不然，怎麼那麼多幽默到接近北七的廣告，在各個媒體上播放。你仔細想廣告裡面的角色，要是自己在真實世界裡遇到，那就是悲劇了，可是放到大眾面前，嘿嘿，那就變成可以賣錢的廣告了。

這當然是詭辯，用來安慰自己的。

當然，也想過是不是要略過尿尿這一段不要講，可是這樣整個就會很怪異，為什麼會拋下

Sharon一個女生獨自在深夜的森林裡，就算是在車上，就算她是空手道選手，好像都還是很不講義氣，很不紳士啊。

還在想著，腳一跨進會議室，迎面就是刑事局長，巨大的身軀塞在一張皮質的辦公椅裡，看到k，馬上堆出笑容，「導演，聽說你已經解決案子了，果然厲害，方便先透露嗎？你知道，我們的壓力很大。」

「局長，還好啦，等等一起說嘛，你知道，我講話慢，講兩次，很累。」k緩緩回，突然覺得好累，又要面對這個老狐狸，等等又會隨時大發飆，對一個昨晚睡貨車上的人來說，有點太辛苦。

刑事局長哼了一聲，臉上仍掛著笑，八成在計算之後如何回報上層。

不過，要說起辛苦，看到旁邊坐著的鄭警官身上還穿著攻堅的戰鬥服，k就也沒什麼好抱怨的了。

鄭警官一臉倦容，但眼神還是銳利，看到k點個頭，嘴角微微一笑，沒有像往常一樣，馬上說：「要不要喝咖啡？」k猜他八成剛被局長狂飆一頓。

帶著k去工寮攻堅，沒想到，沒有結果外，案子還被半途落跑的k給解決了，心情一定十分低落，k心想，等等該適時地幫他講幾句話，畢竟他真的做到了一切必須的專業。

角落裡，坐著一位瘦高男子，穿著整齊西裝，一看就知道不是便宜貨，他扶了下眼鏡，起身，走向k，身後跟著位穿粉紅色套裝的女子。

「你好，我是龔律師，是劉先生家的法律顧問，這位是沈律師，是我們事務所的同事，一起協助，待會兒麻煩導演了。」

k接過兩張名片，道了聲謝謝，打開身上的小包包要收入，這時注意到對方，還站在原地等待，應該是要等k拿名片吧，趕緊回：「哦，對不起，我沒有名片。」

「沒問題，導演的臉就是名片了。」龔律師微笑，回座。

所以，劉家找了自己家的律師來，而且還特別強調，應該就是要說明他代表的不是億載集團，而是劉明勳。因為在這案子裡，說不定兩邊還有些立場和利益的衝突。

Sharon 應該是已經意識到這件事，所以特地做了這樣的安排。

「不好意思，臨時請大家來。」Sharon 走進來，一開口就是聲音宏亮的開場，感覺就是運動員出身的打招呼方式，而且聽不出半點前晚熬夜、來回開車的疲憊。

之前撥電話給她，來不及多解釋，她也沒有追問，好像覺得k自己時候到了會說清楚，這種什麼都由人、反正自己可以搞定的自信，真的很少見，不知道又是什麼運動心理學之類教的，總之，感覺就很 Champion，一副冠軍的樣子。

以前做運動品牌的廣告，他們常在說，能成為專業運動員，通常身體素質都已經到了一定的程度，基本上彼此都差不多，但能拿獎牌的，完全就贏在心理素質，不能拿獎牌的，幾乎分析到最後，只能用失常形容。不過一直失常，就會變成平常。

而那些拿到獎牌的，你不能說他們是天生贏家，但多少跟他的心智有關。尤其是競技型的、需要和場上對手對抗的運動更加明顯，對手都是輸給對面那個人的心，而不是身體。

Sharon 突然轉過來看向 k，問：「導演，想喝什麼咖啡？」

k 正準備要回答時，Sharon 又突然打斷，「不過咖啡利尿，導演要不要先去上個洗手間？」她邊說臉上還帶著笑容。

看來 Sharon 已經知道 k 下車是去上廁所，可是怎麼知道的呢？哦，也許，後來警察在附近搜索，發現尿尿的痕跡了，想到這，k 只好傻笑，覺得自己一輩子應該都無法在這女生面前帥氣起來。

「喔，還有你的手機先還你，掉在你昨晚尿尿的地方旁邊。」Sharon 手一揮，從俐落的褲裝口袋俐落地拿出手機，遞向 k。

k 走過去伸手要拿，Sharon 又收回去，k 的手落了個空，「等一下，你的密碼幾號？」

「密碼？」

「手機的。」

「我手機沒有密碼啊，因為怕我自己會忘記。」

「好吧，答對了。」Sharon 把手機重重壓在k手裡。

瞬間，k覺得好幼稚，往旁邊看，調查局副局長一臉饒有興味的看著兩人互動，刑事局長臉上仍是那種被壓抑的怒氣，好像看k很不爽。

k覺得應該要趕快講，誰知道刑事局長哪時候又會起來怒吼一聲，把自己給過肩摔？

「那李小姐，呃我的意思是，劉太太會進來嗎？」k問 Sharon。

「沒關係，她有事，待會兒進來，她授權我處理這個協調會。」

協調會？沒想到，Sharon 在短短的時間，就想出這麼充滿政治氣味的字眼，果然是個做執行長的料。

可以想像李恭慈會授權給她，說不定，基金會本來就是 Sharon 在運作，只是多少也會想這樣的人物，要是掌管的是企業體，會是如何？

敲門響，門開後，一臺推車被一位穿著白色設計感褲裝的美女推入，一看，就覺得有點驚人，那個叫什麼，哦對，貴婦下午茶塔，各色的糕點、三明治，組成了一個三層的圓塔，看起來十分豐盛誘人。

後面又一臺推車進來，是另一位妙齡女子推進來，身上一身黑，剪裁俐落，看起來是茶，還有整套咖啡專業器具，喔，咖啡，最重要的咖啡。

兩人的服裝，正好一黑一白，穿著打扮感覺就是設計圈裡的人的樣子。

「這兩位是我的朋友，她們分別是甜點師和咖啡師，都是從巴黎學成歸國的。」Sharon 大方介紹。

竟然有這種到府服務的高級甜點和咖啡專業人士，而且想想，Sharon 等於是在幾小時前才聯絡到，真的執行力十足。

「請問這是什麼咖啡？」k 湊到咖啡推車邊，指著其中一罐密封罐的豆子。

「衣索比亞的布穀阿貝兒，日晒處理，二〇一八年冠軍豆，要不要試試看？我現在就為你沖。」那女子很自信的回答。

「好啊，好啊。」k 的聲音很雀躍。

Sharon 滿意地點點頭，「也請大家用些點心，不要客氣，最近辛苦了。」

大家陸續起身，鄭警官當然是幫刑事局長服務拿糕點，看得出來刑事局長眼睛盯著他的動作，讓他有點緊張，每樣都拿了兩份，還好，當他放在局長面前時，這位壯碩的前柔道冠軍，滿意地點頭了。

調查局的副局長，倒是坐定在桌旁，沒有動作，冷靜地看著眼前，只有調查官拿了份草莓蛋糕，所以還是有少女心的。

k 站在推車旁，對點心不關心，只想喝好咖啡，推車上放了台號稱有鬼刀的電動磨豆機，那位小姐八成也耳聞 k 很愛咖啡，以熟練的技術將磨出的咖啡粉遞給 k 嗅聞，k 輕輕地吸了一口，果然香味滿溢。

接著，看她確認完水的溫度後，優雅地開始手沖，專注且有耐心地緩緩繞圈，自手沖壺嘴流出的水速率非常穩定，這個手勢，簡直是種迷幻，k可以看上一天，都不覺得無聊。

終於拿到手的咖啡，散發著香氣，一下子整個房間都幸福了起來，多少安慰了k的心，因為接下來要說的，不是多美好的故事。

「好，那我就開始說明囉，請大家喝咖啡，聽我說個故事。」k像平常在跟客戶提案一樣，做了個開場。

52

「如同各位知道，我是因為跟劉明勳買一支一九九二年出的文學家鋼筆海明威，被捲入這案子的。」說完，k喝了口咖啡。

「劉明勳的失蹤，被認定是綁架，是因為有一通綁匪來的電話，而綁匪的要求不是錢，是命。」k環顧全場，Sharon點點頭，刑事局長一副不耐煩的樣子，鄭警官拿著筆在記事本上記錄著，調查局的副局長臉上沒有表情，讓人很想過去戳戳看，到底是不是塑膠臉？

「問題來了，劉明勳是怎麼失蹤的？之前因為爆炸案的關係，懷疑是恐怖分子，更一度以為是勞資糾紛造成的，也找了一位工會成員姚先生來問，問到後來，卻發現劉明勳反而是對勞方較友善的資方，不是公司內部的強硬派，他的失蹤，對勞方沒有好處。我那時想說警方被誤導了……」k這時看向刑事局長，局長一副氣定神閒地拿著湯匙，在攪拌咖啡。

不會吧，這麼好的咖啡，還加牛奶？也太浪費了吧，k好想替那杯咖啡哭泣，也替旁邊的鄭警官感到難過。

「我們辦案必須從各種角度作評估啊，這是我們的專業。」局長輕鬆地回答。

「同時間，還有另一個面向，旺工的爆炸案，牽扯廣泛，所以啟動了國安機制，這部分我不清楚，也沒什麼可以分享的，但我意識到，億載集團非常巨大，對於國家而言，是個重要的企業，更是產業界的指標。」k繼續說。

調查局的副局長舉了手，「需要我們現在補充嗎？」

k緊跟回：「可以啊，這樣我們可以比較清楚整個情勢的發展，我也可以趁機喝咖啡，咖啡冷掉時，是另一種表現，果酸會更明顯，更能感受到層次變化。」

林調查官跟副局長點個頭，眼神交換後，就開始報告，她的聲音透出一種學術感，很像在報碩士論文給審查會議聽。

「我們參考了國外的情報機構提供的情資，也訪談了十五個園區的員工，包含現場工程師、資深專員，當初設計工廠的設計師、監工以及承包單位，當然也找了業界人士諮詢。

「同時，我們在億載集團內部發現一份文件，是現場工程師報告的，大意是管線已經超出原先設定的使用期限，在高壓下可能會有外洩甚至爆炸風險，而這份報告一路往上通報，到高層被擋下，沒有進一步改善動作。甚至在事件爆發後，有被人為掩飾的可能。我們是透過幾個特別的資訊管道才發現的。

「綜合結果判定，爆炸案不是人為引爆的，排除恐怖攻擊，但確實有極嚴重的人為不臧，包括管線老舊，刻意忽視檢查報告，未定期維護更換，也有報告捏造偽造文書的事實，因此建議環保署給予最嚴厲處分。」

k心想，那份報告要嘛在億載集團內部大量流傳沸沸揚揚，不然就是工會系統的人想讓事件真相被外界知道。

只是調查局怎麼沒有提到億載集團和警方私下往來的事呢？可能多少顧慮到刑事局局長在現場的關係吧，也許書面報告裡會提到，但當然不會讓刑事局的人馬看到，畢竟，不同系統難免有些角力。

副局長緩緩地補充說明：「當然，這也可能是國內環境保護的一個契機，未來我們會更加主動積極地參與，尤其在環保署和層峰的要求下，之後國內環境事務會是調查局協助調查執法的重點。」他的聲音很沉穩好聽，應該曾有人稱讚他是不錯的男中音。

k一聽立刻回：「太好了，像過去許多農地上面卻蓋了非法工廠，不但有安全問題，而且還排放廢水到農田裡，影響土壤幾十年，可是環保署的人力有限，很難管得到，有你們就不一樣了。」

「我們會努力。」調查局副局長微微一笑，彷彿這是場官方記者會。

雖然如此，k還是覺得剛吞下口裡的咖啡，好像綻放出另外一種花香氣息，這大概也是心情影響咖啡的口感吧。

「那我繼續說囉，我對案子一直沒有想法，中間還因為喝咖啡，聽到中部好多民眾其實對於空汙問題，非常困擾，加上之前綁匪電話提到的命，我就在想，會不會他說的命，不是劉明動的命，而是別人的命，被空汙影響的人命。當然，這個假說，也無法證實，只是我對於打電話來的人的一個想法而已。

「然後，有個無名屍在醫院吐血死亡，身上的手機之前打到劉家，這大概是一個意外的轉折，對於所有人都是。我因為跑去醫院，認識了醫院服務臺的媽媽們，她們在黃太太來醫院找先生時，通知了我。

「所以我有幸跟黃太太多聊了幾句，我一直在懷疑她是不是有參與綁架，猶豫之間，我選擇相信她。」

「不管相不相信，都應該抓住她！」刑事局長突然插話。

「我沒有法律上賦予的權力，她也不是正在從事犯罪行為的現行犯。總之，我聽她的陳述，才知道黃明文的身分，這點我是感謝她的，在這之前，我們其實陷入了僵局。」k看看杯裡的咖啡，已經見底，舉起杯子向咖啡師示意，美麗的咖啡師也回他一個微笑點頭。

「可是如果綁架的黃明文死了，那他所綁的劉明勳呢？被共犯繼續押著嗎？那共犯是不是會很快地滅口，好讓事件平息？這是當時我最擔心的。我也懷疑劉典瑞是幕後的主導者，因為對他而言，除掉劉明勳後未來公司治理的方向，可以完全由他掌握。這部分是可能的動機，另一個是他對於劉明勳的下落有超乎尋常的興趣，甚至對我施壓，我好奇的是，他何必對我這個不了解狀況的局外人恐嚇，這不太合乎比例原則，有點太大費周章了。後來我才慢慢感受到，這可能是他過去做生意養成的，也是他習慣的社會化行為，用權力逼使人就範，他的原因也很簡單，因為劉明勳的失蹤，讓他的股票跌了，他擔心股價。」

k注意到 Sharon 微微一笑，也注意到刑事局長在聽到劉典瑞時皺了眉，八成他也被一再地騷擾，也許那過程被調查局發現了，當作是有所勾結。

當然，也可能真的有所勾結。

倒是坐在角落的龔律師，只是專注地聽著，臉上沒有任何表情，一旁的沈律師倒是頻頻記著筆記。

「這邊我要談多一點劉明勳。我不認識他，但我側面從幾個不同人物的說法，可以發現，他似乎也想改變億載集團的企業走向，不想再繼續做高耗能、高汙染的生意，想轉型到高科技，但受制於公司裡父執輩的觀念還沒有改變，所以他也在這個掙扎裡。尤其當他知道黃明文的兒子在十八歲時肺腺癌過世，過程裡他還不時去探望，一定有很大的愧疚。」

k講到這，刻意停頓一下，再看看Sharon和劉律師，兩人都維持冷靜自持的模樣，沒有任何情緒波動。

果然是專業人士。

「那時，我有一個突發奇想，我也知道可能性很小，所以我不敢說出來。可是我沒有任何支持的證據，只是一種從戲劇角度思考的事件發展可能性。所以我只能把這個假說當作假的，放心裡頭，或者說放一邊。」

咖啡端上來了，k停了一下，拿起咖啡杯，閉眼，聞了一下。

「我那時覺得應該把力氣放在地點上，所以到黃明文家裡，發現了不在場的跑步機，我猜測，應該被移到山上，也就是他囚禁劉明動的地方，因此拜託鄭警官帶隊上山搜，我從黃家的照片猜是在快活林附近，但中間我暫時離開，所以詳細狀況也不清楚。」

鄭警官聽k說到這，打開手上的筆記型電腦，開始報告。

「那我這邊就說明一下搜索的狀態，在快活林附近有三個廢棄工寮，我們在搜到第二個時，發現明顯的在近期有人員生活痕跡，可惜沒有當場逮到，值得注意的是，角落有一臺跑步機，確認型號跟黃明文家中的包裝盒相同。」

他同時在投影幕上秀出照片，藍白色的燈光裡，一臺黑色的跑步機，下一頁，則是跑步機的藍色外紙盒，上面一個金髮外國男子對著大家笑，牙齒亮閃閃的。

k看著那跑步機大喊：「耶！我猜對了。」

「另外，在門邊有一大灘血跡。」鄭警官秀出下一張照片。

畫面裡，可以看到在門邊的一小塊水泥地上，有一灘深色痕跡，就在出門約一步的位置，旁邊可以看到就是茂密的森林。

「會不會是黃明文的？肝臟門靜脈壓力造成的瘤破裂，引發食道大吐血。」k照著印象把法醫說的背出來。

「那看得出是多少人生活的痕跡？」k問。

「這看不太出來，垃圾量不多，因為他有一個隔間房，房裡有張行軍床。房間外則是一張折疊躺椅。所以判斷是兩個人生活。」

k點點頭繼續說：「昨天晚上我們上山後，你們去搜索，我因為想尿尿，結果不小心跌倒，滾下山坡。」

「結果是真的啊，哈哈，他們說你可能尿尿跌倒，我還說怎麼有那麼蠢的人。」刑事局長大聲地說，臉上滿是嘲笑意味濃厚的笑容。

k眼角瞄到Sharon在偷笑，還好她笑了，博君一笑，也算值得。

「不是，那裡很暗，我根本看不清楚，而且我腦子裡在想事情，所以不小心……」k仍試圖解釋。

「你那時在想什麼？」Sharon問。

「想說不要被自己的尿噴到啊，它碰到葉子會反彈，我又看不見葉子的樣子，很難控制，我有一點潔癖，很怕髒。」

「結果呢？」

「結果，結果就噴到了啊！」

連進門到現在都一臉冷酷的調查局副局長，都露出了笑容。

這就是人性，他人的悲劇，就是眾人的喜劇。

「但也因為這樣，發現了一臺要上山的小貨車，他可能看到警方的車隊，正打算掉頭離開，在那當下，我考慮了一下，就從車後面爬上去，我發現，應該就是黃明文改裝過的貨車，上面有床還有各種家當，駕駛沒有意識到我偷爬上車，結果就一路被載下山，甚至開回台北。」

k在考慮要不要說自己太累睡著的那段，光尿尿跌倒已經夠糗了。

「你們可以到水門外的河濱公園停車場，找一臺後面帆布側邊被破壞切開的藍色貨車，裡頭有一張床，上面會有我的毛髮痕跡，因為我躺過。」

鄭警官一臉驚訝，刑事局長更是直接把驚訝說出來，「你上了賊車，然後還睡一覺？」

「沒有啦，我有保持警覺，可能太累了，也可能裡面有家的味道。」k一臉遺憾的說，「黃家被迫成為環境吉普賽人，住在這樣三坪大的空間，我相信黃明文他會想殺人，但我實在不相信，他會真的殺人。因為他們家經歷過家人生離死別，一個主張要維護環境好減少人命喪生的人，我實在不相信他會動手殺人，何況劉明動的路線說不定跟他還比較接近，殺死劉明動，只會讓億載集團繼續過去大肆破壞環境的老路。同樣的，我心裡也一直有點懷疑他找得到共犯，另一個不要錢的共犯，我覺得那太困難了。可是又真的有共犯存在，有人開著他的藍色小貨車送他去醫院。」

這案子充滿了矛盾，綁匪不要贖款，商人不想再只有賺錢，害人家破人亡，受害者繼續自我囚禁，孩子無法長大。真要說起來，白髮送黑髮人，更是人生最大的矛盾衝突。

「剩下的，我讓那個共犯來補充好了，他應該快到了。」k看看手上的黑色運動錶，指針正出現一個九十度直角，三點到了。

53

這時門外響起敲門聲，門一開，是李恭慈。

帶點疲憊，卻不影響貌美的她不發一語，跟在場的人士點點頭，緩緩走入，在 Sharon 旁邊坐下。不知為何，所謂自帶氣場就是這樣嗎？她的穿著典雅大方，沒有多餘的飾物，卻讓所有人看向她，目不轉睛。

緊跟著，一個男子從門口邁步走入，k 一看，馬上走向他。

「欸！不好意思，這是早上跟你借的一千元，早餐算你請哦。」k 同時遞出千元鈔，對方笑笑，接過。

早上遇見的男子已經換上西裝，看得出來質料極佳，但沒有打上領帶，刻意呈現出一種休閒風。

「這段時間，麻煩大家了，各位好，我是劉明勳。」講完後，男子跟所有人一個鞠躬。

「看！自導自演，怎麼可能？」碰一聲，刑事局長突然拍了下桌子，「你是把我們警察當白痴嗎？」

調查局副局長臉上突然有一絲異樣的微笑，好像今天最有趣的事發生了。

「我請各位留意，剛剛導演說的共犯字眼，只是開玩笑的，請不要當真。」龔律師起身很嚴肅的說完後，視線環顧所有在場的人，表情十分認真，應該也是擔心刑事局長拿來作文章。

k趕緊說：「對對，我胡說八道的，大家不要當真。劉先生你請坐，如果願意，我可以繼續說故事，看你要不要補充。」

劉明勳過去坐在李恭慈旁邊，一臉自信，彷彿是公司的內部會議。只是他手裡牽著美麗的妻子的手。

美麗的咖啡師量了些豆子，倒入磨豆機，機器的嗡嗡聲響中，k繼續說。

「有一個人他兒子死了，他妹妹死了，他去問過專家，認為可能是跟當地的空汙有關，而他自己因為孩子來託夢，說叫他跟太太要去住山上，否則肝硬化會惡化，會跟他兒子一樣死亡，所以他們就搬到貨車上住，有一天，他把太太送到山下，說要去找企業的主導人談一談，這就是事件的開端。

「我猜，黃明文可能意識到自己的身體狀況不佳，且之前和旺工的人員溝通沒有進展，決定直接找劉明勳談。黃先生之前就見過劉明勳，來到台北，可能在他出入的地方觀察，知道他有早上跑步的習慣，所以就趁著早上河濱公園人還不是最多的時候，把他帶走了。」

「我和黃先生之前有聊到我早上會在河濱公園跑步，他跑來找我時，我嚇一跳，然後他說要我上貨車跟他聊一聊。」劉明勳開口說。

「好，這個節奏可以，我講一段，然後你幫我補充細節。」k故作輕鬆的插入空檔。

劉明勳繼續說：「上車後，他拿出刀子，說要自殺，說他的肝癌也到了末期，他要在最後做點事，他請我伸出雙手，讓他上束繩，不然他就要自殺。」

「然後呢？」

「我當然讓他綁了，我們家已經讓他們家死了三個人了。」

k發現劉明勳在講的時候，李恭慈臉上滿是悲傷，似乎無法更加難過了。

「然後他把我戴上頭套，載我從台北南下，一路上山，中間他怕我不舒服，又把頭套拿掉，他說反正他要死了爛命一條，也不怕我去報案。後來，在山上，一個廢棄的工寮，他讓我住在那邊，雖然簡陋，但空氣很好。我跟他說，我需要跑步，所以，他就從家裡扛了跑步機上來給我。

對我來說，這有點像突然出現的一段小假期，不必每天擔心公司的營收，不必二十四小時回來自全球各地的訊息，不必盯著財務報表，不必擔心訂單的量在這一季會不會萎縮。我每天白天就和他聊天，天黑就睡覺，作息很正常。只是不好意思讓家人擔心了。」

劉明勳拍拍自己手裡李恭慈的手，側頭看著她的眼睛。

「那他要的是什麼？」k繼續問。

劉明勳回過頭來，「他跟我談兒子生病時的狀況，那種做父親的很想把命給兒子的心情，那種無能為力，那種做為一個父親卻無法保護自己孩子的無奈。他本來很怨恨我爸，因為當初是我爸去設立旺工的，可是我說，我爸也不知道會變成這麼糟，要是早知道會造成那麼嚴重的空汙，我爸一定不會設工廠，他自己每天都跑十公里，怎麼可能會想弄髒空氣？」

劉明勳講得很激動，手一揮，差點打翻咖啡師端上的咖啡，k趕緊追問：「我是說黃明文綁架你是要做什麼？」

「他希望我們不要只是給地方回饋金，而是實際提供醫療協助，讓受空汙影響的人得到醫治，他的理由是那些錢分下去，其實中間都被很多利益團體瓜分掉，可是真正生病的貧苦居民，拿到少少的錢，又無法負擔較好的治療費用。我們討論的結果，可能會是以基金會的方式，和醫學教學中心合作，盡量全額補助，甚至提供最新的療法。」

「他說的不要錢要命，是這樣喔？」

「他說他來不及了，可是那些小孩一定要救。另一個就是旺工必須轉型，他說你不能一邊說要救人但一邊殺人，這是他人生最後的訴求，也是他覺得唯一對得起他保護不了的兒子的做法。」

「那他吐血身亡，你知道嗎？」

「我知道他吐血，是我載他去醫院的。」

結果，k的猜測是對的，送黃明文去醫院的就是劉明勳。只可惜當時醫院周邊的監視器沒有拍到，不然早就結案了。現在警方比較不清楚的謎團，應該是為什麼黃明文都過世了，劉明勳還不回家？

劉明勳繼續說：「黃明文其實之前就有吐血，這也是為什麼他來找我的原因，他知道他時間不多了，後來，我們在談好後的隔天，他就大吐血，我當場嚇到，沒看過那麼多血從人的嘴裡噴出來的，我趕快開車帶他下山，衝到醫院，但因為我不能被人家看到，所以讓他自己走進去。」

鄭警官突然舉手問，「我們之前追蹤你的手機，卻定位不到。」

「黃明文在要下山去醫院前還我，那時我才開機，另外，我自己就是做資通的，所以我的手機是我們公司內部工程師另外作加密，幾乎無法追蹤，不好意思，讓你們麻煩了，真的很抱歉。」劉明勳表情充滿歉意。

「莫名其妙，浪費國家資源，應該找人逮捕你。」刑事局長生氣地吼著。

「抱歉，局長，我的當事人做為受害者，不應被過分責怪。我做為他的律師，要請你注意言語，若真有需要逮捕，也請跟我說明案由，由我來處理。」龔律師起身快速地回應，一瞬間，k還以為自己在看法庭片。

「拜託，我說的有錯嗎？」刑事局長還是繼續叨念著，不過，音量低了許多。

劉明勳伸出右手，示意律師別太嚴厲，並立刻轉向局長。「局長說的其實一點也沒錯，真的是浪費了各位寶貴的時間，實在很抱歉。我在這裡很鄭重地向各位承諾，未來億載集團和我，對於國家治安系統各項需求，包含警政署以及調查局，一定會全力配合，並請讓我們能夠有更多的參與，提供實質的回饋，刑事局這邊之後有任何需求，也歡迎讓我知道，我一定全力以赴。」

刑事局長聽完劉明勳懇切的道歉後，勉強點點頭，沒有露出笑容的臉，線條漸趨緩和。

「我想釐清一下，關於旺工的爆炸，你了解多少？」林調查官也跟著發問。

「是，旺工過去是我父親創立，這二十年來幾乎是我叔叔在負責operation，他們屬於比較傳統的石化產業，而我主要是負責資訊和科技產業，所以我雖然是掛集團董事長，可是有點管不太到。因此中間我雖然耳聞空氣汙染的問題，可是礙於家人顏面，我不好插手。爆炸發生後，我發現這樣不行，想要進一步接管，沒想到就被黃明文帶走了。」

「你認為發生爆炸的原因是什麼？」

「應該是多年來考慮到降低成本，沒有按時汰換老舊管線，環保署開的罰單，我覺得是合理的，這等於是把過去沒有算入的成本，現在一次攤提。」劉明勳說完，拿起身旁的咖啡喝。

k很驚訝竟然有企業家會覺得政府的罰款是合理的，這傢伙一定遇到了人生的大轉彎。

「最重要的是，我父親。」劉明勳放下咖啡杯，「我父親一輩子努力在做實業，他關心健康，所以他鼓勵大家運動，他自己更是愛跑步，他認為人活著應該是努力工作，然後得到尊嚴。可是我現在看，他卻因為他過去的工作失去了尊嚴，造成了環境汙染，被許多人唾棄。我必須要捍衛我父親的名字，我必須要幫已經無力捍衛的他，這是我做為兒子的義務。」

「那在黃明文過世後，你都在做什麼？」鄭警官問。k還在想說，哪時候警方才會問這個問題。

「我不知道他過世了，一直在山上等，我們之前約好，怕被別人發現，所以要等他聯絡我，直到我後來去醫院打聽，才知道他那天沒挺過去。」劉明勳一臉悲傷。

看來服務臺的阿姨們，應該又有被請喝咖啡。

「那你知道他過世後怎麼不趕快回家？」刑事局長問出了個關鍵的問題。

「我想說回山上幫他整理一下東西，某種程度，我們成了夥伴，我想要幫他一點，我總不能拋下夥伴，他已經失去家人了……」

龔律師突然起身，打斷劉明勳的話，應該是意識到這樣的話語可能會有問題。

「各位，如果沒有進一步的問題，劉先生剛回來，請先讓他休息，讓他和家人團聚，之後若需要進一步的說明，也歡迎跟我聯絡。」

「還有件小事。」鄭警官突然發言，所有人看向他。

「導演，你的手機掉在山上，我們尋獲後，來了通電話，因為擔心你的安危，所以我接起來。」

k掏出自己的手機，查看通話紀錄。

「是個男子，劈頭就問劉明勳在哪裡，我考慮了一下，問他是誰，他口氣很差地說你怎麼敢忘記我，我是阿明大啊！」鄭警官的語氣很妙，嘴角帶些微笑。

原來是追風傳說北回歸線以北哥阿明老大，k心想，不知道鄭警官怎麼應對。

「他們一夥人都凶神惡煞的，你怎麼處理？」

「為了了解進一步案情，我約他一個地點見，然後剛好帶弟兄下山，把他們帶回局裡，後來發現，他們似乎跟劉先生的失蹤無關，只是其中幾位是通緝犯，因為恐嚇取財在逃，因此也有所收穫，謝謝導演幫忙。」

「可是他怎麼會願意跟你見面？」k想到一個奇怪的點。

「我假裝我是你呀。」鄭警官微微一笑，舉起咖啡杯向k致意。

「可是……」

「放心好了，我有跟那個阿明說，是我撿到你的手機啦，叫他不要找你麻煩，他們做兄弟的，都聽得懂，有什麼事你再跟我說，我來處理。」

怎麼那些牛鬼蛇神凶得要命的，鄭警官講起來雲淡風輕，好像是幾個小學生一樣，這大概就是警察的權威感吧，剛才還想說要幫鄭警官美言幾句，沒想到，自己已經被他給好好利用了一下。

「你到時候記功要請客。」k想半天只擠得出這句話。

「我會處理好出色的咖啡豆給導演。」鄭警官點點頭。

「好，那就沒我們的事了。」刑事局長彷彿會議主席，大聲宣告。

調查局副局長率先離座，起身後跟每個人點頭，一副紳士派頭走出。

緊跟著，刑事局長也站起來，「綁架案主謀因已過世，全案偵結，不起訴。」他嘴裡說著，一邊邁開大步離開。

刑事局長經過k還拍拍他的肩膀說，「其實，每個男人都被自己的尿噴到過。」講得好像是一種格言，不知道這算是一種安慰，還是認同。

總之，他走的時候，臉上是帶著笑的，當然還是那種k覺得可怕的笑。

咖啡師、甜點師還有律師們，也在一陣簡短的道別喧鬧聲後離去，房間裡，突然整個安靜了起來。

剩下k和劉明勳夫妻以及Sharon。

k留下來的原因，是他還有一個問題和一個提議。

k相信劉明勳也知道他一定會問。

「你最後一個問題，沒有回答完全，我猜，你沒有立刻回家的原因，是因為要將計就計……」

劉明勳點點頭。

照理說，劉明勳就算原本不知道黃明文在醫院的狀況如何，理性的選擇，應該還是可以回家，或者面對警方。

可是他卻在山上遇到警方搜索時，反而趕著下山，這個行為，說明他有一個暫時還不想讓案子落幕的理由，一定有一件事是必須要再多一點時間才能完成的，警方當下放過，可是之後一定會再想起。

k跟劉明勳確認了。得到了問題的答案。

於是k提出了一個建議，把之前的建議再進階。

54

隔天，億載集團召開了臨時董事會，k被邀請當外部顧問，一起列席。應該是要去看腥風血雨吧。開車前去的路上，k想著，待會兒的情況，不會太好看，可是為了自己的提議，又得忍耐，堅持到底。

進到會議室時，長長的會議桌旁，已經坐滿，看起來都是位高權重的大人物，雖然一個都不認得，可是可以看出每一位臉上都憂心忡忡。

門一開，劉典瑞走了進來，來到長桌最前的一個位置，自顧自地坐下。他一臉怒氣，沒有跟任何人打招呼，k坐在角落，想說盡量不要被他看到，總覺得跟他講話很累。

這時，看到 Sharon 進來，坐在劉典瑞旁邊，正覺得奇怪，為什麼她願意坐在那人旁邊時，劉明勳也進來了。

劉明勳今天一身正式服裝，氣勢驚人，有種不怒而威的權威感。在場的每一位，就算年紀長他二十來歲，抬頭看著他的樣子，卻都像是在仰望自己的領袖。除了劉典瑞，仍舊自顧自地看著自己的手機。

劉明勳在長桌的最前面坐下，轉頭看向自己右手邊的劉典瑞，微笑打招呼，「叔叔。」

劉典瑞頭也沒抬，「回來啦，昨天怎麼沒來我家坐？」

劉明勳一臉笑著說：「剛回到家，想說多陪家人。」

「我也是你的家人啊。」劉典瑞沒好氣地回。

現場一陣尷尬，所有人都屏息，不知道劉明勳會怎麼回應。

「對，叔叔說得是，是我不好，讓你們擔心了。」

一會兒，一位著西裝男子彎腰在劉明勳身旁，附耳說了兩句。

劉明勳抬頭，面對所有人說：「不好意思，臨時找各位進來，我宣布億載集團臨時董事會開始，今天有個臨時動議，由於旺工爆炸，肇因為管線老舊未更換、人員管理不善，造成集團聲譽及營收受損，我要請劉典瑞先生辭去副董事長，負起責任。」

現場一陣譁然，劉典瑞馬上抬頭，大吼：「你敢？你就沒有責任？你失蹤讓股價大跌，難道就不是你的責任？」

「我被綁架恐怕不是我個人意志造成的，不過，同樣地，我也感到很抱歉。」

「你的股份沒有多到可以把我弄下來，不然來投票啊！」

「這段時間我們的股東們確實辛苦了，不過因為市場變化，為了支撐我們的股價，我們家也付出不少……」

這時門一開，李恭慈走進來，劉明勳示意請她坐下，一位工作人員馬上挪來一張椅子。劉明勳等妻子坐下後，「這段時間裡，我和我妻的股份，目前加總達到百分之四十七。」

k之前猜劉明勳在黃明文身亡後，沒有立刻返家，一定有一個很強烈的理由，而且這可能就跟他一直在意的企業轉型改造有關。

當時，聽劉典瑞喊股價大跌，k心裡就想，要是自己有錢，就會大量買進，畢竟這家公司的體質很不錯，日後應該會回升反彈，而劉明勳果然有類似的想法。只是k想到的只是賺差價，劉明勳想到的卻是逢低買進增加自己的股權，好在公司經營上排除劉典瑞。

為了怕驚動劉典瑞，也怕走漏風聲，劉明勳正好利用自己被綁架的案件，造成人心惶惶，最重要的是股價下跌，他收購股票的成本就能大幅減少，就有機會多於劉典瑞。又由於劉明勳的被綁架已經是新聞媒體披露，屬於公開資訊，便又迴避了內線交易的違法風險。所以在完成股票收購前，他不能回家，不能被警方找到。

那天在山上遇見劉明勳，正好遇上環境保護署開了張兩億元罰單，消息一出，隔天早上九點一開盤，整個億載集團股票跌到最低點，劉明勳委託人趕緊買進，掌握了足夠的股權。

k回想，那時應該是在吃早餐，真的是很有趣的對照，自己是吃了蛋餅，劉明勳是吃了億載集團。

這時，k只見到原本坐在會議室第二排的工作人員，紛紛拿出電腦，快速上網查詢並計算著，劉典瑞更是焦急地起身，來回和不同董事交頭接耳。

大約五分鐘後，劉典瑞坐下，臉上依然漲紅，但嘴角卻露出微笑，「明勳啊，你是不是算錯了？這樣，我這邊加上幾位老朋友的股份，有百分之四十八哦……」劉典瑞一臉討人厭的笑容，「不好意思，不只你有買，我這段時間也有買一些公司股票，像你說的，我們經營者要先承擔啊。」

劉典瑞臉上的笑容，大到不能再大，好像贏得了全世界，k心裡著急，劉明勳大概也沒想到，懂得危機入市的不只他吧。

這隻老狐狸，竟然也大量買進，這下子，億載集團不要說要轉型成高科技，只怕傳統產業的部分不只會繼續做，還會擴大。

劉明勳被奪權就算了，反正有錢人就算不是董事長，還是很有錢，只是沒有權而已，大概吃喝三輩子都沒問題。

只是這樣黃家人的犧牲，不就只是犧牲，完全白費了？台灣的環境，只怕要每況愈下了。

這就是一人死，眾人亡嗎？

「我劉典瑞現在提出臨時動議，基於經營不善，且其個人事件造成公司多日紛擾，在社會媒體引起爭議，我建議請劉明勳先生辭去董事長職位，以利公司永續發展。」

還永續發展咧？人都被空汙害死了，這樣的環境，哪能叫永續發展？只看得到錢的經營者，就是那麼短視近利，要是環境差，賺再多錢又有命花嗎？

想到空氣會更糟，以後不知道能不能跑步，k就更火大。

劉明勳閉著眼，臉上面無表情，似乎也承認了自己的潰敗。

突然，他眼睛睜開，「在各位投票表決前，我想再說幾句話。」他起身。

「我父親當初創立億載集團，幾位叔叔伯伯都是他的好幫手，我們這幾年若有些成績，也是各位和我父親奠定下來的，我做為集團領導人，一直想跟各位說聲謝謝。」

聽來，是個告別演說。

「但是，我們以前並不知道我們的事業會影響到別人的家庭，會奪走人的健康，會讓人罹患肺腺癌，這幾年，我們上新聞，很多次是跟空汙有關，雖然拜託公關部門的同事處理，可是事實就是事實，壓不下來的就是壓不下，因為那是人命。同時間，我們的資通科技部門，其實營收很不錯，不管是手機通訊零組件或是資訊安全，都有很好的成績，但我們的上游廠商，像蘋果和 GOOGLE，現在都全面要求所有供應商，必須完全使用綠電。當然，我們不一定要做他們的生意，可是我只是要提醒各位，這是趨勢，過去靠破壞環境和傷害人體的生意，已經不能再做了，不是道德良知的問題，而是利潤過低，且發展的可能，越來越小。」

k觀察幾位董事應該是基於禮貌，眼睛是看著劉明勳，但那眼光，比較多是憐憫。

他喝了口水，又繼續說：「再講回我的父親，各位知道，他一輩子苦幹實幹，不喜歡跟銀行借錢投資，他認為做事業就要做實業，不喜歡虛的、空的，他更要求我們不可以老闆自己賺飽飽，員工苦哈哈，要求員工的薪資得是這個城市裡相對高的，他覺得可以照顧好員工的才稱得上老闆。」

k發現講到老老闆，許多董事的表情就不一樣了，有的頻點頭，有的眼神開始變化，好像泛著淚。

「他重視名聲，他重視榮譽，他鼓勵員工跟公司借錢，還不收利息錢，他關心員工的家庭，而且熱心公益，他說因為我們本來也是普通人，是社會幫助了我們。

「所以我不相信這樣的父親，會對我們為了賺錢破壞空氣品質感到開心，為了那幾個億，破壞別人家庭，而明明那些多賺的錢，我們一下子也用不到，他最常說，我賺再多只能吃半碗飯，睡覺也只睡一張床。當初旺工雖然是他想要蓋的，可是目的是保護我們國家的石化戰略產業，避免被外國要脅，他在還沒正式營運前就走了，所以他沒有看到環境惡化的結果，要是他看到，我覺得他一定不會同意，一定很快就要求改善轉型。

「最後，我只拜託大家回想一件事，我父親是每天跑十公里的人，你覺得他看到現在灰濛濛的天空，破表的 PM2.5，他能跑嗎？他會說什麼？」

當他說完坐下時，會議室一片安靜。李恭慈拍拍劉明勳肩膀。

k聽到這，實在忍不住心裡的激動，就拍手了。只是自己那拍手聲，聽來稀稀落落的，越拍也越小聲，在這巨大且無聲的會議室裡，聽來好孤單，好渺小無力。簡直就像眼前落敗的劉明勳，就像黃明文，就像十八歲就離世的少年，無法對抗整個時代對金錢的貪婪。

一種低氣壓籠罩著，也許是愧疚，也許是難過，沒人出聲。沒人敢出聲。

劉典瑞突然出聲，「明勳，我跟你說，那是你個人的看法，我也很努力在維持我阿兄的願望，他當初打下來的江山，我不能隨便就讓它被人毀掉，當初都是我阿兄跟我一起，和經濟部的那些官員討論的，是國家拜託我們的，不是我們為了賺錢而已。講環保？拜託，蘋果他們是會跟你說謝謝喔？他們那些老外，還不是只是貪我們的便宜，壓榨我們比誰都還狠。我跟你說啦，台灣沒有資源，也沒有國家幫忙，我們企業自己要想辦法活下去。」

聽來，從劉典瑞的角度，他是在維護傳統，他也一樣在守護創辦人打下的根基，只是方向不同，難道這就是現在常在談的世代價值差異？

劉典瑞喝了口茶，喘了一下，又繼續，但這次身子是整個轉過去，朝著劉明勳說：「因為我們的工廠就生病？拜託一下，我們有給地方補償金啊，他們也都有拿了。要是說被民代拿走，他們就要去找民代啊，我們一毛都沒有少給，更別說，他們怎麼不去問隔壁的強國？空汙、沙塵暴從哪裡來的？至少百分之三十是境外汙染，那賠償金怎麼不去跟他們要？跟他們抗議？不敢嘛，只敢找我們這種企業。明勳，不是叔叔要說你，你命太好，不知道外面人多狠，你一心軟，別人就吞了你。你不顧這個家，你不顧這個集團，我還要顧，這是我阿兄交給我的。好了，不要說那麼多，投票了啦！」

這時 Sharon 起身，看著劉典瑞說：「不好意思，爸爸，我的股份贊成董事長的想法。」

k驚訝的手撫著嘴，下巴差點掉下來。

55

k沒想到Sharon是劉典瑞的女兒，更沒想到她是個不聽話的女兒。

劉典瑞眼睛瞪得老大，緊閉著嘴，一句話也沒說。

現場繁忙地計算股權，計算董事席位變化，進行投票，劉典瑞和劉明勳都一臉嚴肅。看得出來，劉明勳仍帶著期待，他緊握李恭慈的手，沒有放開。兩人對望，深情款款，似乎和這眼前殘酷的企業世界，已經無關。

只不過，投票的結果，仍是六比五，董事會決議請劉明勳離開董事長現職，坐在現場的k都強烈感受到劉明勳的失望，他起身，牽著李恭慈的手走出，經過k面前，臉上帶著硬擠的微笑，但眼睛裡亮閃閃的，應該是淚。

對李恭慈而言，這先生是失而復得。

對劉明勳而言，這公司是得而復失。

但至少還有這個家。

黃家是家破人亡了。

劉明勳應該也對這有所體會吧。

這時候，k意識到自己待在一個不太受歡迎的空間，於是跟著收拾東西，準備離開，同時聽到祕書正在宣告另個董事提案，就是提名劉典瑞擔任董事長職位，邊走出去，耳邊就聽到已經獲得通過，接著就是掌聲，在他關上會議室門時。

走廊上，Sharon 追上正要搭電梯的k，出聲叫他，「等一下。」

「妳都沒說劉典瑞是妳爸。」k轉頭脫口而出。

「你又沒問，而且我是獨立的個體。」Sharon 依舊一派自信地回答。

「喔，那……我要回去了。」一下子也不知道要回什麼好。

「不行，你欠我一頓晚餐。」Sharon 微笑的表情很可愛，不過，看眼神也知道，是認真的，因為帶著點殺氣，不能拒絕的那種。那些過去在場上當她對手的，真可憐。

「有嗎？」

「讓一個女生自己待在黑暗的森林裡，你覺得呢？」Sharon 的眼神更殺了。

「喔。」k很想回說，自己是去尿尿，但這實在沒什麼好講的，「那妳想吃什麼？」

「哪有被賠罪的人想餐廳的？」

這頓晚餐吃得很開心，兩個人把從小時候到現在的事都聊了一遍，好像忘記白天會議室裡董事會的大屠殺了。

侍者開完酒後，鞠個躬離開，k拿起紅酒瓶，仔細看著上面的酒標，再拿手機一掃，顯示為4.4的高分，名字是 Rock & Hammer，酒標上一個健壯的男子高舉著跟大榔頭正對著眼前腳下的石頭要揮擊，這支酒是 Sharon 從辦公室帶出來的。

「哇，好高分。」

「你要是知道是誰做的，會更高分。」

「誰做的？」k好奇。

「這是我在美國讀書時，教練在我比賽前送我的，他說，不管贏或輸，都要開這支酒。」

「哇，教練人真好。」

「你在被他訓練的時候一定不會這樣想。」Sharon 笑了笑繼續說，「因為這支酒是ＮＢＡ馬刺隊總教練 POPOVICH 做的，你知道，這二十多年來，馬刺隊的球員休息室上都掛著一個銅鑄的銘版，波波教練希望他的球員永遠記得，上面寫的就是酒標上寫的。」

k仔細讀起那段密密麻麻的文字，翻譯過來大致是「當一切看起來都沒機會時，我會去看看敲石頭的工匠。他在敲一百下時，可能石頭連一點裂縫都沒有，卻在敲第一百零一下時，石頭裂開來了。這時我知道，不是那最後一下讓石頭裂開來的，是之前那每一下。」

「好勵志的故事啊！」

「嗯哼。」Sharon 手上拿著瑩亮的紅酒杯緩緩旋轉著，一手撐著微偏的頭，眼睛盯著紅酒在杯中緩緩旋轉。

紅酒的血色，伴著反射的光彩，映到白色的餐桌。

k舉起紅酒杯，敬 Sharon。

「來，我敬妳。」

「敬我什麼？今天我們輸了。」Sharon 一臉不懷好意地問。

k一下子語塞，確實，今天等於讓不在意環境的另一方大獲全勝了，說實在沒什麼好高興慶祝的。看著 Sharon 大大的眼睛，在自己高舉著紅酒杯後閃耀著，心裡有點急，那該敬什麼好呢？

「那我祝妳身體健康。」好不容易硬是想到這個。

「啊？喔，好，身體健康。」

「就像妳的教練說的啊，只要全力以赴了，就足夠了，而且身體健康，我們就可以繼續努力，人生都是因為健康，才有機會。」k自己講完，突然想到一件事。

「欸！我問妳哦，你們健康檢查了沒？」k問。

「上個月檢查過了，問這幹嘛？」

「我有個 idea，不過，這有點走在灰色地帶，但是可能可以改變現狀，至少可以再敲一下。」

「是什麼？」

「讓人去經歷故事。」

接著，k把幾個月前在報上看到的一則新聞講給 Sharon 聽，Sharon 睜大眼聽，聽到最後，笑了出來。

「欸！這很嚴肅的，我雖然是個笑話，但我不是在說笑話啦。」

「我知道啊，所以我才笑，你的腦子到底都裝什麼？」

「我也很想知道，只是都漏光了，因為有洞。總之，我必須提醒妳，這有倫理上的疑慮，妳再考慮看看。」

「我知道，我是大女孩了，我自己可以處理，你不用擔心。」

晚餐十分愉快，幾乎讓人忘記白天的挫敗。

這就是晚餐的意義。

白天讓人難以度過，好讓人感謝晚餐。

這就是白天的意義。

56

後來的一個月，k沒有從 Sharon 這得到什麼消息，日子繼續過去，一樣跑步，一樣想些奇怪的事，一樣去工作拍片。

突然間，早上跑完步後，在報上看到新聞，「新任億載集團女董座宣告環境友善轉型」看內文，劉典瑞主動辭去董事長職位，改任榮譽顧問。劉典瑞推薦集團董事長職位由 Sharon 繼任，所有董事，一致支持通過。稍後召開的基金會董事會，會中通過原基金會執行長 Sharon 的空缺，則由劉明勳繼任。

這是k之前對劉明勳的提議，他建議劉明勳自己來做環境友善的工作，用企業家的角度來執行，一定比過往有成效，原本以為這提議隨著劉明勳下臺已經沒有機會，沒想到，又失而復得了。

k想說打個電話給 Sharon，又覺得這時候她應該很忙，而且人家當上董事長打電話過去，感覺有點錦上添花。

工作室的電鈴響時，他想說應該是快遞，最近訂了一瓶墨水，是台南文寶房做的，全球限量。名字叫做「交陪」，就是台語的交朋友，但又比交朋友來得深刻些。比較像是「交往」。是那種有意識的，主動的，經過選擇的，同時還帶著些命運、宿命的安排。

匆匆過去開門，門外站的是劉明勳。

讓劉明勳在工作室坐下後，k磨了咖啡，豆子是衣索比亞古吉Adola G1，用的是厭氧發酵日晒處理法，味道有柚花、甜白酒、葡萄柚、萊姆、百香果和可可。

兩人就著咖啡，聊了一下，劉明勳講了一下近況。

基金會決議聘任黃太太，也就是陳淑淨女士為基金會新任理事，同時以黃家小孩黃信翔的名字成立獎學金，扶助空汙影響地區的青年學子。

其實就是讓活過十八歲可以上大學的，有資源上大學，那些比黃家小孩幸運的孩子們，有些經濟上的奧援。

劉明勳提到他這幾年感到很大的壓力，除了企業的利潤外，主要是同學過世，雖然空汙不完全是他造成的，但他等於間接是創造了一個自己認識的孤兒寡婦家庭。

最重要的是，劉明勳自己的女兒開始上幼兒園，孩子一到學校就會看校門口插的旗子，若是綠旗就可以戶外活動，黃旗是介於好與不好不好之間。

對女兒而言，綠旗代表可以溜滑梯，可以在草地上跑步。黃旗是可以去外面玩，但只能一下下。紅旗就只能在室內，不可以出去玩。

每天女兒回家都會跟他說，今天的旗子什麼顏色，幼兒園的老師，也會教導孩子許多關於人與環境的關係，聽著孩子認真的轉述，常常他都心裡一驚，很怕哪一天女兒將要指責他。那個他心愛的女兒，那個他希望可以保有最完美形象的女兒。

對話裡，k不斷感受到劉明動的愧疚感，也難怪劉思考，由有心理負擔的自己，親自投入來推動環境保護意識。

與其每天心裡有愧疚，在企業利潤與環境保護間痛苦拉扯，不如暫時離開企業崗位，好好面對這個重大的環境議題，用自己的力量看能改善多少，直球對決。

k心想，用劉明動經營企業的能力和資源，來倡議環保議題，說不定會有不一樣的做法，不像傳統的NGO多是以節省成本的方式出發，把這件事用足夠的資源好好來扭轉。對k來說，這也算是個有意思的實驗，自己答應劉明動一定會全力參與，這件事對整個社會應該只有好處，沒有壞處。

與其在旁邊抱怨哭泣，不如奮起用力。

k開玩笑說，之前要給他的比特幣他不收，要劉明動投入環保議題的推廣，好好改善台灣企業家思維。

邀請黃太太也就是受害者家屬，擔任基金會董事，也是很好的，因為受過苦的人，最清楚問題的影響力。當然，這也能容易獲得其他董事的同意，畢竟，這是種正義的補償，更是未來公關議題操作上特別的策略。

劉明勳做為一個專業經理人，真的沒有閒著，出任基金會執行長的第一個任務就是來找k，要他去找黃太太，所有費用由基金會買單。

k答應了，因為劉明勳緊跟著說，警方由鄭警官剛傳來的線報顯示，黃太太正在花蓮的海邊散心。原來，當初黃太太在黃明文跟她道別後，就去到花蓮，在一家小民宿幫傭。

沒錯，那裡也是好空氣的地方。

在先生已經無法帶著她在山林間飄蕩相依為命後，孑身一人的她，仍舊依著兒子夢中提醒的，要住在好空氣的地方。

k已經忍不住想趕快出發了，迫不及待要在海邊的步道跑步，迎著風，享受全台灣在冬天最好的空氣品質，大口呼吸香甜的空氣。

劉明勳喝完咖啡，講完來意，就起身說要走了，因為要去接女兒放學，那是他過去幾年沒有機會做的，這也是他人生新的開始。

k望著他，不知道為什麼竟有點羨慕。

「等一下，我還有個問題，為什麼劉典瑞會願意？」

「Sharon 說是你給她的 idea 啊！」

「我？」

「你有空再自己問她。」劉明勳神祕的微笑。

「這是我最想要的生活。」劉明勳走出門口時，轉過頭來對著k，用自信的語氣說著，夕陽在他後腦勺閃耀著。

57

劉明勳離開後，k把咖啡器具拿到洗手槽洗著，邊洗邊想。

k原本就認為，Sharon的能力一定可以勝任更高的職位，只是沒想到，這麼快。

對於億載集團這麼巨大的企業來說，董事長代表的是未來五年的前進方向，就眼前的公司營運可能不會有太大的影響，畢竟中高階經理人都在。

值得關注的，應該還是接下來的策略宣示，包含外資在內的業界，接著一定都睜大眼睛看Sharon在未來幾週內對媒體和產業界要釋放什麼訊息，那才是關鍵。

不過，這樣的話，Sharon以後應該會變超忙的，至少在剛接任這段時間，那不就沒空出去玩了？

k搖搖頭，試著把最後的念頭甩掉，自己在想什麼兒女情長的事，許多人的家被空汙害得家破人亡，Sharon上來後，應該可以改善空汙的問題，甚至轉向環保導向的綠色企業，把集團力量做在好一點的路上，這才能發揮影響力，改變世界。

突然想到，Sharon的爸爸是劉典瑞耶，這實在太勁爆了。長得一點也不像啊。

一定是媽媽特別漂亮。

第一次和劉典瑞見面，是在基金會，他突然硬闖進來，蠻不講理的，最後是 Sharon 把他請走的，那時候覺得 Sharon 還真敢，對一個集團副董事長這樣不客氣，且在當時劉典瑞應該算是全集團的實質領導人吧？

現在回想起來，原來如此，女兒的權力當然大了。

不過，難道就因為 Sharon 女兒的身分，劉典瑞就願意放下董事長的巨大權力，讓集團重新調整方向，還人們好好呼吸的權利嗎？那之前為什麼不會願意呢？

回過頭來說，到底什麼時候，讓人好好呼吸，變成是這樣奢侈的想望的？

仔細想，也不過就這十幾二十年，空氣才變糟的，在這之前，台灣西部仍舊是安全的，冬天並沒有霧霾，並沒有嚴重的 PM2.5。

k 這時突然恍然大悟，為什麼當初億載集團創辦人會有錯誤的預判了，為什麼會覺得自己的工廠不會造成汙染，破壞環境。

因為二十年前，創辦人不知道鄰國的崛起會帶來巨大的空氣汙染，而當那境外汙染，隨著東北季風，翻過國界，經過海洋，影響到整個東亞所有的國家，只要再加上台灣本地的工業汙染，兩個加總起來，就成為近代最可怕的一波無差別屠殺，可以誘發癌症殺死人，打亂所有人的人生規劃，破壞每個家庭。

國境線的劃分，無法阻擋空氣汙染，空氣是自由的，我們頭上是同一片天空，不因國家不同，有較多保護。

想起爆炸案發生時，一直有個陰謀論認為是境外的恐怖分子所企劃，如今看來，國際恐怖分子的危害，或許都沒空氣汙染恐怖，因為無法逮捕首腦，且殺害的人數更加眾多，攻擊對象不分年齡大小，沒有人會比較安全，傷害國力更加嚴重，這當然該是國安問題了，當然該用面對恐攻的謹慎態度面對。

如今，台灣只有東部，在冬天，仍能自在地在戶外運動。

據說，花蓮門諾醫院在招聘醫護人員時，也把這當作是主訴求呢，這真的是行銷上傑出的一手。

那天和 Sharon 晚餐，k講起黃太太一家的悲慘遭遇，同時講起了一個在報上看到的一個國際新聞。

新聞的大意是說，英國發生駭客駭入醫院的影像資料中心案件，他們有能力竄改裡頭的醫療報告，有資安專家說，這在未來恐怕會是新的攻擊手段，藉由攻擊醫療院所，竄改國家領導人的醫療影像報告，讓其誤以為自己罹患絕症，進而影響對國家重大事務的決策。

記得 Sharon 那時聽到時，眼睛發著亮。

難道她真的竄改了劉典瑞的體檢報告，讓他以為自己罹患癌症，因此願意交棒？但這真的有道德上的瑕疵，k心裡都感到不安。

門鈴又響起，打斷了k的心思，這次應該真的是墨水「交陪」了吧？

結果開門，門外不是快遞，是 Sharon，一身白襯衫牛仔褲，微笑著的整個人沐浴在夕陽的黃金色中。

「走吧！」Sharon 一貫的爽朗聲音，迎面響起。

「去哪？」

「花蓮啊，劉明勳不是來過了？他沒跟你說。」

「有啊，但是妳也要去花蓮？」k 雖然心裡竊喜，但表面不能顯露出來。

「當然啊，我身為集團董事長，還有前任基金會執行長，當然應該親自去邀請黃太太當我們的董事，也才能表達我們對她失去家人的歉意。」Sharon 微笑著說，感覺也為可以去花蓮走走開心。

「我剛好想到一件事，妳真的去偷改妳爸的體檢報告，讓他以為自己得癌症，然後交棒給妳嗎？」

「你猜到一半。」

「一半？」

「我確實改了醫療報告，但不是他的。」

「誰的？」

「我只是讓他經歷了黃先生的遭遇，雖然只是短短一個禮拜。」

「什麼意思，你改的是自己的？」

「對，而且我用的是黃信翔的胸部影像報告，跟他說我被診斷出肺腺癌末期。」

「啊，那他一定嚇死了。」

「他四處去求醫生，可是每個醫生看到那個影像報告，對預後都只能給很保守的意見。所以當我最後跟他揭曉說，這是我跟他開的小玩笑時，他整個鬆一口氣，說感謝神感謝神。我再跟他說，這就是黃家遇到的事，他整個人就改變了。」

原來是這樣，要說服一個人很難，但讓人經歷那難以經歷的白髮人送黑髮人，儘管只是一個禮拜，就足以改變一個人的價值觀。

難怪，劉典瑞願意把董事長職位拱手讓出，一位向來鐵血、只問利潤不問蒼生的企業家，他等於突然間得面對自己女兒被自己工廠造成的汙染引發癌症，那可能會是他最難受的一個禮拜吧，比起過去職業生涯中幾百個為公司賣命的禮拜，應該更加無法掌握，辛苦很多。

那一週裡，劉典瑞一定也像黃家父母一樣，四處尋求醫生幫助，尋求第二意見，可是任何醫生看到那影像圖檔，大概給出的判斷都會接近吧，因為那是癌症末期。這時，就算他在這世界擁有極大的權力，掌握驚人的財富，只怕都是無用的資源，只是另一個讓他感到無力感的存在。任何人在生命大神前，一定會感到謙卑。

如此講究實力的人，竟然會說出感謝神的話，想必一定也是處於極度慌亂、六神無主的狀態了吧。

任何世上的問題都會得到重視，只要它變成你的問題時。

以前就聽說，「人飢己飢」還不如「己飢人飢」，當人自己餓過一次之後，就會去體諒別人的飢餓。

雖然有點那個，但 Sharon 果然是個很會說服人的企業家，應該是教父等級的。這樣想，黃家人這一路的辛苦也不是沒有結果，若不是黃先生黃太太願意站出來，努力地把這件事讓更多人意識到，也許也不會有改變的一天。現在就算只是改變的開始，都值得慶祝，都值得讓黃太太知道。

他們就是那石匠敲下的一百下，也許在當時，看來一切都只是徒勞無功，無法撼動巨大的財團，可是最後終究可以改變點什麼的，一定會的。

失而復得，可能是世上最大的得到。

得到一個本來可能失去的女兒，那失去公司又算什麼？更何況公司是交給女兒？得到一個賢讓的美名。

「對了，妳說要跟我去花蓮，可是妳現在不是應該會很忙嗎？」k 問。

「你不知道現在科技很發達嗎？」Sharon 反問。

「還有……」Sharon 繼續說，臉上笑容搭著飛揚的長髮，一副就是要去玩的樣子，「好空氣才有好身體，有好身體才有好創意，每個人都需要好創意。」

夕陽裡，她那靠在銀色 Defender 車身的身子，看起來很精瘦結實，應該可以替世界撥開一些霧霾吧。

那些籠罩在這島上，一直飄散不去的惡靈，是該退散了。

k心想，這個被稱為美麗之島的地方，從來就不畏懼時代的變遷，在不同的權力者壓迫間，勇敢持續綻放著，雖然不巨大，但始終關鍵，並且沒有道理不偉大。這裡的人民習慣改變，接受改變，並且願意讓自己成為改變的開始，只要繼續相信著，繼續擁有信念。

看向天空，今天是個好天，好的天空，希望一直有這樣的好天空，希望後面活著的人也都能有好天空，我們值得好的天空。

我們一定要平安。

我們一定會平安。

國家圖書館出版品預行編目資料

空烏/盧建彰 Kurt Lu 著一初版.--臺北市：三采文化，20020.05
面：公分.—(iREAD：124)

ISBN 978-957-658-336-0(平裝)

863.57 109004173

iREAD 124

空烏

作者｜盧建彰 Kurt Lu
副總編輯｜郭玫禎 校對｜張秀雲
美術主編｜藍秀婷 封面設計｜池婉珊 內頁排版｜菩薩蠻電腦科技有限公司
行銷經理｜張育珊 業務行銷企劃主任｜黃詩雯

發行人｜ 張輝明 總編輯｜ 曾雅青 發行所｜ 三采文化股份有限公司
地址｜ 台北市內湖區瑞光路 513 巷 33 號 8 樓
傳訊｜ TEL:8797-1234 FAX:8797-1688 網址｜ www.suncolor.com.tw
郵政劃撥｜ 帳號：14319060 戶名：三采文化股份有限公司
本版發行｜ 2020 年 5 月 8 日 定價｜ NT$380

suncolor

suncolor